내

가

싸

우

듯

이

정지돈은 1983년 대구에서 태어났다. 대학에서 영화와 문예창작을 공부했다. 2013년 문학과사회 신인문학상으로 등단했으며, 2015년 젊은작가상 대상, 2016년 문지문학상을 수상했다.

정지돈 소설집

내가 싸우듯이

펴낸날 2016년 5월 27일

지은이 정지돈
펴낸이 주일우
펴낸곳 ㈜**문학과지성사**
등록번호 제1993-000098호
주소 04034 서울 마포구 잔다리로7길 18(서교동 377-20)
전화 02) 338-7224
팩스 02) 323-4180(편집) / 02) 338-7221(영업)
전자우편 moonji@moonji.com
홈페이지 www.moonji.com

© 정지돈, 2016. Printed in Seoul, Korea
ISBN 978-89-320-2867-5 03810

이 도서의 국립중앙도서관 출판예정도서목록(CIP)은 서지정보유통지원시스템 홈페이지
(http://seoji.nl.go.kr)와 국가자료공동목록시스템(http://www.nl.go.kr/kolisnet)에서
이용하실 수 있습니다. (CIP제어번호: CIP2016012721)

내가
싸우듯이

정지돈 소설집

문학과지성사

차례

장

/

우리들

/

장

눈

먼

부

엉

이

에리크 호이어스인가 뭔가 하는 자식이 찾아왔을 때, 나는 정상이 아니었다. 내게는 처리해야 할 일이 산더미처럼 있었고 처리해야 할 고지서도 산더미처럼 있었으며, 처리해야 할 작자 들도 산더미처럼 쌓여 있었다. 1년 조금 안 되게 사귄 여자 친 구는 이별을 선언하고 다르푸르로 봉사 활동을 떠났으며(나는 수단행 티켓을 예약했다 취소하기를 밤마다 반복했다), 고향에 있는 아버지는 이틀에 한 번꼴로 전화해 새롭게 생긴 병세에 대해 알렸다(어제는 갑자기 왼쪽 눈이 안 보인다고 했다). 현대 미술판을 전복하겠다며 카셀 도큐멘타로 떠난 대학 동기는 밤 마다 카카오톡 음성 메시지로 흐느끼는 소리를 보내왔고(돌아 올 비행기 삯이 없다고 했다), 회사 팀장은 나를 못 잡아먹어 안 달이었다. 그는 프로젝트의 성패가 내게 달려 있다고 강조했는데, 그건 아마도 프로젝트가 반드시 실패하리라고 예상하기 때문일 것이다(심지어 그러길 바라는 눈치였다).

에리크는 노르웨이에서 왔다고 했다. 그는 금발의 마르고 창백한 청년으로 말끝마다 어색한 미소를 빙긋이 지어댔다. 그는 장의 책을 원한다고 했다. 『눈먼 부엉이』라는 책으로 사데크 헤다야트라는 테헤란 출신 작가의 작품이었다.

그는 나의 반지하 투룸에 신발을 신고 들어왔다가 쏘리라고 말하며 다시 현관으로 가서 신발을 벗었다. 나는 내가 가진 장의 책들을 보여주었다. 그는 고개를 절레절레 저었다. 그도 그럴 것이 책의 보관 상태는 그야말로 최악이었다. 올해 여름은 지독히도 비가 많이 왔다. 비가 오고 오고 또 와서 책상 밑에 손을 넣으면 버섯이라도 딸 수 있을 정도로 집 안이 습했다. 당연히 책들은 이리저리 뒤틀려 있었다.

그는 책을 하나씩 뒤졌고, 나는 그에게 장의 친구냐고 물었다. 그는 고개를 저었다. 저는 미주의 친구입니다. 미주? 미주가 누구지? 나는 곰곰이 생각했다. 그러고는 미주가 장의 예전 여자 친구였다는 사실을 떠올렸다. 일순간 혼란스러웠다. 그러니까 노르웨이에서 왔다는 이 작자는 내 친구의 예전 여자 친구의 친구인데, 친구의 전 남자 친구의 친구 집에 테헤란 출신 작가 사데크 헤다야트(이름은 또 뭐 이런지)의 소설을 찾으러 왔다는 거였다. 나는 그 책이 당신 거냐고 했다.

아니요. 그럼 그 책은 노르웨이어 책인가요? 아니요. 한국어 판본입니다. 한국말을 아나요? 모릅니다. 노르웨이에는 그 책이 없나요? 있습니다. 그럼 왜 여기까지 왔죠? 노르웨이에는 한국어 판본이 없습니다. 한국어 모른다면서요? 전 이미 그 책을 읽었습니다. 그럼 그 책을 왜 찾는 건가요? 그 책이 당신 책인가요? 아니요. 그 책은 장의 책입니다. 저는 그 책이 필요합니다. 왜죠? 그 책은……

에리크가 등을 돌렸다. 그의 얼굴은 붉게 달아올라 있었는데, 아마도 집의 습기가 그에게 알레르기를 일으킨 듯했다.

우선, 제게 물 한 모금만 주세요.

물을 마신 에리크는 자리에 앉더니 자신이 사우스코리아까지 오게 된 이유를 설명하겠다고 했다. 나는 그냥 책만 찾은 뒤 나가주기를 원했는데, 그런 나의 의사를 적절하고 부드럽게 표현할 방법이 없어 잠자코 에리크의 이야기를 들었다.

1. 에리크 호이어스는 왜 사데크 헤다야트를 읽게 되었나

1991년은 걸프전이 발발한 해이며, 노르웨이에선 올라브 5세에 이어 하랄 5세가 즉위한 해이다. 에리크는 그해 여덟 살이었으며, 부모님과 노르웨이 북부 로포텐 제도의 호수로 휴가를 떠났다. 아버지가 즐겨 듣던 브람스의 교향곡 제4번과 어머니의 붉은 손톱이 기억난다고 했다. 어머니는 에리크의 금발을 쓸어 넘기며 이렇게 말했다. 아들, 넌 교향곡 따위를 듣는 사람은 되지 마려무나. 에리크의 아버지가 죽었을 때 어머니는 눈물을 보이지 않았다. 아마 그것이 교향곡 때문은 아닐 것이다. 에리크의 아버지가 죽은 것은 1991년 4월 4일이다. 테헤란 출신의 작가 사데크 헤다야트가 죽은 날은 1951년 4월 4일이다.

물론 에리크는 그때 사데크 헤다야트가 누군지 몰랐다. 사데크 헤다야트도 몰랐고 카프카도 몰랐으며 플로베르도 몰랐고 브루노 슐츠도 몰랐다. 그렇지만 윌리엄 아이리시와 모리스 르블랑, 대실 해밋, G. K. 체스터턴에 대해선 잘 알았다. 에리크는 매일 밤 문고본 추리소설을 읽고 탐정이 되길 상상했다. 그의 아버지는 탐정 따윈 없다고 했다. 노르웨이에선 아무 일도 벌어지지 않는단다, 아들아. 노르웨이에서 탐정이 할 일이라곤 잃어버린 개를 찾아주는 일뿐이란다. 심지어 너는 개털 알레르기가 있지 않니. 결국 에리크는 개털 알레르기 때문에 탐정을 포기했지만 책 읽기는 멈추지 않았다.

대부분 그렇듯 에리크는 추리소설에서 고전으로 넘어가 토머스 하디(『테스』는 죽이는 작품이다), 톨스토이(고루했다), 입센(정신병자), 스탕달(쥘리앵 소렐!)을 읽었고, 머리가 굵어진 뒤로는 누보로망 계열의 작가나 영미권의 포스트모더니즘 작가를 읽었다(그것들 대부분은 완전한 시간 낭비였다). 그렇게 읽다 보니 에리크는 어느새 글을 쓰고 있었다. 본격적으로 소설을 쓰기 시작한 뒤로는 카프카와 사데크 헤다야트의 작품만 정독했으며, 다른 작가의 책은 발췌해서 읽거나 참조만 했다 (독서는 시작할 때와 멈출 때가 있는 법이다). 에리크는 스물네 살에 첫 소설을 출간했으며, 『아프텐포스텐』지는 서평에 "이 신인 작가의 책은 도통 무슨 내용인지 알 수가 없다"고 썼다. 그럼에도 에리크는 이듬해 두번째 소설인 『의인법』을 출간했 고, 『볼덴스 강』의 문학 기자인 오름스비데는 『의인법』을 "카 프카 이후 가장 카프카적인 작품"이라 평했다. 에리크는 그들 이 뭐라든 상관하지 않았다. 악평과 혹평, 상찬과 열광이 파도 처럼 오가는 문학판 따위에는 관심이 없었다는 소리다.

사데크 헤다야트가 말하길, 소설은 보여주기 위한 것이 아 닙니다. 소설은 쓰이기 위해 존재하는 것입니다. 에리크가 말 했다.

그렇다. 소설은 쓰이기 위해 존재하는 것일지도 모른다. 장 역시 동일한 말을 했었다. 그런데 나는 위의 말을 사데크 뭔가 하는 사람이 아니라 카프카가 한 것으로 알고 있었다. 에리크 가 고개를 저었다. 이제 그럼 사데크 헤다야트에 대해 말해주 겠습니다. 나는 고개를 끄덕였다.

사데크 헤다야트는 1901년에 태어났다. 그는 1951년에 죽었 는데 그건 그의 두번째 자살 기도였다. 이쯤 되면 첫번째 자살 기도가 실패한 게 행운이었는지 불운이었는지 모를 일이다. 그 의 글은 당시 비평가들에게 투명인간 취급을 받거나 말기 암 취급을 받았다. 이란의 한 신문은 "불결하고 부도덕하며 악취가 진동하는 일종의 페스트 같은 작품"이라고 했다.

사데크가 그렇게 악취가 진동하는 작품을 쓰게 된 건 아무래도 카프카의 영향이 크다. 파리에서 유학하던 건실한 이란 청년은 모든 젊은이가 그렇듯 당대 유행에 잘못 물들었고, 파리의 유행이란 저 유명한 앙드레 브르통의 초현실주의였다. 사데크는 친구를 통해 초현실주의의 중심인물인 로제 비트라크를 알게 되는데, 사데크보다 두 살 위인 비트라크는 사데크에게 흠뻑 빠져(참고로 비트라크는 남자다) 여기저기 그를 소개하고 다녔다. 그러나 천성이 내성적이고 영 숙맥인 사데크는 광기 어린 미숙아집단인 초현실주의자들과는 전혀 친해지지 못했다. 그가 친해진 건 그들을 통해 알게 된 카프카의 작품이었다.

테헤란으로 돌아온 1930년에 첫 단편 「무덤 속에 산 자」를 발표한 사데크는 평생 정부의 검열과 억압을 피해 도망 다녔다. 대표작인 『눈먼 부엉이』는 인도 망명 중에 썼으며 생의 후반기 대부분은 작품 활동이 아닌 번역 작업에 매진했다. 그가 폴란드 작가 브루노 슐츠를 알게 된 것도 이 시기이다. 둘은 여러모로 공통점이 많았다. 둘 모두 그림을 그렸고(에리크는 거의 프로 수준이었다며 그들의 그림을 보여줬는데 아무래도 프로의 의미를 모르는 것 같았다) 둘 모두 고국의 신화와 풍속에 관심이 깊었다. 결정적으로 사데크 헤다야트와 슐츠는 자신의 나라에 카프카를 처음 번역, 소개한 사람이었다. 브루노 슐츠는

1942년에 드로호비츠의 게토에서 나치의 총에 죽었는데, 사데크는 이 사실을 2차 대전이 끝나고 나서야 알았다. 이후 그는 술과 마약, 카프카로 삶을 연명하다 1951년 파리의 한 아파트에서 가스 자살로 생을 마친다. 왜 하필 가스 자살이었을까. 사데크는 평소 자신이 유대-이슬람 인종이라는 나사 빠진 소리를 하고 다녔다는 로제 비트라크의 증언이 있긴 하지만 정확한 이유는 알 수 없다.

중요한 건 이다음부터입니다.

사데크가 죽은 뒤 이상한 일이 일어났다. 고국에서도 인정받지 못한 전위 작가의 작품이 해외에서 들불처럼 번져나가기 시작한 것이다. 마르티니크가 시작이었다. 사데크의 작품은 반식민주의 열풍을 타고 네그리튀드의 바이블로 추켜세워졌다. 에메 세제르는 그를 "꺼지지 않는 절망의 불꽃"이라 칭했고, 아이티와 남아프리카공화국에서는 그의 단편이 담긴 팸플릿이 모든 청년의 뒷주머니에 꽂혔다. 칠레의 혁명 가수 비올레타 파라는 그의 소설 「세 방울의 피」에서 가사를 가져왔으며, 적군파는 그의 문장을 암호로 사용했다. "당신은 문을 열었다. 당신은 부술 것이다. 이곳은 지옥이다." 동유럽의 사회주의 국가들은 하나같이 사데크의 작품을 체제의 독으로 생각했다. 이 말인즉 사데크의 작품이 그들 나라에서 엄청나게 읽혔다는 뜻이다. 1990년대 초 이란 국영방송에서 제작한 사데크 헤다야트 다큐멘터리에는 1960년대 후반 폴란드 해적 출판물의 반이 사데크의 작품이었다는 믿을 수 없는 이야기도 나온다.

나라마다 제각각의 흐름을 타고 다양한 형태로 사데크의 책이 나오기 시작했다. 깨알 같은 글씨로 가득 채운 팸플릿에서 금박을 두른 양장, 그래픽 디자이너와 민속화가의 협업으로 만든 일러스트 한정판, 세 번 접기를 도입한 페이퍼백 등 그 종류는 수십 가지가 넘었다.

1980년대 초반 한국에서도 사데크의 책이 나왔습니다.

그게 바로 에리크가 찾는 장의 책 『눈먼 부엉이』였다. 백 부한정으로 나온 책은 페르시아어와 한국어 대역본으로 가죽 양장에 금과 은으로 테두리를 장식하고 비단으로 수를 놓으려 했으나 당시 출판업자의 사정이 여의치 않아 그냥 문고본으로 나왔다고 한다. 그럼에도 한국판 『눈먼 부엉이』는 1982년 라이프치히 국제도서전에서 가장 아름다운 열한 권의 책에 선정되었는데, 그 이유는 "혁신적인 그리드와 투명한 아름다움이 빛나는 표지" 때문이었다. 에리크는 세계를 떠돌며 사데크의 판본 대부분을 모았다고 했다.

이제 장의 책만 있으면 됩니다. 에리크가 말했다.

우리는 집 안 곳곳에 산재해 있는 장의 책을 모조리 뒤졌지만 '투명한 아름다움이 빛나는' 책 따위는 찾지 못했다. 에리크는 옷과 책과 곰팡이로 난장판인 작은 방을 가리키며 손님방이냐고 했다. 나는 '노'라고(분명 '노'라고) 대답했는데, 에리크는 괜찮다고 하더니 짐을 풀었다. 나는 뭐가 괜찮다는 건지 이해가 안 갔지만 어쨌든 짐 푸는 걸 도왔다.

*

미주에 대해선 별로 생각나는 게 없다. 우리는 사이가 안 좋았다. 나는 나대로, 미주는 미주대로 뭐 이런 자식이 다 있지, 라고 생각했던 것 같다. 미주는 자신의 외할머니가 루마니아인이라고 했다. 푸른 눈동자가 그 증거라고 했다.

그건 컬러 렌즈 한 거잖아.

내가 말하자 미주는 담배를 비벼 끄며 이렇게 답했다.

그렇지. 그렇지만 중요한 건 그게 아니야. 넌 항상 겉으로 드러난 현상만 보는구나.

이런 식이었다.

에리크와 나, 미주는 팔판동의 한 카페에 앉아 대화를 나눴다. 오랜 비가 그치고 난 뒤라 공기는 더없이 쾌적했다. 수년 만에 만난 미주는 꽤나 변해 있었다. 전보다 훨씬 페미닌한 옷을 입고 있었고, 컬러 렌즈도 하지 않았다. 그녀는 씩 쪼개며 촌스럽게 그런 걸이라고 대답했다.

우리는 주로 장에 대해 이야기를 나눴고, 에리크와 미주는 그들이 여행한 나라와 떨어져 있던 시간에 대해 이야기를 나눴다. 곧 노을이 졌고, 가로수의 그림자가 도로 위로 드리워졌다. 바람이 불자 그림자가 소리를 내며 흔들렸다. 에리크는 사우스코리아는 뷰티풀하다고 했다.

가끔은.

미주가 대답했다.

대화가 무르익자 미주는 자신의 집으로 가서 한잔씩 걸치자고 했다. 로스 수이시다스(자살한 사람들)라는 절망적인 이름의 술이 있다는 거였다. 나는 내심 그들이 쓰리섬을 하자고 하면 어떡하나 걱정하며 뒤를 따랐다.

로스 수이시다스는 멕시코 남부 오악사카 주에서 제조한 메스칼이라는 종류의 술로 맛이 개떡 같았다. 장이 선물로 보내왔다고 했다.

장은 여전히 해외를 떠돌고 있었다. 자신의 책을 떠넘기고 간 게 2년 전이었다. 내게는 술 선물은커녕 엽서 한 장 없었다. 내 말을 들은 미주는 책상 밑에서 구두 박스를 꺼냈다. 안에는 엽서와 사진이 그득했다. 에리크가 사진 한 장을 꺼냈다. 앙상한 나무 뒤로 회색 벽이 서 있었다. 어디로 보나 한국은 아니었는데, 벽에 쓰인 낙서는 한글이었다. 에리크가 무슨 뜻인지 물었다.

우리 삶은 어느 때보다 국제적이다. 그러나 우리는 모두 똑같다. 자본주의라는 비참을 공유하기 때문이다.

미주가 말했다. 에리크가 다른 사진을 꺼냈다. 그 사진에도 역시 낙서가 씌어져 있었다.

어제 여자 친구에게 차였다. 그러나 괜찮다. 사회주의자이기 때문이다.

미주가 말했고, 에리크는 웃었다. 에리크가 또 다른 사진을 꺼냈다.

나는 하와이 장수마을로 간다.

에리크는 또 웃었고, 나는 어쩐지 좀 부끄러워져 개떡 같은 술을 연신 들이켰다. 미주는 장이 별 볼일 없이 생겼고 하는 짓도 밥맛이며 머리는 크지만 시는 잘 쓴다고 했다. 장은 내가 아는 최고의 시인이야. 그녀가 말했다.

장이 최고의 시인인지 어떤지는 모르겠지만 에리크가 소설가인 건 사실이었다. 미주는 책장에서 에리크의 두번째 책 『의인법』을 가져다주었다. 에리크는 술을 너무 걸친 나머지 완전히 뻗어 있었다. 나는 미주에게 에리크는 어떻게 알게 됐냐고했다.

전 남친이야. 미주가 대답했다. 카이로 여행 중에 만났다는거였다. 나는 기가 차서 넌 대체 전 남친이 몇 명이냐고 물었다. 미주는 잠시 생각하더니 스무 명쯤 된다고 했다. 나는 왠지 주눅이 들어 꼭 대답을 들으려고 물은 건 아닌데라고 중얼거렸다.

책 속의 에리크는 실물보다 훨씬 멀끔했고 넥타이도 매고 있었다. 미주는 에리크에게 사연이 많다며 장의 책을 찾는 걸 좀 도와주라고 했다. 나는 내 사연도 만만치 않아라고 생각했지만 그런 말을 했다가는 나도 미주의 전 남친이 될 거 같아 입을 다물었다.

2. 에리크 호이어스는 왜 사데크 헤다야트를 수집하게 되었나

「2083: 유럽독립선언문」은 단순한 정치 선전 팸플릿이 아닌 문학적·철학적 텍스트로 이루어진 하나의 '절규'이다. 브레이비크가 수감되고 난 뒤 유럽에서 위와 같은 주장이 나오기 시작했다. 이런 궤변은 어느 시대에나 있는 법이니 큰 문제가 아닐 법하지만, 이런 주장을 한 사람이 리샤르 미예 같은 사람이라면 문제는 달라진다. 미예는 갈리마르의 편집위원으로 프랑스 학술원 대상을 수상한 소설가이자 평론가이다. 이 일로 프랑스는 한동안 시끌시끌했는데, 시끌시끌하기는 에리크도 마찬가지였다. 왜냐하면 에리크는 저 까탈스런 리샤르 미예가 극찬한 몇 안 되는 작가였기 때문이다(에리크는 미예 덕에 메디치상 후보로 거론되었다).

브레이비크를 옹호한 리샤르 미예의 글이 『렉스프레스』에 실린 뒤 에리크는 미예가 자신에 대해 쓴 글을 다시 찾아봤다. '문학의 환멸'이라는 제목의 글로, 영미 장르문학의 영향에서 문학의 순수성을 지켜야 한다는 골자의 내용이었다. 에리크의 글은 유럽 내에서 '문학의 순수성'을 지킨 대표적인 케이스로 언급되었다.

나처럼 고상한 사람은 라코스테 스웨터를 입어야 한다.

브레이비크는 테러 전에 트위터에 위와 같은 글을 남겼다. 아니나 다를까 잡히고 나서도 브레이비크는 늘 라코스테 스웨터를 입었다. 그중 빨강 스웨터는 공전의 히트를 쳤다. 그럼에도 라코스테 측은 제발 법정에서는 우리 옷을 못 입게 해달라며 법무부에 요청했으나 기각당했다.

에리크는 미예의 글에 대한 일종의 답장으로 「문학과 라코스테」라는 글을 썼다. 내용은 문학의 순수성이란 말하자면 라코스테 스웨터 같은 것이냐는 거였는데 안타깝게도 『렉스프레스』는 에리크의 글을 싣지 않았다. 그러거나 말거나 에리크는 「문학과 라코스테」를 자신의 웹페이지에 올렸고, 그 글 때문에 노르웨이 극우파의 표적이 되었다. 더군다나 에리크의 홈페이지에는 사데크 헤다야트에 대한 정보가 가득했는데, 이는 극우파를 더욱 분노케 했다. 브레이비크가 주요 표적으로 삼은 것이 바로 이슬람이었기 때문이다.

나는 괜찮았어.

미주가 말했다. 그녀는 그때 한창 에리크와 연애 중이었는데, 민족의 순수성을 지킨 대표적인 국가인 한국 태생이라 극우파들의 표적에서 벗어났다는 게 그녀의 설명이었다. 나는 그게 무슨 개떡 같은 소리냐고 했는데, 미주는 심각한 표정으로 장난이 아니라고 했다.

그녀는 메스칼을 한 잔 들이켜더니 말을 이었다. 에리크의 아버지에 대한 이야기였다.

1991년에 로포텐 제도에선 세 건의 살인 사건이 있었다. 그 중 두 건은 우발적인 범행, 한 건은 고의적인 살인이었다. 에리크의 아버지는 살인의 피해자였다. 사건은 너무나 명명백백해 탐정이 나설 필요도 없었다. 에리크의 아버지를 죽인 무하마드 살람은 노르웨이에서 일한 지 3년이 된 선박 노동자로 사건 직후 자수했다. 노르웨이의 신문은 이 사건을 이슬람 근본주의자의 범행으로 다뤘지만 그건 사실이 아니었다. 무하마드는 코란에 관심이 없었다. 그는 단지 에리크의 아버지가 미웠을 뿐이며, 에리크의 어머니를 사랑했을 뿐이다.

짝사랑은 아니었어.

당시 언론과 경찰은 이런 사실에 대해 전혀 몰랐다. 에리크도 마찬가지였다. 에리크의 어머니는 그가 대학에 들어간 뒤에야 무하마드 살람과 자신의 관계를 털어놓았다.

몹시 추운 겨울날이었다. 오후 4시가 조금 넘은 시간이었는데 해는 이미 졌고, 사람들은 집으로 하나둘 사라졌다. 에리크는 여느 때처럼 카페에서 사데크 헤다야트를 읽고 집으로 돌아왔다. 어머니는 식탁에 앉아 담담히 사실을 말했다. 이야기가 끝나고 난 뒤 두 사람은 집 근처의 공원으로 산책을 갔다. 새하얀 눈밭에 두 사람의 발자국이 길게 이어졌다. 문득 어머니의 붉은 손톱이 생각났다. 어머니가 울지 않은 것은 과연 교향곡 때문이 아니었다. 그렇게 말하자 그녀는 웃었다.

니가 그렇게 생각해주니 기쁘구나.

미주의 이야기가 끝날 때까지 에리크는 잠에서 깨지 못했다. 나는 에리크의 책 『의인법』이 어떤 내용이냐고 물었다. 미주는 어깨를 으쓱했다. 노르웨이어를 모르니 알 방도가 없다는 거였다. 아, 그렇지. 듣기로는 모든 언어의 뉘앙스를 포괄하는 무슨 절대 언어를 찾는 소년의 이야기라고 하던데. 미주가 말했다.

「반지의 제왕」 언어학 버전이라고 하면 되는 건가.

내가 말했다. 미주는 나를 물끄러미 보더니 그것과는 많이 다른 것 같은데라고 답했다. 나는 머쓱해져서 농담이라고 했다. 미주는 가타부타 답이 없었다. 그저 묵묵히 있다가 갑자기 왜 내가 사귄 남자들은 다 이 모양이지,라고 말했다. 나는 그녀가 이제야 술이 올랐구나 생각했다. 곧 그녀의 많고 많은 전 남친에 대한 이야기가 이어졌고, 나는 듣는 둥 마는 둥 하며 생각했다. 그래서 에리크는 사데크 헤다야트를 수집하기 시작한 건

가. 근데 지금까지 들은 이야기 뒤에 '그래서'가 오는 것이 적절한 인과관계인 건가. 여기까지 생각하자 감당할 수 없이 잠이 왔다. 미주와 나, 에리크는 곧 자살한 사람들처럼 방바닥에 엎어져 잤다.

*

에리크가 집에 머문 지 2주가 지났다. 장은 전혀 연락이 되지 않았고, 사데크의 책 또한 발견되지 않았다. 심지어 에리크는 사데크의 책을 찾는 것 같지도 않았다.

에리크는 매일 어딘가를 쏘다녔다. 내가 어디 갔다 오냐고 물으면, 날씨가 너무 좋다, 비가 와도 좋고 안 와도 좋으며, 바람이 불어도 좋고, 그쳐도 좋으며, 햇빛이 비치면 비치는 대로, 그늘이 지면 그늘이 지는 대로 좋다고 대답했다. 나는 그가 조증이라도 있는 게 아닌가 의심했지만 에리크는 자신이 정상이라고 했다. 심각한 정신과 치료와 정기적인 상담을 받았지만 말이다.

정신과 치료는 아버지의 죽음이나 어머니의 부정과는 상관없는 것이었다. 에리크의 말에 따르면 그랬다. 에리크는 온갖 망상에 시달리는 불안한 아이였다. 그는 책을 너무 많이 읽은 나머지 현실과 소설을 구분하지 못했고, 있지도 않은 일을 있을 법하게 꾸며댔다. 어린아이가 하기에는 너무나 정교한 이야기가 많아 그의 어머니는 그냥 믿었는데, 나중에 보니 그건 편집증의 전형적인 증상이었다.

역사는 편집증으로 이루어져 있습니다.

『눈먼 부엉이』를 찾으러 문래동에 가는 길에 에리크가 말했다. 에리크는 인간의 모든 활동은 일종의 편집증이라며 그건 자신의 독단적인 의견이 아닌, R.D. 랭 이후 줄기차게 이어져 내려온 정신분석학의 한 줄기라고 했다. 나는 이 말 역시 편집증 증상이 아닌가 의심스러웠지만 아는 바가 없어 고개를 끄덕였다.

아무튼 에리크가 정신없이 쏘다닐 무렵 나는 주로 웹 서핑을 했는데, 그때 우연히 『눈먼 부엉이』가 문래동의 한 출판업자의 손에 있다는 사실을 알게 되었다. 그의 블로그에는 십대에 신춘문예로 등단하고 학생운동에 투신했다 유럽으로 망명을 간 뒤 돌아와 제3세계 문학을 출판했으며, 1990년대에 들어 환경운동과 요가에 빠져 영적 구루의 책을 펴내다가 지금은 한류열풍을 널리 알리는 데 앞장서고 있는 자신의 인생 역정이 상세히 기록되어 있었다. 나는 그가 혹시 『뉴데일리』 필자가 아닌가 의심했지만 다행히 그렇지는 않은 것 같았다. 연락을 받은 그는 『눈먼 부엉이』는 자신의 서재에 얌전히 꽂혀 있으니 언제든 오라며 너털웃음을 터뜨렸다. 종종 절판된 옛 책을 찾는 이들이 있으며, 그들의 방문이야말로 얼마 남지 않은 생의 소박하고 찬란한 기쁨이라고 그는 말했다. 나는 전화를 끊으며 이 사람도 정상은 아니구나 생각했다.

3. 에리크 호이어스는 왜 사데크 헤다야트를 쓰게 되었나

스튜어트 켈리의 『잃어버린 책들의 묶음 — 당신이 결코 읽지 못한 모든 위대한 책들의 불완전한 역사』에는 수백 종의 온갖 책이 나오는데, 브루노 슐츠의 책도 그중 하나이다. 지금에야 『모래시계 요양원』과 『계피색 가게들』이 힙스터와 룸펜들의 필독서가 되어 유행하지만(그들 중 슐츠의 책을 이해하는 이는 하나도 없을 것이다), 출간 당시만 해도 슐츠의 책은 카프카의 영향을 잘못 받은 중등교사의 만용에 가까운 범작에 불과했다. 곰브로비치와 쿤데라가 없었다면 지금의 명성 역시 없을 것이다. 반면 프랑스 작가인 모리스 조강이나 영국의 마리 코렐리는 생전에는 어마어마한 부와 명성을 누렸지만 죽고 난 뒤에는 이류 영화배우보다 빠른 속도로 인기가 사그라들었다.

이렇듯 책에는 자의적이며 이해할 수 없이 가변적인 역사적 충동이 존재합니다.

자신의 이름을 오십이라고 밝힌 문래동의 출판업자가 말했다. 그는 5백 살은 되어 보이는 외양의 노인네로, 우리가 도착하자 방 중앙에 놓인 난로에 냄비를 올리고는 뱅쇼Vin Chaud를 준비했다. 나는 더워 죽을 뻔했는데, 그는 튀니지에 있을 때

열사병에 걸린 이후로 더위를 느끼지 않는다며 덤덤히 불을 붙였다. 그리고 여름에는 따뜻한 뱅쇼가 좋은데 이는 라블레에게서 배운 것이라고 했다. 에리크는 『가르강튀아와 팡타그뤼엘』 초판을 보았다고, 그러나 책은 너무 길어서 읽지 않았다고 말했다.

방이 열기로 후끈 달아올랐지만 에리크는 땀 한 방울 흘리지 않았다. 반면 더위를 타지 않는다는 오십은 땀으로 뒤범벅되어 헉헉대며 잔에 뱅쇼를 따라주었다.

우리는 오십이 가져다준 뱅쇼를 연거푸 마시며 길고 긴 대화에 들어갔다. 오십은 그 자신이 책인 듯 책에 관한 수많은 일화를 쉬지도 않고 늘어놓았다. 그는 카프카나 사데크 헤다야트, 브루노 슐츠 같은 작가들에게 관심이 많다며 그들의 작품은 우연과 필연의 반복 속에서 스스로가 역사가 되기 때문이라고 했다. 그는 브루노 슐츠의 미완성 유작 『메시아』에 관한 이야기도 했는데, 지금은 유실된 그 작품의 사본을 사데크가 가지고 있었다는 풍문에 대한 것이었다.

'메시아노'라고 『메시아』의 원고를 찾는 집단도 있지요.

오십이 땀을 닦으며 말했다. 에리크는 알고 있다며 카이로에서 봤다고 했다. 장 루이 루콜라라고 하는 프랑스인으로 무척 과묵했던 기억이 난다고 했다.

에리크는 문학과 아버지, 정치와 어머니에 대한 이야기를 했고, 사데크 헤다야트와 아버지의 죽음이 같은 날짜인 해프닝에 대해 이야기했다. 에리크의 말에 따르면 그것은 아무 의미도 없는 해프닝에 불과하며 그 일의 유무와 관계없이 자신은 사데크의 작품을 모았을 것인데, 그럼에도 과연 그렇게 얘기할 수 있을지 의문이라고 했다.

그러자 오십은 말했다. 해프닝은 무의미로 의미를 건져내는 얼음낚시 같은 것입니다.

그것은 겨울과 몸, 얼음과 물의 충돌. 크레바스에 빠진 소년을 건져내는 것과 같은 것입니다.

그의 말이 끝남과 동시에 나는 웃음을 터뜨렸다. 이해를 못한 건지, 황당했던 건지 뭔지 잘 모르겠지만 아무튼 웃음이 터졌다. 그러나 두 사람은 웃지 않았고, 물끄러미 나를 쳐다봤다. 잠시 정적이 흘렀다(그랬던 것 같다).

오십은 『눈먼 부엉이』가 빙어가 될지도 모르겠군요,라고 하더니 자리에서 일어나 책장으로 다가갔다. 나는 그 순간, 그가 뽑은 책에서 빛과 굉음이, 그게 아니면 어디서 한 줄기 바람이 불어와 우리의 머리를 흐트러뜨리며 책의 영혼이 꼭 우리에게 말을 거는 것 같은, 혼돈스럽고 충만한 순간이 도래하리라고 기대했는데, 이는 그가 너무나 느릿느릿, 1차 대전의 순양함의 속도로 책에게 다가갔기 때문이다. 그는 책등에 손을 얹고 우리를 돌아보았다. 맹세컨대 그는 그 순간 어느 때보다 늙어 보여 바람이 불면 바스라질 것만 같았다.

문학이 세계를 구원할 수 있다고 믿나요?

　장은 어리석은 질문이야말로 유일하게 가치 있는 질문이라
고 믿었다. 어리석은 질문에는 답이 없거나 틀린 답만이 존재
하기 때문이며, 이로써 질문은 질문이 아닌 의지가 되기 때문
이라고 말했다. 동일한 이유로, 나는 그런 질문이 세계를 망쳤
다고 생각했는데(그러므로 질문을 가장한 의지는 사라져야 한다
고) 장은 그렇기 때문에 그런 질문만이 세계를 구원할 힘을 가
질 수 있다고 했다.
　에리크는 『눈먼 부엉이』를 손에 들고 같은 질문을 했고, 나
는 모르겠다고 대답했다. 확실한 것은 아무도 그런 질문을 매
력적으로 생각하지 않는다는 거였다. 그러니까 꼰대 외에는 아
무도 그런 질문을 하지 않는다는 게 내 답이었다. 오십은 문학
과 세계와 구원 모두 정의가 모호하기 때문에 그런 질문에 답
할 수 없지만, 한류는 자신을 구원했다고 했다. 그는 한류에 열
광하는 유럽과 남아메리카의 젊은이들을 봤냐며, 이는 문학이
백 년가도 이루지 못할 거라고 했다.
　당신이 문학에서 원하는 것은 열광입니까.
　에리크가 물었다. 오십은 미소를 지었다. 얼굴 위로 수만 마
리의 지렁이가 꿈틀거렸다.
　처음에는 아니라고 생각했지. 지금은 모르겠네.

*

　바람이 불었다. 나는 오십의 집에서 흘린 땀을 털어냈다. 하늘은 이미 어두컴컴했고, 도시에는 불이 켜졌다. 에리크는 길 위에 서서 핸드폰으로『눈먼 부엉이』를 찍었다. 블로그에 업데이트할 셈이었다. 내가 극우파가 당신을 가만두지 않을 거라고 하자 에리크는 어깨를 으쓱하고는 말을 이었다.

　저의 궁극적인 목적은 극우파에게 유머를 가르쳐주는 것입니다. 그들은 남을 웃기는 데는 선수지만 정작 자신은 어디에서 웃어야 하는지 모르죠.

　그는 사데크의 소설들 대부분이 광기와 유머의 조화로 이루어져 있다고 했다. 그중에서도『눈먼 부엉이』가 그 절정이라고.

　『눈먼 부엉이』는 조금 맛이 간 화가의 이야기이다. 화가는 우연히 운명의 소녀를 알게 되고 그녀를 찾아 헤맨다. 결국 그는 그녀를 만나게 되지만 그녀는 이유도 없이 죽고 화가는 그녀의 시체를 절단해 곱사등이 마부가 모는 마차에 싣고 황무지로 간다. 그리고 화가의 환각이 이어지는데, 환각의 내용은 전반부와 일반적인 수준에서의 연관성을 전혀 찾을 수 없는 다른 종류의 것이다.

　나는 에리크에게 대체 그게 무슨 내용이냐고 물었다. 에리크는 당시 사데크는 카프카와 초현실주의에 경도되어 자신도 모르는 자신의 환상을 휘갈겨 썼을 거라며『눈먼 부엉이』가 정교한 상징으로 이루어져 있다는 평론가들의 이야기는 헛소리라고 했다. 상징은 발생하는 것이지 제조하는 게 아니라는 것이 에리크의 이야기였다.

그러니까 그게 무슨 내용이냐고.

내가 재차 묻자 에리크는 얼굴을 약간 붉히면서 자신도 잘 모르겠다고 했다. 그러고는 책을 들어 보이며 세계에서 가장 아름다운 11권의 책 중 하나인 『눈먼 부엉이』의 '투명한 아름다움이 빛나는 표지'가 어떠냐고 했다. 나는 라이프치히 스타일이라고 답했다.

*

에리크가 떠나는 날, 장과 연락이 닿았다. 장은 니카라과에 있다고 했다. 거기서 뭐하냐고 묻자 일을 구하고 있다며 니카라과는 한인 사회가 탄탄해 지내기가 좋다고 했다. 왜 내게는 술 선물 같은 걸 주지 않냐고 묻자, 너는 아무짝에도 쓸모가 없기 때문이라는 말이 돌아왔다. 너는 이제 시도 안 쓰고 돈도 잘 버는데 선물 따위가 뭔 필요가 있냐는 거였다.

에리크를 배웅하는 날에는 비가 내렸고, 미주는 허리 통증 때문에 나오지 않았다. 에리크와 나는 공항 활주로에 떨어지는 빗물을 보며 대화를 나눴다. 우리 주위로 지친 얼굴의 관광객들이 지나갔다.

나는 가끔 무슨 말을 하고 싶은데 무슨 말을 하고 싶은지 모르겠다고 했다. 아무 말이나 하고 싶지만 아무 말이나 들어줄 사람이 없다고 했다. 에리크는 자신도 동일한 문제를 가지고 있으며, 우리는 모두 같은 문제를 가지고 있다고 했다. 그는 내게 글을 쓰라고 말했다. 글을 쓰면 삶이 조금 더 비참해질 거라고, 그러면 기쁨을 찾기가 더 쉬울 거라는 게 그의 말이었다. 나는 그것 참 듣던 중 반가운 소리라고 했다.

곧 탑승 안내방송이 나왔다. 나와 에리크는 가볍게 포옹했다. 에리크는 자신의 세번째 소설이 될 『사데크』의 내용을 들려줬다. 무하마드 살람과 어머니의 사랑을 중심으로, 사데크 헤다야트의 소설을 수집하는 청년의 이야기와 동양인 커플 미주와 장, 그리고 나의 이야기가 나온다고 했다.

당신은 장과 미주 모두와 성관계를 맺는 바이섹슈얼 모럴리스트로, 장은 발기부전에 시달리는 시인으로 나올 겁니다.

내가 정말 그따위 내용이냐고 묻자 에리크는 정말이며 이미 꽤나 썼다고 대답했다. 그는 책이 나오면 보내겠다고 했다. 내가 노르웨이어를 모른다고 하자 영어로 번역될 거니 걱정 말라고 했다.

굉장하군.

내가 말했다.

굉장하지.

에리크는 그렇게 말하고는 비행기를 탔다. 나는 그가 탄 비행기가 서쪽을 향해 날아가는 모습을 보았다(사실 그가 탄 비행기인지 확신은 못 하겠다). 문득 비행기가 하늘을 난다는 사실이 굉장하게 느껴졌다.

뉴
욕
에
서

온

사
나
이

1

나는 기억을 잃어버렸다. 뉴욕에서 귀국한 날에 교통사고가 났고 기억상실증에 걸렸다. 의사는 기억의 일부가 손상되었으며, 그중 일부는 돌아올 것이고 일부는 돌아오지 않을지도 모르는데, 그 일부가 어떤 것이 될지는 알 수 없다고 했다. 그건 전적으로 운에 달린 일이라고 했다.

친구인 장은 내가 뉴욕에서 '말라노체Mala Noche'라는 제목의 단편소설을 썼다고 했다. '말라노체'는 나쁜 밤이라는 뜻이다. 뉴욕에서 단편소설이나 쓰고 있었다니 할 일이 오죽 없었나 보다. 장은 말라노체의 파일이 노트북에 있을 거라고 했지만 찾지 못했다.

장은 지금 멕시코에 있다. 자신에게도 「말라노체」의 파일이 있지만 인터넷을 하기 힘든 상황이라고 했다. 멕시코는 장난이 아니거든. 장이 말했다. 기억을 잃어버렸다고? 조심해. 그사이에 누굴 죽였을지도 모르니까. 윌리엄 아이리시의 소설처럼 말이야.

나는 뉴욕에 반년가량 있었고, 다행히 누굴 죽이거나 하진 않았다(않은 것 같다). 나는 난생처음 단편소설을 썼고(썼다고 하고), 처음으로 동성 애인이 생겼다(생겼다고 한다). 그러니까 지금 쓰는 나의 두번째 단편소설은 나의 첫번째 동성 애인에 관한 것이다.

뉴욕의 가장 큰 문제는 모두가 시인이 되려 한다는 거다. 웨이터도 시인이고, 미장이도 시인이고, 소설가도 시인이고, 화가도 시인이다. 패션 디자이너도 시인이고, 회계사도 시인이며, 변호사도 시인이다. 연방준비제도 의장 벤 버냉키는 이렇게 말했다. 우리는 시적 정신을 잊지 말아야 합니다. 『뉴욕 타임스』는 이렇게 썼다. 워런 버핏은 주식의 시인이다.

시적으로 쓰려고 하지 마. 알의 말이다. 알은 올해 여든여덟 살이 된 시인이다. 풀 네임은 알렉세이 이브라모비치 파라자노프로 정부 지원금을 받는다. 뉴욕 시에서 그에게 아파트도 줬다. 예술 지원의 일환으로 나온 낡고 작은 아파트에 불과하지만 살기엔 문제없다. 그래서인지 그는 늘 참견을 한다. 사랑은 이렇게 하는 거라네, 친구. 밤에 시리얼을 먹는 건 자살 행위지. 마르케스 따위도 작가라고…… 등등. 한데 그 참견이 나름 그럴싸해 브루클린 귀퉁이에서 그는 일종의 구루 대접을 받는다. 그렇지, 그렇지. 그는 2차 대전과 굴라크를 겪었고 68혁명을 온몸으로 통과했으며, 블랙팬서 당을 지지했고 패트릭 유잉의 뉴욕 닉스를 맨 앞자리에서 봤다. 그러니까 우리는 그가 부정확한 정보를 막 지껄여도 그런가 보다 하고 들을 수밖에 없다.

그런 면에서 오큐파이가 있었을 때 우리는 신이 났다. 지금이야말로 생애 최초로 세계사의 흐름에 동참하고 있다는 느낌, 우리가 단지 앞날과 사야 할 가방과 집에 대해 고민하며 전전긍긍하지 않고도 가치 있는 무언가를 할 수 있다는 느낌을 준 사건이었기 때문이다. 나는 친구들에게 한국에서 유사한 경험을 했다고 말했다. 캔들 프로테스트(이 표현이 맞는지 모르겠다)라고 광화문에서의 시위 말이다. 친구들은 캔들이 촌스럽긴 하지만 그래도 멋지다고 했다. 코리아는 국민이 정부를 전복해본 경험이 있는 나라니까. 비토가 말했다. 그는 대학에서 동아시아사를 전공했다는 이유로 한국 얘기만 나오면 참견했다. 나는 어깨를 으쓱했다. 전복이라니, 뭐라는 얘기인지. 촛불은 오큐파이가 그랬던 것처럼 금방 꺼졌다. 그건 불우이웃돕기와 다를 바 없었다. 다들 불우이웃을 돕지만 아무도 자신이 불우이웃이라고 생각지 않았다.

본론으로 돌아가자. 그러니까 나의 동성 애인 말이다. 나는 뉴욕에 대해 많은 부분을 기억하는데(사실 어느 정도 기억하는

지 확인할 길이 없다), 그에 대한 기억은 전혀 없다. 누군가 그 부분만 삭제한 것처럼 깨끗이 사라졌다. 그러니 그가 서울에 왔을 때 나는 당황했다. 그는 마약상 같은 외모의 나이 든 외국인이었다. 이름은 레이날도 아레나스. 내가 자기를 모른다고 하자 그는 위 키스드 에브리나잇, 아이 미스 유,라고 하며 사진을 꺼냈다. 사진 속의 우리는(우리라니, 젠장) 정말 키스를 하고 있었다. 그건 뽀뽀가 아니었다.

유년 시절

레이날도 아레나스는 쿠바 혁명의 해에 태어났다. 카스트로와 체 게바라는 바티스타 정권을 축출하고 혁명정부를 세웠다. 유명한 일이다.

레이날도는 외가 쪽 식구들과 함께 살았다. 어머니와 이모, 외할머니가 돌아가며 그를 돌봤다. 그의 고향인 쿠바의 오리엔테 지방은 모두 농사를 지었고 지독히 가난했다. 레이날도는 나무 아래 앉아 흙을 먹으며 자랐다.

『백 년 동안의 고독』에도 그런 장면이 나와요.

내가 말했다. 레이날도는 인상을 찌푸렸다.

이건 마술적 리얼리즘 따위가 아니야.

당시 라틴아메리카에선 흙을 먹는 게 일상이었다. 흙에는 온갖 영양분이 다 있었다. 허약하게 태어난 레이날도는 금방 건강해졌다. 일곱 살이 된 그는 마을 오두막에서 글을 배웠고 글을 배우자마자 시를 썼다. 당시 그의 하루 일과는 이랬다.

1. 일어난다.
2. 흙을 먹는다.
3. 주머니칼로 나무에 시를 새긴다.

이런 내용이다.

흙에는 영혼이 있네
노래는 하늘에 이르네
땅은 잠자고 바람은 잠 깨네
　　　　　　　　—레이날도 아레나스, 「일곱 해의 노래」

4. 암말과 섹스를 한다.

마을 선생은 레이날도가 천재라고 했다. 그녀는 레이날도의 집에 찾아와 소리쳤다. 레이날도는 네루다, 타고르, 페소아 같은 시인이 될 수 있을 거예요! 놀란 외할머니가 들고 있던 램프를 떨어뜨렸다. 어머니는 비명을 질렀다. 마을 선생은 이해할 수 없는 반응에 어리둥절했다. 그때, 레이날도의 외할아버지가 도끼를 들고 집 밖으로 뛰쳐나갔다. 그는 레이날도가 시를 새긴 나무란 나무는 모조리 베어버렸다.

2

레이날도는 슬픈 눈으로 나를 쳐다봤다. 기억이 지워졌다니 믿을 수 없어.

사실 기억이 지워진 건 큰 문제가 아니었다. 만일 레이날도가 아니라 아리아나 같은 남미 여자가 나를 찾아와서, 오 미 아모르, 오 미 앙헬이라고 했다면 기억의 유무와 상관없이 나는 그녀를 받아들였을 것이다(이 경우 기억이 없는 게 더 좋을지도 모른다).

문제는 내 사랑의 대상이 쉰 살 넘은 아저씨라는 거다.

와츠 더 프라블럼?

레이날도는 내가 이성애자라는 사실에 깜짝 놀랐다. 그러니까 그의 말에 따르면 우리는 아주 자연스럽게 사랑에 빠졌고, 동성애 자체를 문제 삼은 적은 한 번도 없었다.

인생을 통째로 복습해야 해. 장이 말했다. 장은 일기 같은 걸 찾아보라고 했다. 토마스 만처럼 감춰뒀던 동성애적 욕망을 찾아낼지도 몰라.

장은 상황을 과장했다. 그러니까 넌 니가 아닐지도 몰라. 너는 누구야. 니가 곧 타자인 거야 등등. 국제전화로 헛소리를 듣고 있자니 괴로웠다. 내가 원하는 답은 내가 왜 갑자기 동성애자가 됐냐는 거였다.

내가 그걸 어떻게 알아.

장이 말했다. 맞는 말이다.

니 소설도 동성애와 관련된 내용이야. 장은 내 첫번째 단편
소설 「말라노체」에서 동성애가 주요한 모티프라고 했다. 소설
이야기 좀 해줘. 내가 말했다. 장은 그건 좀 힘들다고 했다. 이
유인즉 「말라노체」는 줄거리를 요약해서 설명할 수 있는 종류
의 소설이 아니라는 거다.

그건 작품의 본질을 흐리는 짓이야.

기가 찼다. 이건 철학 수업이 아니다.

설명이 안 돼. 내러티브가 아니라 문장으로 말하는 소설이야.

나는 전화를 끊었다. 장은 깡패다. 그렇게밖에는 설명이 안
된다.

바다

레이날도는 첫 소설인 『여명이 오기 전의 셀레스티나』로
UNEAC(쿠바 전국 작가 및 예술가 협회)에서 수여하는 문학상
을 받았다. 심사위원은 훌리오 코르타사르, 비르힐리오 피녜
라, 알레호 카르펜티에르, 호세 레사마 리마 등이었다. 심사
가 끝난 후 파티가 있었다. 비르힐리오가 레이날도에게 다가
왔다. 레이날도는 바짝 긴장했다. 비르힐리오는 잡지 『시클론
Ciclón』의 창간자이자 명성 높은 시인이며 비평가였다. 그가

레이날도의 어깨에 손을 올렸다.

알레호가 자네 상을 빼앗았네.

말인즉 레이날도는 대상을 받았어야 했는데 알레호 카르펜티에르의 반대로 장려상을 받았다는 것이다. 곧이어 그들 곁으로 다가온 레사마 리마도 고개를 끄덕였다. 레사마 리마는 비르힐리오의 라이벌이자 절친이며 쿠바를 대표하는 작가였다. 비쩍 마르고 촌스러운 비르힐리오에 비해 레사마 리마는 귀티가 줄줄 나는 신사였다. 레사마 리마는 코 위에 얹힌 검은 뿔테 안경을 추켜올렸다.

조금만 더 공부하면 되겠어.

그들은 레이날도를 높이 샀고 지원을 아끼지 않았다. 뒤늦게 안 사실이지만 그들 모두 동성애자였다. 그들이 레이날도에게 성적인 요구를 했다는 뜻은 아니다. 비르힐리오는 흑인 취향이었다. 그는 흑인만 보면 환장했는데, 때로는 자신이 감당 못할 크기의 흑인과 관계를 맺었다. 그러고 나면 며칠 동안은 치료 때문에 그를 볼 수 없었다.

비르힐리오는 레이날도의 작품을 『시클론』에 싣고 자신이 번역한 작품을 그에게 안겼다. 사드의 『소돔의 120일』과 곰브로비치의 『페르디두르케』 등이었는데, 레이날도는 하나도 이해하지 못했다. 정작 레이날도가 좋아했던 건 비르힐리오와 레사마 리마 본인들의 작품이었다. 특히 레사마 리마의 『파라디소』는 비할 데 없는 걸작이었다.

당시의 아바나는 레사마 리마의 소설 제목처럼 지상낙원이었다. 레이날도는 책을 읽고 남자를 만나고 수영을 하고 남자를 만나고 글을 쓰고 남자를 만났다. 아바나엔 아름다운 남자들이 넘쳐났다. 한번은 한 해 동안 몇 명의 남자와 관계했는지 세어보기도 했다. 복잡한 수식을 거쳐 도달한 숫자는 456명이었다. 그의 동료인 미남 작가 기예르모 로살레스는 한 술 더 떴다.

난 901명이네.

그러나 아바나에서의 황금기는 금방 끝났다. 피델 카스트로는 동성애를 끔찍이 싫어했다. 예술과 동성애자에 대한 탄압이 시작됐다. 정권 비판을 한 작품은 말할 것도 없고 정권 비판을 하지 않은 작품도 탄압받았다. 레타마르 같은 현실 참여적인 작가들은 카스트로와 체 게바라 편에 서서 탄압에 앞장섰다. 쿠바 민중의 진정한 삶에 대해 말하지 않고 "알아먹을 수 없는" 이야기만 한다는 게 탄압의 이유였다. 레사마 리마는 "대체 알아먹는다는 게 무슨 말이냐"고 응수했다. 대가는 참혹했다.

수많은 작가들이 죽어나갔어.

책은 판금 조치당했고 작품은 불태워졌다. 작가들은 청문회에 끌려나가 자신의 작품은 명백한 실수이며 자신은 이제 개심했다는 선서를 해야 했다. 수십 일 동안 고문을 당한 작가의 모습이 카메라를 통해 남아메리카 전역에 방송되었고, 연이어 전 세계로 퍼져나갔다. 카스트로는 작가의 얼굴에서 피를 닦고 새

로 산 양복을 입혔지만, 레이날도는 브라운관 위로 피가 흘러
내리는 것을 볼 수 있었다. 정권의 편에 서느냐, 감옥에 가느냐
를 선택해야 했다.

나는 바다로 갔어.

레이날도는 고무 튜브를 끼고 바다로 뛰어들었다. 모두 미
친 짓이라고 했다. 레이날도는 날씨만 좋으면 바다를 가로질러
관타나모로 갈 수 있다고 생각했다. 3일 밤낮을 바다 위에 떠
있었다. 바다, 검고 푸른 자궁. 나의 어머니이자 달. 해와 바람
의 무덤. 레이날도는 죽음이 가까이 옴을 느꼈다. 그는 바다 위
에서 오페라 가수처럼 노래 부르고 파도처럼 시를 썼다. 수십
번을 뒤집히고 솟아올랐다.

그때 쓴 시가 남아 있다면 나는 보르헤스 못지않았을 거야.

레이날도는 라콘차의 어부들에 의해 구출됐다. 정신을 차린
그는 단 한 줄의 시도 기억 못 했다. 탈출은 실패로 끝났고 귀
환한 아바나는 황량했다. 비르힐리오는 감옥에 갔고 레사마 리
마도 감옥에 갔다. 얼마 되지 않아 레이날도도 감옥에 갔다.

3

나는 알에게 이메일을 썼다. 비토에게도 썼다. 영어 실력이
부족해 요점만 간단히 썼다. 요약하자면 뉴욕에서 무슨 일이

있었나, 나는 동성애자인가, 나는 레이날도와 사귀었나, 하는
거였다.

곧장 답장이 왔다. 알은 내가 기억나지 않는다고 했다. 비토
는 뉴욕에서 무슨 일이 있었는지 모르겠고, 너는 동성애자가
맞으며, 레이날도와 아주 잘 사귀었다고, 레이날도는 가난하
지만 명망 높은 작가이고, 아마 그래서 더 좋아했던 거 아닐까
라는 답변을 보내왔다.

나는 다시 알에게 메일을 보냈다. 나에 대한 상세한 설명과
레이날도에 대한 상세한 설명을 곁들여서. 알은 이제야 기억난
다고 했다. 그런데 자신은 레이날도의 작품을 좋아하지 않는다
며 유감이네, 친구,라고 운을 뗐다. 알이 들려준 이야기는 이
러했다.

뉴욕의 문제는 길에 껌이 너무 많다는 거네. 천박한 인간들이
마치 Like라고 발음하듯이 껌을 짝짝 씹고는 아무 데나 뱉지. 아
래를 내려다보면 수천만 개의 블랙홀이 도사리고 있네. 여름이
되면 더욱 가관이지. 녹은 껌들이 내 프라다 구두에 들러붙어
기생하거든. 마치 젊은 예술가들처럼 말이야. 그들은 마치 Like
라고 발음하듯이 투덜대지. 세계는 썩었다. 신자유주의와 금융
권력은 우리를 잠식하고 지구를 병들인다. 예술은 너무 연약하
다. 우리는 숨 쉴 틈이 없고 먹을 것도 없다. 그런데 말이야, 친
구. 동성애자는 애를 못 낳지 않나. 핵심은 그거네. 애는 말하자

면 껌과 같지. 어디든 들러붙거든. 나는 굴라크에 있을 때 생각했네. 애를 낳지 말아야겠어. 그런 의미에서 자네의 선택은 현명하다고 보네. 레이날도든 알리바바든 열심히 잘 만나게나. 덧붙이자면 자네의 소설 「말라노체」는 흥미로웠네. 재능이 있어.

나는 알의 이야기가 무슨 말인지 몰라 한참 들여다봤다. 알은 정신이 오락가락하는 노인이 분명했다.

감옥

당시 레이날도를 움직였던 것은 슬픔과 공포였다. 감옥에서 나온 그는 쿠바를 떠나길 꿈꿨지만 이룰 수 없었다. 대신 그는 동료 작가들과 매주 일요일마다 비밀 모임을 가졌다.

모임은 아바나 시 외곽에 위치한 레닌 공원에서 이루어졌다. 그들은 숲에 자리를 잡고 호수에 돌멩이를 던졌다. 시를 낭독했고, 소설 속의 대사를 연극배우처럼 소리쳐 외웠다. 글을 읽으면 바닷속에 들어간 기분이 들었다. 후안 아브레우는 자신이 어류라고 주장했다. 문학은 아가미다. 그가 외쳤다. 루이스 데 라 파스는 나체로 춤추는 걸 좋아했다. 그의 성기는 작살처럼 발기했고, 일행은 멜로디를 쏟아냈다. 하루는 잡지를 창간하기로 결정했다. 창간호에는 레이날도가 번역한 랭보의 시와 후안 아브레우의 소설을 실었다. 잡지 이름은 '아, 라 마레아'였고 뜻은 오, 그녀는 끝내주네였다.

한번은 바다에 너무 가고 싶어 동료들과 보트를 들고 해변으로 갔다. 군인들이 해변을 통제하고 있었다. 일행은 몰래 보트를 띄우고 노를 저었다. 달빛을 타고 보트가 바닷속으로 들어갔다. 레이날도는 보트 위에 서서 소설을 읽었다. 같이 배를 탄 동료들은 졸거나 구토를 했다. 후안은 전날 먹은 조개가 잘못되어 더 심하게 토했다. 레이날도 역시 소설을 다 읽고 난 뒤 배 속에 든 모든 걸 게워냈다.

그 일 덕에 또 철창신세를 졌지.

두번째 수감 생활은 레이날도를 유명하게 만들었다. 레이날도의 지인인 호르헤 카마초는 레이날도의 원고를 프랑스로 빼돌렸다. 쇠유 출판사에서 레이날도의 소설 『황홀한 세상』과 『회디흰 스컹크들의 궁전』을 출간했고, 레이날도는 즉각 남미의 주요 작가로 떠올랐다. 그의 작품은 유럽 각지에서 화제를 모았으며 『르 피가로』는 '쿠바의 반혁명 작가는 어디로 갔는가'라는 제목으로 레이날도의 수감 소식을 다뤘다. 쿠바 출신의 망명 작가인 세베로 사르두이는 『텔켈』에 실린 인터뷰에서 레이날도야말로 '작가 중의 작가'요 '혁명의 아들'이라고 말했다. 물론 여기서 혁명은 카스트로의 혁명에 대한 반어적인 표현이었다. 세베로 사르두이 역시 카스트로의 탄압을 피해 파리에 정착했다. 그는 쇠유 출판사에서 편집자로 일하며 『텔켈』에 난해한 소설을 기고했는데, 레이날도는 세베로의 소설에 대해 '신조차 이해할 수 없는 소설'이라고 말했다.

프랑스에서의 명성은 재앙이었어.

카스트로는 그야말로 길길이 날뛰었다. 쿠바 작가협회 의장인 니콜라스 기옌은 자신의 허락도 없이 원고를 외국에 보낸 레이날도를 용서치 않았다. 그들은 레이날도를 지속적으로 괴롭혔다. 그가 갇힌 모로 감옥은 지옥이었고, 간수들은 악마였다. 레이날도는 감방에서 여러 번의 자살 시도를 했지만 모두 실패했다. 그는 결국 전향서를 작성했다. 십수 명의 친구를 밀고 했고, 자신의 작품은 무의미한 쓰레기이며, 자신은 이제 혁명을 위해 긍정적인 작품을 쓸 거라고 적었다. 그를 심문한 빅토르 중위는 만족스러워하며 자신의 고환을 만졌다. 그건 그 작자의 습관이었다.

레이날도는 자신에게 아무것도 남지 않았음을 느꼈다. 자존심도 반항심도 친구도 사라졌다. 그날 밤, 그는 감방에 누워 빅토르 중위를 상상하며 자위했다. 바지까지 축축해질 정도로 많은 양의 정액이 나왔다.

4

레이날도는 김치를 싫어했다. 그는 마늘도 싫어했고, 마르케스도 싫어했으며, 훌리오 코르타사르도 싫어했고, 타코도 싫어했다. 한마디로 그는 싫어하는 게 너무 많았다. 한국에서 지내는 동안 그의 비위를 맞추느라 진땀 뺀 사람이 여럿이었다. 나는 내가 왜 그의 비위를 맞춰야 하는지 납득하기 힘들었으나 왠지 죄를 지은 것 같아 열심히 그의 비위를 맞췄다.

기억 못 하는 건 큰 죄야.

장이 말했다.

그럼 다른 사람들은 무슨 죄야?

여기서 내가 말한 다른 사람은 출판사 사람들이었다. 레이날도의 자서전이 국내에서 곧 출간될 예정이었다. 그렇다고 출판사에서 레이날도를 초청하거나 한 건 아니었다. 1쇄도 다 안 나갈 책 때문에 저자를 오라 가라 할 이유가 없었다. 레이날도는 그냥 제 발로, 나를 보러 한국에 왔다. 연고가 없던 그는 편집자에게 거처 등 한국에서의 안내를 부탁했고, 울며 겨자 먹기로 출판사에서 안내를 맡게 된 거였다.

작가님을 잘 부탁드려요.

편집자는 내 손을 꼭 붙잡고 말했다. 그는 할 일이 너무 많다고 했다. 레이날도 자서전의 감리가 끝나면 파졸리니와 비올레타 파라의 평전을 편집해야 했고, 카피를 쓰고 보도자료를 써야 했으며, 새로운 책을 기획하고 역자를 섭외해야 했다. 나는 뭐가 뭔지 몰랐지만 어쨌든 바빠 보였다. 그는 레이날도의 자서전 따위가 문제가 아니라고 했다.

좋은 책이긴 하지만요.

떨떠름했지만 별수 없었다. 레이날도의 건강도 문제였다.

처음 봤을 때부터 병세가 완연했던 그는 한국에 머무는 동안 더 골골댔다. 돌봐줄 사람이 필요했다.

무슨 병이래? 장이 물었다.

에이즈.

내가 말했다. 레이날도는 엄청난 양의 약을 매일 복용했는데, 약이 다 떨어지면 뉴욕으로 돌아갈 거라고 했다.

안부나 전해줘.

장이 말했다.

레이날도는 장을 기억했다. 장이 뉴욕에 들렀을 때 나와 같이 봤다는 거였다. 나로선 전혀 기억에 없는 얘기다. 윌리엄스버그의 햄버거 집에서 오리지널 버거를 먹었다고 했다.

단골이었지. 기억 안 나?

나는 고개를 저었다. 뉴욕 수제 햄버거 맛을 기억 못 한다니 억울했다.

장과 레이날도는 문학과 혁명에 대한 이야기를 나눴다. 혁명적인 글은 왜 반혁명적인지, 반혁명적인 작가는 어떻게 혁명적인 작가가 되는지, 문학의 혁명과 정치의 혁명, 성의 혁명과 과학의 혁명, 혁명가와 반동분자의 자리바꿈에 대한, 세베로 사르두이는 마르케스를 좋아하는데 레이날도는 왜 싫어하는지에 대한 장의 질문과 생각이 쉴 틈 없이 이어졌다고 했다.

지겨운 이야기들이야.

식사를 마친 우리는 이스트 17번가에 있는 서점에 갔다. 레이날도의 책을 사기 위해서였다. 무슨 낭독회 같은 게 있는지 대략 백 명의 사람이 모여 웅성대고 있었다.

순 깡패들이었어.

알고 보니 서점에서 기획한 행사가 아니었다. 서점 직원은 모인 사람들을 쫓아내려고 했지만 역부족이었다. 그중 한 남자가 가판대 위로 뛰어올랐다. 그의 손에는 『다가오는 봉기』라는 얇은 책이 들려 있었다. 사람들은 책의 출간을 기념해서 모인 거라고 했다. "모두가 동의한다. 폭발 직전이다." 사내가 책을 소리쳐 읽었다. 주위를 둘러싼 사람들이 왁왁댔다. 레이날도는 귀를 막았다. 머저리들. 곧 경찰이 몰려왔다. 사람들은 우르르 서점에서 나가더니 옆에 있는 세포라 화장품 가게로 들어갔다. "마흔 살이 넘은 사람은 믿지 마라." 일군의 사람들이 또다시 왁왁댔다. 그들을 따라 장도 소리쳤다. "남자도 믿지 마라!" 검은 옷을 입은 보안요원들이 그들을 밀어냈다. 그들은 화장품 가게를 나가더니 옆에 있는 스타벅스로 몰려갔다. 우리는 신이 나서 그들을 쫓았다. 레이날도는 고개를 저으며 우리를 따라왔다. 스투피드. "모든 권력을 코뮌에게."

그때 와장창하는 소리가 났다. 스타벅스 유리창이 산산조각 났다. 사람들이 비명을 지르며 흩어졌다. 직원들이 달려 나와 시위대에게 라테를 끼얹었다. 나와 레이날도는 왁왁대는 장을 끌고 도망쳤다.

장은 이렇게 말했어. 무슨 일인지 모르지만 나는 흥분되는 게 좋습니다.

레이날도는 의자에 몸을 깊숙이 파묻고 나를 보았다. 너는 어때? 너도 흥분되는 게 좋아? 나는 어깨를 으쓱했다. 흥분해 본 지 하도 오래돼서 알 수 없었다.

망명객

곰브로비치가 아르헨티나를 떠날 때 그의 나이 예순이었다. 그는 서른셋에 나치를 피해 고국 폴란드를 떠났고, 근 30년간 아르헨티나에서 가난뱅이 망명자로 살았다. 자존심이 셌던 그는 아르헨티나에 머무는 내내 그곳 작가들과 반목하며 지냈다. 그를 인정해준 이는 쿠바에서 망명 온 비르힐리오 피녜라뿐이었다. 그들은 비야이시오사 거리에서 남자를 꼬시며 시간을 보냈다. 비르힐리오는 곰브로비치의 소설을 번역해 출판했지만 아무도 거들떠보지 않았다. 곰브로비치의 명성은 한참이 지나서야, 2차 대전이 끝나고 비르힐리오가 고국으로 돌아가고 쿠바가 혁명을 완수했으며 알제리가 독립한 뒤에야 올라갔다.

베를린행 비행기를 타기 위해 공항으로 나온 곰브로비치에게 수많은 기자가 달라붙었다. 마지막으로 아르헨티나에 남기고 싶은 말이 뭔가요? 플래시가 팡팡 터졌고, 마이크가 턱 밑으로 들이밀렸다. 곰브로비치는 시가를 삐딱하게 물고 대답했다.

보르헤스를 죽이시오!

곰브로비치는 파리에서 여생을 보냈다. 파리에선 세베로 사르두이가 그의 절친이었다. 둘 모두 망명객이었고, 소수의 팬덤이 있었으며, 불만으로 가득 차 있었다. 곰브로비치는 중남미 작가를 추천해달라고 했다. 가르시아 마르케스만 빼면 다 괜찮아. 세베로는 레이날도 아레나스를 추천했다.

왜 그를 추천하는 거지?

당신을 보는 것 같거든요. 세베로가 말했다.

세베로가 어떤 의미에서 그런 말을 했는지 알 수 없으나 예언이라도 한 듯 망명 이후 레이날도의 삶은 곰브로비치와 별반 다르지 않았다.

레이날도가 처음 머문 곳은 마이애미였다. 마이애미에는 쿠바 작가가 많았고, 작가가 되고 싶어 하는 쿠바 망명객도 많았으며, 쿠바 사람은 아니지만 쿠바 작가와 어울리고 싶어 하는 작가도 많았다. 레이날도는 그들을 경멸했다. 머리를 틀어 올리고 시인이랍시며 시시덕거리는 그런 무리 말이다. 레이날도는 망명 작가로 유명세를 타 여기저기 불려 다녔다. 그는 마이애미와 샌프란시스코와 보스턴과 유럽의 각 대학에 강연을 다녔지만 사람들은 자신이 듣고 싶은 것만 듣고 보고 싶은 것만 봤다. 그가 문학에 대한 얘기를 멈추고 카스트로를 비난하면 사람들도 그를 비난했다. 심지어 그를 퇴치하려고 했다. 그는 파티에서 쟁반을 집어 던지고 크리스털 잔을 깼다. 카스트로를 지지하는 것은 좋습니다. 하지만 그렇다면 이런 걸 먹으면 안됩니다. 그는 정중하게 말했다.

레이날도의 유명세는 갈수록 높아졌다. 책도 열심히 썼고, 상도 받았다. 돈은 들어오지 않았다. 출판사에서 레이날도의 돈을 가로챘다. 레이날도는 분통을 터뜨렸지만 별수 없었다.

마이애미를 떠난 레이날도는 뉴욕에 자리를 마련했다. 뉴욕은 환상적이었다. 높은 빌딩과 고풍스럽고 세련된 극장, 아름다운 남자와 우아한 여자들. 겨울이 되면 눈이 왔고, 가을에는 낙엽이 졌으며, 여름에는 해변으로 갔고, 봄에는 바람이 불었다. 눈. 레이날도는 특히 눈이 좋다고 했다. 쿠바 사람들에게 눈은 여신 같은 존재야. 음악이고 꿈이고 섹스지. 레이날도가 말했다. 나는 레이날도에게 뉴욕에서는 행복했던 거냐고 물었다. 망명자는 도망치는 존재야. 행복을 느낄 여유가 없어. 레이날도가 말했다. 나는 무엇으로부터 도망치는 거냐고 물었다. 레이날도는 의자 깊숙이 묻고 있던 몸을 일으켰다. 나로부터 도망치는 거야, 친구. 나로부터.

5

어제 장이 「말라노체」를 보냈다.

「말라노체」는 이렇게 시작한다. "꿈을 꾸었다. 꿈에 에르네

스토 산 에피파니오와 후안 가르시아 마데로가 나왔다. 나는 그들이 누군지 모른다. 나는 스물네 살이고 미혼이다. 꿈에서 그랬다는 말로 나는 실제로는 서른네 살이며 부인은 1년 전에 죽었다. 그녀가 죽을 때 우리는 이혼 상태였기 때문에 정확히 말하면 그녀는 나의 전 부인이다. 그러나 우리가 이혼한 지 한 달이 되지 않아 그녀가 죽었기 때문에 나는 그녀를 전 부인이라고 부르는 데 죄책감을 느낀다. 나는 지금 레이날도 아레나스와 사랑에 빠지기 위해 노력 중이다. 노력은 사랑의 일부다. 나머지 일부는 사랑이다. 그러니까 사랑은 노력과 사랑으로 이루어진 전부의 일부이다."

「말라노체」의 전문을 옮겨 적을 필요는 없을 것 같다. 장의 말대로 「말라노체」는 내용을 요약하기 힘들었다. 굳이 요약하자면 전 부인을 잃은 남자가 레이날도 아레나스라는 남자와 사랑에 빠지는 내용이라 할 수 있는데, 그런 내용은 거의 없다. 소설은 대부분 중심 줄거리와 상관없는 이야기, 이상한 꿈과 주인공의 삶, 뉴욕 풍경, 아메리카의 역사, 경구와 상념으로 이뤄져 있다. 이게 장이 말한 문장으로 말하는 소설인지는 모르겠다. 그렇지만 내용과 상관없는 문장이 많다는 것 정도는 알 수 있었다. 한마디로 요점이 없다는 거다.

그게 쿠바지. 레이날도가 말했다.

무슨 말이야?

쿠바. 파괴와 시기심. 그들 대부분은 그들 나름의 두려움이 있어. 우리는 그들의 두려움을 이해 못 하고 그들은 우리의 두려움을 이해 못 하지.

뭔 말이야?

그러니까, 이해 못 해도 함께 간다는 거야. 레이날도가 말했다. 그는 알겠냐는 듯 나를 그윽하게 쳐다봤다. 나는 몰랐지만 그냥 고개를 끄덕였다.

문제는 내가 「말라노체」를 전혀 이해 못 한다는 거다. 내가 쓴 소설인데 내가 이해 못 하다니.

레이날도는 뉴욕에 있을 때 내가 「말라노체」를 쓴다고 매일 신나 했던 사실을 상기시켜주었다.

나랑 있을 때도 문장이 생각났다며 노트북을 열곤 했지.

전혀 기억나지 않았다.

And I kiss your ass.

그만해.

나는 레이날도의 입을 막았다.

창밖에는 어둠이 가득했다. 레이날도의 호텔 방은 전망이 좋았다. 레이날도는 도시가 좋다고 했다. 그게 대도시든 소도시든 상관없었다. 나는 도시를 떠나서는 살 수 없어. 하지만 사실, 도시에서도 살 수 없어. 레이날도가 창을 열었고 바람이 불었다. 나는 엎드려 「말라노체」를 읽었다. 레이날도는 뉴욕의 친구와 통화를 했다.

잠시 후 그가 신음 소리를 내며 전화를 끊었다.

기예르모가 죽었대.

레이날도가 말했다. 나는 깜짝 놀라서 고개를 들었다. 누구? 기예르모 델 토로? 레이날도가 눈살을 찌푸렸다. 그게 누구야? 난 기예르모 로살레스를 말하는 거야. 그게 누구야? 내가 물었다. 내가 말 안 했나?

기예르모 로살레스는 레이날도의 오랜 동료였다. 그도 쿠바를 떠나 마이애미에 정착했다. 몇 년 전 재활센터에 들어갔는데 못 견디고 권총 자살을 한 거였다. 순간 그의 소설 『표류자들의 집』을 읽은 기억이 났다. 책날개의 잘생긴 얼굴도 떠올랐다. 소설을 읽었다고 말하자 레이날도는 고개를 저었다.

기예르모의 진짜 걸작은 그의 머릿속에 있었어.

기예르모는 쿠바의 카프카였다. 그는 소설을 끝마치지 못하고 태우거나 찢기 일쑤였다. 머릿속은 온갖 기괴하고 병적인 아이디어로 가득했는데 자신의 글에는 절대 만족하지 못했다. 평생 쉬지 않고 글을 써댔지만 남긴 건 거의 없었다.

기예르모뿐만 아니야. 리디아 카브레라. 우리 시대의 가장 위대한 여성. 그녀는 지금 마이애미의 낡은 방에서 아무도 읽지 않는 책을 쓰고 있어. 과식주의의 대가인 미치광이 페페는 권총 자살을 했고 공고라의 후예인 이람 프람트는 알코올중독자가 됐어. 우리 시대의 로르카였던 루이스 로헬리오 노게이라는 누구도 알 수 없는 이유로 의문사했지.

아는 사람이 하나도 없었다. 레이날도가 창을 닫았다. 방 안이 쥐 죽은 듯 조용해졌다.

뉴욕으로 돌아가야겠어. 그가 말했다.

물이 가득 담긴 잔

기예르모 로살레스의 장례식은 마이애미 해변가에서 이루어졌다. 기예르모는 자신 같은 정신병자의 시체는 불태워야 한다고 했다. 친구들이 차례로 그의 유해를 바다에 뿌렸다. 레이날도 역시 그랬다. 눈물을 흘리는 사람은 아무도 없었다. 파도는 고요했고 지긋지긋했다. 기예르모 로살레스는 다시 영원의 길로 갔습니다. 후안 아브레우가 말했다. 레이날도는 후안의 뺨을 때렸다.

뉴욕에 돌아오니 집 천장이 사라지고 없었다. 어찌 된 일인지 주인에게 따졌더니 수리 중이라 어쩔 수 없다는 대답이 돌아왔다. 알고 보니 건물주와 세입자들 사이에 전쟁이 벌어져 건물주가 지붕을 날려버린 거였다. 레이날도의 집은 비와 바람의 안식처가 됐다. 이사를 가야 했지만 돈이 없었다. 건물주가 인심 쓰는 양 그에게 이사비를 주었다. 레이날도는 몇 블록 떨어진 누추한 방에 벌레처럼 기어 들어갔다.

그는 내게 보낸 이메일에 이렇게 썼다.

분노는 우리에게 영감을 주는 유일한 것이다.

레이날도는 뉴욕이 불길한 곳이라 했다. 뉴욕은 모든 것이 새롭기 때문이다. 새로운 옷가게, 새로운 음식점, 새로운 카페, 새로운 영화관, 새로운 은행, 새로운 사람들. 심지어 뉴욕에서는 역사도 새로웠다. 과거는 잊히지 않고 갱신되었다. 어제는 좌파, 오늘은 우파, 내일은 다시 좌파. 레이날도가 카스트로를 비난할 때 화를 내던 사람들은 어느새 꽁지를 감추고 카스트로에게 침을 뱉었다. 마술적 사실주의가 문학을 구원할 것처럼 굴더니 이제는 퇴물 취급했고 젊은이들은 곰브로비치를 가르시아 마르케스와 다를 바 없는 거장으로 우러렀다. 여기엔 영혼이 없어.

어느 날 밤이었다. 레이날도는 노트와 물이 가득 담긴 잔을 옆에 두고 잠자리에 들었다. 그의 오래된 습관으로 꿈을 기록하기 위한 방편이었다. 그날도 꿈을 꾸었다. 그는 해변의 화장실에 있었고 화장실에는 똥이 가득했다. 그는 화장실 구석에 쭈그려 잠을 청했다. 그때 화장실 창문이 모두 열리더니 형형색색의 끔찍한 새 떼가 몰려들어왔다. 화장실은 삽시간에 새 떼로 가득 찼고, 새 떼는 레이날도의 머릿속과 배 속으로 기어들어왔다. 구역질이 났지만 꼼짝도 할 수 없었다. 레이날도는 셔츠 단추를 풀고 가슴팍을 보았는데 새들이 그 안에서 꽥꽥대고 있었다. 순간 침대 옆에 둔 물 잔이 요란한 소리를 내며 폭발했다. 레이날도는 잠에서 깨 잔을 쳐다보았다. 물이 뚝뚝 흘러내렸다. 방에는 아무도 없었고 창문은 닫혀 있었다. 그냥 물

잔만 산산조각 난 거였다. 파편이 바닥에 가득했다. 레이날도
는 공포에 질려 911에 전화했다. 911은 그를 정신병자 취급했
다. 레이날도는 설명을 포기하고 잔의 파편을 쓸어 담았다. 그
리고 침대에 걸터앉아 꿈의 내용을 기록하고 내게 이메일을 썼
다. 이메일 제목은 다음과 같았다.

이 꿈을 해석해주겠어?

*

다행인지 불행인지 레이날도가 떠난 뒤 기억이 차츰 돌아오
기 시작했다. 레이날도와 처음 만난 날과 처음 사랑을 나눈 날
도 기억났다. 놀라웠지만 낯설게 느껴지지 않았다.

레이날도는 뉴욕으로 돌아간 지 석 달 뒤, 약을 먹고 자살했
다. 나는 그 소식을 장을 통해 들었다. 장은 그 소식을 런던에
서 들었다고 했다. 그가 죽은 후 런던의 서점에서 레이날도의
자서전이 꽤나 많이 나갔다고 한다. 한국에서는 전혀 더 나가
거나 하지 않았다. 어디서도 그의 죽음을 다루지 않았기 때문
이다.

레이날도의 무덤은 뉴욕에 있다. 그는 더 이상 글을 쓸 수 없
기 때문에 죽노라고 했다. 쿠바는 자유로울 것이며 자신은 이
미 자유롭다고 했다. 나는 나의 두번째 소설을 레이날도 아레
나스에게 바칠 생각이다. 레이날도가 좋아할지 모르겠다.

창

백

한

말

1

장이 모스크바에 도착한 날은 1월 2일이다. 장은 비행 동안 책을 읽거나 잠을 잤다. 화물로 보내지 않은 그의 숄더백에는 책 세 권이 있었다. 『러시아 미술사』와 발터 벤야민의 『모스크바 일기』, 보리스 사빈코프의 『창백한 말』. 떠나기 전날 만난 장은 모스크바에 가면 미술관에 갈 거라고 했다. 그의 손에는 『러시아 미술사』가 들려 있었다. 그는 책을 펼쳐 여러 도판을 보여줬다. 브루벨의 「악마」와 로드첸코의 「순수한 빨강, 순수한 노랑, 순수한 파랑」 등이었다.

나는 로드첸코의 그림이 마음에 들었다. 로드첸코의 그림은 백 년 전의 것이라기엔 너무 현대적이었다. 현대란 현재를 일컫는 말이 아니라 특정한 시간이나 시대를 지칭하는 거라고 장이 말했다. 그는 다시 현대는 시간이 아닌, 인물이나 작품으로 오는 거라고 말하며 그런 의미에서 요즘은 전혀 현대적이지 않다고 했다. 별로 와 닿지 않는 말이었으나 나는 잠자코 그의 말을 들었다. 그의 얘기가 이어졌다.

장은 해외여행이 처음이지만 설레지 않는다고 했다. 여행은 모스크바에 있는 장의 여자 친구인 미주의 계획이었다. 미주는 쉐프킨이라는 연극대학의 학생으로 아담한 키에 붉게 물들인 머리, 탄탄한 몸매의 소유자였다. 한국에 왔을 때 두어 번 봤지만 제대로 얘기한 적은 없었다. 그녀는 말이 없었고 고개를 땅에 처박고 있었다. 매너가 없거나 생각이 없거나 둘 중 하나라고 생각했지만 내가 신경 쓸 문제는 아니었다.

장과 미주는 모스크바에서 일주일을 머문 뒤 카이로로 갈 예정이었다. 미주는 카이로에 갈 날을 손꼽아 기다리고 있다고 했다. 반면 장의 목적은 모스크바였다. 정확히 말하면 모스크바에서 책을 읽는 거였다. 여행이나 관광을 대하는 장의 태도는 냉소적이었다. 그는 돌아올 기약만을 남긴 채 사라지는 것만이 진정한 여행이라고 말했다.

장은 모스크에서 일기를 쓸 거라며 검은 가죽 커버의 노트를 꺼냈다. 일기의 첫 장에는 이오시프 브로드스키의 시가 적혀 있었다.

바람이 숲을 남겨두고
구름과

희디흰 고도를 밀어올리며
하늘까지 날아올랐다.

그리고, 차가운 죽음인 듯,
활엽수림은 혼자 서 있다,
따르려는 의지도,
특별한 표시도 없다.

브로드스키는 소비에트 정부로부터 '사회에 유용하지 않은 기생충'이라는 선고를 받은 1964년에 이 시를 썼다. 그는 1963년에 이미 『레닌그라드』 신문으로부터 "형편없는 포르노그래피에 반소비에트"적이라는 맹비난을 받고 정신병원으로 끌려가 유황주사를 맞고 물고문을 당했다. 검찰은 그를 '벨벳 바지를 입은 한심한 유대인 포르노그래피 작가'로 기소했다. 당시 판사의 브로드스키 심문 내용은 방청석에 있던 여기자의 손에 의해 사미즈다트 형태로 유출되었는데, 이는 브로드스키를 반체제의 전설로 만들었다. 판사가 묻는다. "피고는 누구의 허락을 받고 시인으로 활동하는가?" 브로드스키가 대답한다. "없다. 나를 인간으로 허락해준 이가 없는 것과 마찬가지다."

아흐마토바는 멍청한 소비에트 정부가 그를 스타로 만들었다고 말했다. 그녀의 말대로 브로드스키는 1972년 추방 이후 국제적인 명사가 되었고 1987년 노벨문학상을 받았다. 장은 틈만 나면 브로드스키의 일화를 인용했다. 예술가를 기생충으로 보는 건 사회주의나 자본주의나 마찬가지야. 자본주의에선 눈에 띄지 않을 뿐이지. 사회주의에선 기생충을 구충제를 먹여서 죽이려고 하지만 자본주의에선 가만히 놔둬도 알아서 죽거든.

2

장의 일기는 눈에 대한 묘사로 시작한다. 그러니까 모스크바의 셰레메티예보 공항에 내린 장이 처음 본 것은 눈이었다. "작은 눈송이들이 주황색 유도등 주위로 흩날렸다. 활주로는 밤의 바다처럼 어둡고 축축했다. 미주는 게이트 앞에서 나를 기다리고 있었다. 그녀가 내 오른팔을 꽉 붙들었다."

그들은 택시를 타고 미주의 집이 있는 브랍치슬랍스카야로 향했다. 택시의 여린 진동이 장의 필체에 고스란히 전해졌다. "도로 너머로 낮은 건물들이 보였다. 납작 엎드린 건물 위로 밤하늘이 멀리까지 드러났다." 택시에서 내린 장이 처음 본 러시아인은 동네를 어슬렁거리는 스킨헤드들이었다. "눈보라가 치는데도 그들 중 몇몇은 민머리를 내놓고 있었다. 그들은 택시에서 캐리어를 내리는 우리를 지켜보았다. 검은 가죽점퍼와 회색 후드티. 낡은 청바지와 군화. 미주는 쳐다보지 말라고 했다. 러시아인을 정면으로 보지 않는 게 안전하다고, 스킨헤드에 의한 범죄가 끊이지 않는다고 했다."

페레스트로이카 이후 극심한 인플레이션과 실업, 빈부 격차가 러시아를 휩쓸었고, 사람들은 무기력과 패배감에 휩싸였다. 그렇지 않은 이들은 극우 민족주의자가 되었다. 노인들은 스탈린과 소비에트를 그리워했고, 젊은이들은 히틀러와 미시마 유키오, 안드레아 바더를 영웅시했다. KGB 장교 출신인 푸틴은 스탈린에 대한 존경을 공공연히 밝히며 유도복을 입고 칼라시니코프를 옆구리에 꼈다. 폭력은 일상이고 외국인에 대한 혐오도 일상이었다. 푸틴 집권 이후 5백여 명의 언론인이 죽었다. "이 나라에선 지각 있는 이들과 정신 나간 이들과 좌절한 이들이 한 몸이다."

장은 미주의 집에 있는 동안 보리스 사빈코프의 『창백한 말』을 읽으며 시간을 보냈다. 미주의 집은 낡은 아파트의 14층에 있었다. "좁은 엘리베이터는 끼익대며 오르내렸고 현관문은 지하 벙커로 들어가는 것처럼 육중한 소리를 냈다. 높은 천장과 커다란 문, 방 두 개와 좁은 거실, 부엌, 화장실. 휑한 거실에 비해 침실인 방은 붉은색 러그와 갈색 책상, 주황색 스탠드의 조화로 아늑한 분위기를 풍겼다." 장은 매트리스 두 개를 쌓아 올린 미주의 침대에 누워 책을 읽거나 책상에 앉아 책을 읽었고, 배가 고플 땐 부엌에서 시리얼을 먹었다.

장은 단문으로 이루어진 『창백한 말』을 천천히 읽었다. 마음에 드는 문장은 필사했다. 일주일치에 불과한 장의 일기가 꽤나 긴 것은 일기의 반이 『창백한 말』의 인용이기 때문이다. "소설은 어제저녁 나는 모스크바에 도착했다,라는 문장으로 시작한다. 어제저녁 나는 모스크바에 도착했다. 나와 같은 지붕 아래 수백 명이 함께 지낸다. 나는 그들에게 타인이다. 이 돌로 된 도시에서 이방인이고, 어쩌면 세상 전체에서 이방인인지도 모른다."

보리스 사빈코프는 20세기 초, 러시아에서 혁명의 시간을 보낸 테러리스트이자 문필가이다. 그가 활동하던 시절 유럽은 거대한 실험실이자 전쟁터였다. 세상을 바꿀 수 있다고 믿는 망상가와 혁명가, 아나키스트와 사회주의자, 전쟁광과 우울한 암살범들이 하루가 멀다 하고 테러를 일으켰다. 벨빌의 호텔 방에서 오흐라나의 페테르부르크 수장이 암살되고 스위스에서 차르의 각료로 오인당한 샤를 뮐러가 살해당했으며 레퓌블리크 광장에서 맥시멀리즘 당원들이 위병대에게 기관총을 난사했다. 사빈코프는 사회혁명당 당원들과 함께 세르게이 대공 암살을 주도했다. 사빈코프 일당은 크렘린을 지나는 세르게이 대공의 마차에 폭탄을 던졌고, 대공은 마차와 함께 산산조각 났다. 사빈코프는 이 사건으로 체포되지만 스위스로 탈출해 프랑스로 망명한다. 『창백한 말』은 망명 시절 파리에서 쓴 소설로 세르게이 대공 암살이 주요 배경이 된다. 그는 소설에서 묻는다. 테러는 정당한가. 우리는 무엇을 할 수 있는가. 우리는 무엇을 해야 하는가.

사빈코프는 소비에트 혁명 이후 국방차관이 되지만 볼셰비즘에 대한 증오심으로 다시 테러리스트가 된다. 1924년에 체포된 그는 감옥에서 자살한다.

『창백한 말』의 주인공인 조지 오브라이언은 암살의 주도자이자 에르나와 옐레나라는 두 여인의 연인이다. 조지는 사빈코프 자신의 모습이다. 조지는 에르나와 옐레나 사이를 오가는 것처럼 암살의 윤리적 타당성 사이에서도 고뇌한다. 신의 이름으로 암살의 가치를 믿는 동료 바냐에 반해 조지는 무엇도 확신하지 못한다. 그는 암살과 사랑 모두에 회의적이다. 장은 조지가, 그리고 사빈코프가 허무주의자라고 생각했다. 혁명 당시 사빈코프가 받았던 비판도 특유의 허무주의적인 시선 때문이었다. 장은 일기에 이렇게 적었다. "허무주의자가 혁명을 일으킬 수 있는가. 이상이 없는 자가 어떻게 혁명가가 될 수 있는가."

3

장은 모스크바에 도착한 처음 3일 동안 거의 집 밖으로 나가지 않았다. 미주는 마지막 시험 준비로 바빴고, 장과 함께 있어

줄 시간이 없었다. 장은 학교에 가는 미주를 따라 붉은 광장에 들렀지만 곧 돌아왔다. 그의 눈에 백화점과 잡상인으로 뒤덮인 붉은 광장은 한심했고, 바실리 성당은 거대한 사탕처럼 보였다. 올리가르히와 다국적 기업이 휩쓸고 지나간 러시아는 장의 관심 밖이었다. 센투르 구경 좀 했냐는 미주의 말에 장은 볼 게 없다고 대답했다.

미주는 장이 하는 얘기를 대부분 알아들을 수 없었다. 올리가르히니 노멘클라투라니 나츠볼이니 하는 말도 몰랐고, 러시아의 사상가나 혁명가, 예술가인 네차예프와 바쿠닌, 불가코프, 만델스탐, 타틀린에 대해서도 몰랐다. 그건 나도 마찬가지였고, 다른 사람들도 마찬가지였다. 사람들은 장을 시대착오적인 예술지상주의자라고 생각했다. 그는 20세기 초반에 경도되어 있었고, 혁명에 물들어 있었다. 그는 그때의 사상과 예술, 사람들을 줄줄 읊고 다녔다. 모든 게 가능해 보이던 시절, 무한한 가능성이 열려 있는 세계에 대해.

2차 대전과 포스트모더니즘, 이제는 신자유주의까지. 이것들이 모든 걸 망쳐버렸어. 장의 말이다.

나는 그것들이 뭘 망쳤는지 모르지만 취업이 만만치 않다는 건 알 수 있었다. 내가 학교를 졸업하고 취직하느라 분주한 사이 장은 졸업을 미루고 일용직과 도서관을 전전했다. 장은 그게 일종의 사보타주라고 말했다.

장의 사보타주가 성공적이었던 것 같진 않다. 그는 틈만 나년 돈을 빌려달라고 했고 뭐 하나 번듯하게 해내는 게 없었다. 어느 날은 시를 썼고, 어느 날은 소설을 썼으며, 어느 날은 영화를 찍었다. 카페에서 보자고 해서 갔더니 커피 네 잔을 마시고 식사 대용으로 브라우니와 크루아상까지 먹어치운 상태로 나를 기다리고 있었다. 물론 계산은 내가 했다. 나는 운이 좋게 취직을 했고, 돈도 꽤나 벌었다. 시는 읽지 않은 지 오래였고, 영화는 멀티플렉스에서만 봤으며, 소설은 읽을 시간이 없었다. 시간이 갈수록 장과 만나면 할 얘기가 없었다. 장은 대학 때 그대로였다. 그는 요즘의 예술 경향이나 철학자들에 대한 이야기를 줄줄 늘어놓았고 재스민 혁명에 대해, 월가 점거에 대해 떠들었다. 시나리오 공모전에 민족 볼셰비키당에 가입한 고려인 청년의 이야기를 냈다고 했고, 재스민 혁명 때 올라온 페이스북 댓글로 시를 썼다고 했다. 작품은 본 적 없었다. 지면으로 보라고 했지만 그의 작품은 어디에도 실리지 않았고, 어디서도 당선되지 않았다.

　장이 가장 관심을 가진 주제는 이상과 허무의 관계였다. 장이 말했다. 21세기는 허무의 시대다. 그러나 가짜 허무의 시대다. 그는 진정한 이상주의자만이 진정한 허무주의자가 될 수 있다고 말했다. 나는 진정한 이상주의자도 아니었고, 진정한 허무주의자도 아니었기 때문에 그의 말에 동의할 수 없었다. 아니, 애초에 진정한 주의자라는 게 진정으로 존재할 수나 있긴 한가. 그런 것에 누가 관심을 가지는가. 장은 옛날 책과 영화를 너무 봤고 어느 순간 돌아올 수 없는 강을 건넜다.

사회주의가 무너지고 역사가 끝났다는 말은 장의 입장에선 헛소리에 불과했다. "사람들은 각자의 세기에 살고 있었다." 나나 미주가 21세기에 산다면 장은 20세기 초반을 살고 있었다. 나는 장이 이런 인간이라는 사실을 애초에 알았지만 미주는 어땠는지 모르겠다. 장은 내게 비행기 삯을, 미주에게 여행 경비를 빌렸다. 미주는 장에게 빌려준 돈을 받을 수 있을 거라고 생각했을까. "미주에게 모스크바에 오길 잘했다고 말했다. 붉은 광장은 시시했지만 창밖의 눈은 시시하지 않다고, 모든 게 변했어도 창밖에서 내리는 눈은 사빈코프가 본 것과 같을 거라고 말했다. 미주는 내일은 같이 학교에 갈 거니 잠이나 자라고 했다. 침대에 누워 창밖을 바라봤다. 작은 눈송이들이 창문을 쉬지 않고 두드렸다."

4

미주가 마지막 시험을 치르는 동안 장은 쉐프킨 안을 돌아다녔다. 한국에서 볼 수 없는 양식의 벽과 문, 창문과 계단이 이어졌고, 큰 키에 황금빛 머리의 사람들, 붉은 머리의 아름다운 여자들이 오갔다. "푸른 벽과 커다란 샹들리에. 시간의 흔적을 고스란히 지니고 있는 것들. 늙은 고성. 퇴락한 귀족이 두고 간 흔적들로 이루어진 곳. 이런 곳에서 공부를 한다는 사실이 놀라웠다. 고동색의 거대한 문틀만으로도 영감을 받을 수 있었다."

장의 생각과 달리 한국인 유학생들은 쉐프킨의 낙후된 시설에 만족하지 못했다. 그들은 학교가 오랫동안 지원을 미루고 있다고 말했다. 그러니 장의 생각은 이방인 특유의 낭만적인 시선에 불과하다는 거였다. 이런 말을 한 건 미주의 선배인 정태로, 그와 장은 미주를 기다리는 동안 여러 이야기를 주고받았다. "정태는 한국에 있는 여자 친구와 헤어졌다고 했다. 그는 장거리 연애의 어려움에 대해 말하며 나와 미주 사이를 집요하게 캐물었다. 그는 미주를 믿냐고 물었다. 나는 대답하지 않았다."

장은 정태를 불쾌하게 생각했다. 그는 "짧게 자른 머리에 산만하고 건들거리는 매너를 가진 사내로 스콜세지 영화에 나오는 조 페시"를 떠올리게 했다. 시험이 끝난 후 장과 미주는 한국인 유학생들과 체호프 거리에 있는 호프집에서 술을 마셨다. 이곳에서도 정태는 끊임없이 장과 미주의 관계에 대해, 장거리 연애에 대해 이야기했다. 장은 "아무 짝에 쓸모없는 얘기였다"고 썼지만 정태의 이야기를 듣던 도중 플라토노프의 단편소설 「귀향」을 떠올리기도 했다. "플라토노프는 실패한 소설가다. 그는 소비에트로부터 비난받았다."

일행은 학교 기숙사로 자리를 옮겼다. 기숙사로 가는 길에 눈이 내리기 시작했다. 보드카와 안줏거리를 사기 위해 다들 마트로 들어갔을 때, 장은 홀로 남아 눈이 내리는 모습을 보았다. "가벼운 눈이 모이고 흩어지길 반복했다. 땅에 닿는 순간 사라진다는 걸 알기에 그들은 필사적으로 날아올랐다. 거리를 수놓는 눈들의 마지막 생에서 눈을 뗄 수 없었다. 붉은 광장의 새 건물들과 비교할 수 없는 아름다움이었다."

장과 미주는 새벽이 올 때까지 유학생들과 함께 있었다. 오랜 시간 대화가 오갔지만 장은 일기에 대화의 내용을 자세히 기록하지 않았다. "그들도 미주처럼 예술에 무지했다. 발터 벤야민도, 사빈코프도 모를 뿐 아니라 러시아 미술과 문학도 상식적인 수준만 알고 있었다. 푸시킨과 샤갈. 대화의 폭이 넓어질수록 드러나기 시작한 그들의 취향—할리우드와 TV 프로그램을 선호하는—은 할 말을 잃게 만들었다."

장에게 취향의 문제는 항상 결정적이었다. 내가 장과 미주 사이를 종종 의문에 부쳤던 것도 그 때문이다. 장은 엄격하게 예술의 층위를 나누고 그에 따라 사람을 평가했다. 기준에 못 미친 이들과의 교류는 내부에서 원천적으로 차단되었다. 내가 보기엔 미주 역시 그런 이들 중 하나였다. 게다가 미주의 존재는 장에게 여러 불편함을 안겨주기도 했다. "술자리 내내 견제하는 태도를 느꼈다. 어색한 대화와 과장된 친밀감."

5

1월 6일, 장은 미주 일행과 함께 영화연극대학인 부키크의 졸업 공연을 보러 갔다. 정태는 졸업 작품의 수준이 높을 거라고 했다. 단편영화와 단막극들을 주로 선보이는데 실험적이고 독특한 작품이 많다는 거였다. 공연이 끝난 뒤에는 파티가 예정되어 있었다. 미주가 장에게 좋은 기회라고 말했다. "러시아 영화 좋아한다고 하지 않았어? 오타르……, 뭐라고 하는 감독이었나." 감독의 이름은 오타르 이오셀리아니였다. 그는 러시아인이지만 그루지아 출신이었고 프랑스에서 활동했으며 장이 좋아하는 건 프랑스 영화이지 러시아 영화가 아니었다. 그러나 장은 그 사실을 말하지 않았다. 그는 다만 "러시아의 대학생들이 만든 작품이 궁금"할 뿐이었다.

부키크는 모스크바 외곽에 있었다. 가는 동안 이제껏 봤던 것과는 다른 풍경이 이어졌다. "끝없이 펼쳐진 침엽수림과 새하얀 눈밭의 공원. 작동을 멈춘 전동차가 있는 사거리. 낡고 초라한 건물과 흐린 하늘, 검은 옷의 사람들. 정오가 조금 지난 시간임에도 해는 무대의 커튼처럼 드리운 구름 뒤로 퇴장했다."

부키크에 도착한 일행을 맞이한 건 금발의 러시아인이었다. 그는 미주에게 볼 키스로 인사를 건네고 다른 이들과 가벼운 악수나 포옹을 했다. 다들 그를 알료샤라고 불렀다. 그는 미주와 절친한 사이라고 했다. 어설프지만 정확한 한국말로 인사를 건네며 장의 오른손을 꽉 붙잡은 알료샤는 장에 대해 많이 들었다고 했다. 반면 장은 그에 대해 전혀 아는 바가 없었다. 알료샤는 부키크에 재학 중인 학생으로 배우와 연출을 겸하고 있다고 했다. 그는 장보다 머리 하나가 더 컸다. 자신의 작품이 공연될 예정이니 "좋게, 좋게 봤으면 좋겠다"고, 알료샤가 장에게 말했다.

교실로 사용되는 대여섯 개의 방에서 영화나 연극이 상연되었다. 사람들은 자유롭게 방을 오가며 작품을 보았다. 저녁까지 서른 개 작품이 상연된다고 했다. 장은 미주의 안내에 따라 넓은 주랑과 복도를 오가며 작품들을 보았다.

"투란도트의 패러디 또는 이국 취향의 소극: 배우 두 명, 경계가 없는 좁은 무대. 여배우는 기모노를 입고 있다. 누워 있는 그녀의 주위에 황금빛 향로, 독한 냄새의 향이 피어오르고 천장에서 내려온 얇은 천이 그녀가 흔드는 부채의 움직임에 따라 하늘거린다. 남자는 과장된 몸짓으로 좁은 무대를 오간다. 여자의 대사는 톤이 높은 흥얼거림, 비둘기의 구구거림과 같은 기이한 발성이다."

"러시아의 시골, 트랙터를 고치는 남자에 관한 단편영화: 타르콥스키나 소쿠로프 등을 떠올릴 수 없는, 평범하고 소박한."

"체호프의 작품: 호두색 트렁크를 든 남자, 정장 차림의 여인. 여러 작품의 콜라주 또는 압축 및 재창조? 놀랍도록 생동감 넘치는 음향효과가 인상적(기차 소리, 역 안의 소음들, 바람과 나무의 속삭임)."

알료샤의 작품은 마지막에 상연되었다. 장과 미주 일행은 알료샤의 작품을 보기 위해 지하로 내려갔다. 여러 개의 문과 복도, 주랑을 통과하고 계단을 내려간 뒤에야 공연장에 도달할 수 있었다. 그곳에는 각종 목재와 합판이 널려 있었고, 낡은 피아노와 이젤, 테이블과 서랍장 따위도 눈에 띄었다. 많은 사람이 모여 있었다. "푸른 수염 같은 동화에 나올 법한 거대한 문" 너머 공연장이 있었다.

문 주위에 모인 관객들이 웅성거렸다. 그때 알료샤가 문을 열고 고개를 내밀더니 뭐라고 외쳤다. 사람들 역시 웃으며 알 수 없는 말을 외쳤다. 미주는 장에게 조금만 기다리라고 했다. 관객들은 기다리는 동안 낡은 피아노를 치며 노래를 부르고 춤을 췄다. 그들은 부키크의 학생들이었다. "그들의 사지는 중력에서 자유로웠고, 웃음소리는 삐거덕대며 피아노를 연주했다. 잠시 후 거대한 문이 열리더니 백발의 젊은이가 나타났다. 관객들은 일순간 조용해졌다. 공연이 시작될 모양이었다."

6

"흑백의 화면. 구식 자동차에 올라타는 여자와 남자 두 명. 흐린 하늘에서 새어 나오는 빛이 진창 늪과 같은 땅의 곳곳을

백색으로 탈색시킨다. 바람이 부는 듯, 잎이 없는 자작나무들이 까마귀처럼 푸드덕거리고 우울한 정조의 전통음악이 쉬지 않고 흘러나온다. 아주 오랫동안 들리는 자동차 시동 소리. 황량한 들판, 오래된 농장이 있는 낡고 넓은 집에 당도하는 주인공 세 명. 끝없는 바람 소리. 초점이 잡히지 않는 흑백 화면이 물결처럼 흔들린다. 그들의 다리와 발, 진흙과 흙탕물에 젖은 신발. 여자의 치마가 바람에 날리듯 일렁이고 남자들이 달리는 소리, 고조되는 현악기의 선율, 느리고 부드럽게 흘러가는 중첩된 흑백 영상들. 화면이 투사된 백색 벽. 차가운 바람이 불듯 소름 끼치는 소리가 들리면 허공으로 치솟아 펄럭이는 여자의 머리칼이 보인다. 깃발처럼 하늘을 향해 손을 뻗는 검고 긴 머리칼. 잠시 후 검은 그림자가 드리워진 남자의 실루엣이 백색 벽 위로 우두커니 서 있다. 물이 고인 잿빛 대지, 허공, 정적.

순간 관객석 중앙에 앉아 있던 하얀 머리칼의 배우가 일어선다. 총을 빼 드는 백발의 청년. 탕— 하는 소리와 함께 화면 속의 남자가 쓰러지고 현악기 소리가 요란하게 치솟는다. 영상은 길 위를 천천히 흘러간다. 신음처럼 줄어드는 음악 소리. 무대로 나오는 배우들. 조명이 그들을 비춘다."

장은 영화와 연극이 혼합된 알료샤의 공연을 상세히 묘사했다. 작품이 상연되는 동안 미주는 졸음을 참지 못하고 고개를 떨어뜨렸다. 일행 중 몇몇도 미주처럼 졸기 시작했다. 어제 밤새 과음한 탓이리라. 반면 장은 대사를 알아듣지 못해도 알료샤의 작품에서 눈을 떼지 않았다.

"귀를 후벼 파며 커져가는 음악 소리. 조명이 번득이고 백색 벽 위로 모스크바의 야경을 찍은 영상이 비친다. 영상의 중앙을 알료샤와 백발의 청년이 해머로 내려친다. 반복되는 그들의 망치질에 튕겨 나오는 먼지 조각들. 금이 가고 허물어지기 시작하는 벽 뒤로 검은 구멍이 드러난다. 쿵쿵대는 음향효과가 지축을 울리듯 반복된다."

파티에서 장과 알료샤는 미주의 도움으로 대화를 나누었다. "알료샤는 작품의 의미에 대해 말하지 않았다. 말로 될 수 있다면 공연할 이유가 없지 않은가라는 얘기." 둘 사이에 혁명과 문학, 사빈코프에 대한 소소한 논쟁이 오갔다. "알료샤는 『창백한 말』이 낭만주의에 사로잡힌 삼류 연애소설에 불과하며, 사빈코프는 니힐리즘에 빠진 기회주의자라고 했다. 나는 사빈코프의 허무주의는 필연적인 거라고 했다. 알료샤는 니힐리즘에 필연은 없다고 했다. 그는 빅토르 세르주를 안다면 니힐 따위를 말할 수 없을 거라고 했다."

장은 빅토르 세르주가 누군지 몰랐다. 그는 그날 밤 집에 돌아와 빅토르 세르주에 대해 검색했다. 빅토르 세르주는 혁명기 러시아를 살았던 사상가이자 문필가다. 그는 1890년 차르 독재에 반대해 러시아를 떠난 부모 아래에서 태어났다. 어린 시절은 벨기에와 프랑스에서 보냈으며, 1917년에는 스페인에 있었고, 1919년에는 볼셰비키 혁명에 가담하기 위해 러시아로 떠났으며, 1920년대에는 독일과 오스트리아에서, 1940년대에는 멕시코에서 살았다. 그의 삶은 투쟁, 망명, 추방, 다시 투쟁, 망명, 추방으로 반복되었다. 수전 손택은 세르주가 떠돌아다니는 투사이며 엄청난 재능과 부지런함을 지닌 작가라고 썼다. '세르주의 회고록을 읽다 보면 오늘날에는 무척 낯설게 여겨지는, 내적 성찰의 힘이나 열정적인 지적 추구, 자기희생의 코드와 무한한 희망 같은 것으로 가득한 시대로 돌아가게 된다.' 장은 밤새 세르주에 대해 찾고 관련된 글을 읽었으며 일기에 세르주의 글을 옮겨 적었다. "결국, 진실이라는 것은 존재한다. 진실을 추구할 때 있을 수 있는 끔찍한 일은, 진실을 아는 것이다."

알료샤는 장과 더 많은 대화를 나누고 싶어 했지만 기회가 없었다. 이틀 뒤에 다시 만났지만 시간이 부족했다. 나는 일기를 읽으며 장과 알료샤의 대화를 상상한다. 그들은 모스크바의 조용한 카페에 자리 잡을 것이다. 잿빛 하늘에서 내린 눈이 창밖을 거닌다. 치익 하는 스팀 소리만 반복적으로 울리는 카페에서 그들은 사빈코프와 세르주에 대해, 이제는 누구도 기억하지 않는 한 세기 전의 혁명가들에 대해 길고 긴 대화를 나눌 것이다. 나나 다른 사람들은 이해할 수 없는 것들에 대해, 이제는 사라진 지난 세기의 이상에 대해서. 나는 그들의 대화가 카페 안의 정적을 몰아내는 모습을 상상한다. 스팀의 온기처럼 카페

안을 가득 채울 그들의 대화를.

7

7일 오후, 장과 미주는 트레티야코프 미술관에 가기 위해 집을 나섰다. 밤새 내린 눈으로 거리는 "새하얗게 질려 있었다." 날카로운 바람이 불었다. 장과 미주는 옷깃을 단단히 여몄다. 장은 집에 있고 싶었지만 오늘이 아니면 미술관에 갈 기회가 없었기에 발길을 돌릴 수 없었다. 인적이 드문 길 위에 그들의 발자국만이 "낮은 소리와 함께 흔적을 남겼다."

모스크바에서 대학을 다닌 3년 동안 미주는 한 번도 미술관에 가지 않았다. 미술은 미주에게 "겪어보지 못한 동물" 같은 거였다. 존재하지만 볼 일도 없고, 보고 싶지도 않은 그런 것 말이다. 그럼에도 그녀는 트레티야코프가 러시아에서 가장 유명한 미술관이라는 장의 말에, 자신이 안내하겠다고 했다.

"눈이 내리는 센투르의 거리를 하염없이 걸었다. 미주는 고집을 부렸다. 이틀 후면 모스크바를 떠날 터인데 이렇게라도 거리 풍경을 봐야 하지 않겠냐고 말이다. 그건 미주의 진심이 아니었다. 그녀가 트레티야코프라고 말하며 당도한 곳은 오래된 기차 박물관이었다."

미주는 고집을 꺾지 않았다. 다시 지하철을 타고 트레티야코프 역에 내려서 가자는 장의 말을 듣지도 않았다. 같은 센투르 내이기 때문에 걸어서 갈 수 있다는 거였다. "여기서 지척이야." 미주가 말했다. 그녀는 기차 박물관 앞에서 알료샤에게, 정태에게 전화를 걸었다. 모두 전화를 받지 않았다. 그녀는 다른 사람에게 전화를 걸었고 트레티야코프의 위치가 어디인지 물었다.

"미주가 말했다. 걸어서 가는 게 좋다고. 나는 이해할 수 없었지만 그러자고 했다. 하늘은 어느새 거뭇해져 있었다. 해가 지기 시작해서인지, 먹구름 때문인지 분간하기 힘들었다. 잿빛 대기. 모스크바는 항상 저녁이었다."

그들은 해가 완전히 지고 난 뒤에야 트레티야코프 앞에 당도했다. 그러나 들어가진 못했다. 오후 6시가 넘어 입장 시간이 끝났기 때문이다. "경비원과 얘기를 나눈 미주는 더듬거리며 그 사실을 말했다. 나는 멀리 뻗어 있는 길의 끝을 보았다. 가로등이 주황색 빛을 흩뿌렸고, 반질거리는 대리석 건물이 우리를 내려다보았다. 눈이 내리고 있었다. 작은 새처럼 천천히 내려앉는 눈. 나는 미주에게 말했다. 눈이 내린다고. 이 추운 날씨에 얼마나 걸었는지 아냐고. 미안해. 미주가 대답했다. 나는 계속해서 말했다. 본 적도 없는 미술관을 왜 안다고 했는지 이해할 수 없다. 한심하기 짝이 없다. 미주는 입을 다물었다. 그때 알료샤에게서 전화가 왔다."

알료샤는 뒤늦게야 트레티야코프의 위치를 알려주었다. 미주는 이미 늦었다고 말했다. 그들은 러시아어로 대화를 나누었고, 미주는 때때로 웃음을 흘렸다. 이제는 출입이 통제된 트레티야코프 앞에서 "차가운 시간"이 흘렀다.

"나는 그들이 나누는 대화를 알아듣지 못했다. 그녀가 통화하는 동안 우두커니 서서 눈을 맞았다. 트레티야코프의 거대한 동상이 보였다. 통화는 길지 않았다. 미주가 전화를 끊고 난 뒤 나는 말했다. 알료샤와 무슨 사이냐고. 미주는 무슨 말이냐는 듯 눈을 동그랗게 떴다. 나는 다시 말했다. 알료샤와 무슨 사이냐고, 바른 대로 말하라고. 미주는 친구라고 했다. 의심하는 거냐며 미술관을 못 찾은 건 미안하지만 갑자기 왜 이러냐고 했다. 나도 내가 왜 그랬는지 알 수 없다. 그러나 나는 또 말했다. 모든 게 마음에 안 든다고, 너는 여기서 뭐하고 있냐고. 바보같이 미술관 하나도 못 찾고, 시시덕거리며 놀려고 모스크바에 왔냐고 말이다. 미주는 굳은 표정으로 나를 쏘아보더니 몸을 돌려 걸어갔다. 나는 그녀의 뒤를 쫓으며 말했다. 모스크바에서 내가 한 게 뭐냐고. 단지 미술관에 가고 싶었을 뿐인데 그거 하나 제대로 못 하냐고. 내가 있는 동안 니가 해준 게 뭐냐, 넌 학교 동기들과 노느라 정신없었지 않냐, 그 멍청한 애들하고 말이다. 미주는 대답하지 않았다. 그녀는 손이 닿지 않을 정도로 멀리 떨어져 걸었다. 나는 추위에 얼어붙은 몸을 질질 끌며 그녀에게 악다구니를 썼다. 눈은 왜 이렇게 내리냐고. 이렇게 추운 날씨에, 이런 삭막한 곳에 왜 나를 불렀냐고. 나는 너

때문에 온 거라고 소리를 질렀다. 미주는 돌아보지 않았다. 바람에 휩쓸린 눈들이 내 말을 치고 지나갔다."

둘의 싸움은 여행 자체에 관한 것으로 번졌다. 장은 카이로 따윈 가고 싶지 않다고 했고, 미주는 그럼 가지 말라고, 어차피 자기 돈으로 가는 거 아니냐고 따졌다. 둘은 집으로 가는 지하철에서 싸웠고, 집 앞에서도 싸웠다. 싸우는 도중에 장은 스스로에게 물었다. '왜 화를 내는 걸까. 미술관에 못 가서? 미주를 믿지 못해서?'

집에 돌아온 둘은 더 이상 대화를 나누지 않았다. 장은 『창백한 말』을 다시 읽고 일기를 썼다. 몸에선 감당할 수 없을 만큼 열이 났다. 다음 날 오후까지 장은 침대에서 나오지 않았다.

8

『창백한 말』의 주인공 조지 오브라이언은 대공 암살에 성공한다. 그리고 그 대가로 동료인 표도르와 바냐, 에르나를 잃는다. 공허함에 사로잡힌 그는 연인이자 유부녀인 옐레나의 남편을 살해한다. 그러나 "내가 쏜 끔찍한 총탄이 사랑을 태워버린" 듯 옐레나에 대한 사랑도 잃는다. 그는 홀로 모스크바를 떠나 페테르부르크에 이르러 생각한다. "어제는 오늘과 같고, 오늘은 내일과 같다. 똑같은 우윳빛 안개이고, 똑같은 잿빛 평

일이다. 사랑도 똑같고, 죽음도 똑같다."

장은 고열에 시달리면서도 책을 손에서 놓지 않았다. 8일 오전, 그가 침대에서 꼼짝 않고 있는 동안 미주는 마트에 간다며 집을 나섰다. 그리고 두 시간이 넘도록 돌아오지 않았다. 장은 그동안 일기를 썼다. "다시 저녁이 찾아왔다. 나는 침대에서 일어나 창문을 열었다. 차가운 눈이 방 안으로 밀려들어와 흔적도 없이 녹아내렸다. 『창백한 말』의 역자는 조지가 자살했다고 적었다."

실제로 소설 속에서 조지의 자살 여부는 불명확하다. 조지는 이렇게 말할 뿐이다. "나는 혼자다. 나는 지루한 인형극을 떠난다. 모든 것은 헛수고이고 모두 거짓이다." 사빈코프의 죽음 역시 조지처럼 불명확하다. 공식적인 기록에는 그가 루비안카의 창문 밖으로 뛰어내렸다고 나와 있지만 그건 어디까지나 공식적인 기록일 뿐이다. 솔제니친을 비롯한 많은 이들이 OGPU가 사빈코프를 살해했다고 증언했다. 당시에는 그렇게 죽어간 정치범이 흔했고, 장은 사빈코프 역시 그중 하나라고 생각했다. "그들 모두 자살하지 않았다. 그들은 시대에 의해 살해당했다."

장이 마지막 일기를 쓰는 동안 미주는 알료샤와 함께 아파트 근처의 카페에 있었다. 예정된 만남은 아니었다. 마트에 있던 미주에게 알료샤가 연락을 해 갑작스레 만나게 된 거였다. 장은 그런 사실을 몰랐다. 그는 미주의 방에서 작품 구상에 빠져 있었다.

그는 일기에 이렇게 썼다. "눈은 닿기 무섭게 사라지지만 모두 눈을 기억한다. 그는 어둠을 틈타 도망칠 것이다. 눈이 그의 발자국을 덮어주고 해를 가려주었다. 땅 위에서의 마지막 저녁이 지나간다." 나는 이게 무슨 뜻인지 모른다. 이 문장들이 어떤 작품이 될지도 알 수 없다. 장은 귀국하면 소설을 쓸 생각이라고 썼다. 일기에는 사빈코프와 세르주, 혁명, 눈, 반동과 구치소, 게페우 등의 단어가 어지럽게 적혀 있었다. 장은 일기의 마지막에 이렇게 썼다. "새하얀 눈밭에 당겨진 불꽃처럼 문장들이 활활 타올랐다."

알료샤와 미주는 서너 시간가량 카페에 있은 뒤 밖으로 나왔다. 알료샤는 장을 보고 싶어 했으나 미주는 장이 피로하니 다음에 보자고 했다. 알료샤는 기회가 닿으면 자신이 서울로 가겠다고 했다. 미주는 알료샤를 배웅해주기 위해 지하철역으로 갔다. 그들은 그곳에서 서성이는 장을 볼 수 있었다. 장은 새하얗게 질린 얼굴로 그들에게 다가왔다. 장은 그들에게 다짜고짜 화를 냈다. 열꽃이 피어 불그레한 장의 얼굴 위로 허연 입김이 풀풀 날렸다. 그때도 눈이 내리고 있었다. 장의 열띤 목소리에 따라 눈송이들이 이리저리 흩날렸다.

장이 고꾸라질 때 미주는 우지끈하는 소리를 들었다. 장의 왼쪽 얼굴이 눈 속에 파묻혔다. 장은 브랍치슬랍스카야의 지하철역 앞에서 죽었다. 응급차가 왔지만 그때는 이미 호흡이 끊긴 뒤였다. 사인은 흉기에 의한 두부 손상이었다. 장은 모스크바의 지하철역 앞에서 죽었다. 아무도 상상치 못한 곳에서. 그가 흘린 피는 흰 눈을 붉게 물들였다. 그러나 그 피는 쉬지 않고 내리는 눈 아래 다시 새하얗게 덮였다.

미주는 장과 알료샤가 지하철역 앞에서 가벼운 몸싸움을 했다고 말했다. 둘의 싸움은 전혀 거칠지 않았다. 팔을 잡거나 뿌리치는 정도의 사소한 싸움이었다. 그러던 그들 곁으로 스킨헤드 무리가 다가왔다.

스킨헤드들은 얼굴 가득 미소를 짓고 있었다. 미주와 알료샤는 즉각 위험을 감지했다. 그러나 장은 그러지 못했다. 아니, 그러했으나 그 위험이 어떤 종류의 위험인지 알지 못했을 것이다. 장은 그들을 똑바로 쳐다보았다. 그는 코앞까지 다가온 스킨헤드 무리에게 영어로 간섭하지 말라고 했다. 미주가 장을 말렸다. 알료샤 역시 장을 말렸다. 눈이 계속해서 내리는 1월 8일 오후 5시경이었다. 스킨헤드의 리더로 보이는 이가 알료샤에게 도와주겠다고 했다. 알료샤는 너희들이 도와줄 일이 아니며, 자신들 사이에는 아무런 문제가 없다고 했다. 미주 역시 우리는 다들 친밀한 사이고, 아무런 문제가 없다고 말했다. 그러나 스킨헤드들은 물러서지 않았다. 모두 다섯이었고 어느새 장 일행을 둘러싸고 있었다. 해는 이미 진 뒤였다. 눈보라가 일어날 정도로 바람이 거세게 불었다. 우리가 처리해주겠다. 스킨헤드의 리더가 말했다. 여기 처리할 문제는 없다, 우리는 각자 집에 돌아갈 것이다. 알료샤가 그들에게 말했다. 이 남자와 나는 친밀한 사이다. 그는 나의 동료다. 알료샤는 거듭해서 말했다. 지하철역으로 들어가는 사람들이 그들을 흘기며 지나갔다. 미주는 몸을 떨었다. 추위 때문인지 두려움 때문인지 분간이 가지 않았다. 숨이 턱 하고 막혔다. 그때 장이 말했다. 나치. 모두 그를 보았다. 장은 스킨헤드들에게 다시 한 번 나치라고 말했다. 장을 보는 알료샤와 미주의 표정이 얼음처럼 굳었다. 반면 스킨헤드들은 얼굴 가득 미소를 짓고 있었다. 그들은 즐거워 보였다. 미주가 장에게 말했다. 그들은 이런 일을 즐긴다고. 장이 다시 한 번 말했다. 나치. 그리고 싸움이 시작되었다.

미
래
의

책

1

알랭은 한국에 온 지 10년쯤 된 프랑스 출신 문학평론가로 한국 문학에 관심이 깊었다. 그는 파리에서 만난 김씨 성의 유학생 덕분에 한국 문학을 접하게 되었다며 "모든 일의 시작엔 사랑이 있다"라는 다소 유치한 말을 서두로 자신의 과거사를 늘어놓았다. 김씨 유학생과의 밋밋한 러브 스토리였는데 B급 퀴어 영화 줄거리를 듣는 듯했고, 끝은 "그렇게 난 한국 문학과 사랑에 빠졌지"라는 낯 뜨거운 말로 마무리되었다. 나는 한국 문학이 아니라 문학을 하는 한국 남자와 사랑에 빠졌겠지, 라고 했지만 그는 어느 쪽이든 마찬가지라고 했다. 아랍 남자를 성적으로 사랑한 장 주네가 팔레스타인 해방운동에 생의 반을 바쳤듯 자신 역시 그러리라는 게 알랭의 말이었다. 그것은 절대 분리될 수 없는 사랑의 흐름이라고 알랭은 말했다.

그런 알랭이 장의 원고를 받은 것은 지난여름 즈음이었다. 원고에는 알랭이 문예지에 발표한「존재하지 않는 책들의 존재 가능성」이라는, 내 시각으론 엉성한 평론을 보고 원고를 보낸다는 말이 첨부돼 있었다. 그것은 알랭이 사적으로 받은 첫 소설 원고였고, 그는 흥분에 휩싸여 원고를 읽었다고 말하며 내게 원고의 복사본을 주었다. 거기엔 '무한한 대화'라는 제목의 A4 백 장 분량의 장편소설과 열 장이 채 안 되는 단편소설 두 편이 있었다(단편엔 제목이 없었다). 알랭은 소설을 주며 꼭 읽어보라고 말했다. 자신의 한국어 실력으로는 이 소설에 확신이 서지 않는다, 아마 이것들은 많은 부분에서 부족할 것이다, 그러나 여기엔 뭔가 특별한 것이 있다,라는 게 그의 이야기였다.

소설가로서 내 의견을 말하자면 알랭이 넘겨준 원고는 수준 이하였다. 한국에 와서 문단을 기웃거리던 알랭과는 몇몇 작가에 대한 애정을 고리로 친해졌지만, 한국어 문장을 면밀히 살피기에 알랭은 실력이 부족했다. 알랭은 내 말에 동의하면서도 그 때문에 자신은 한국어 문장을 새로운 시각으로 볼 수 있다는 입장을 피력했다. 문학은 고정된 문법의 틀을 벗어나야 한다는 것이었다. 나는 그건 용납하기 힘든 일이며, 설사 새로운 차원의 틀을 가진 작가가 등장하더라도 알랭, 너는 알아볼 수 없을 거라고 했다. 말했듯 알랭의 한국어는 아직 설익었기 때문이다. 그러나 나 역시 알랭에게 잘난 척하며 문학에 대해 떠들 입장은 아니었다. 나는 이제 겨우 한 권의 단편집을 낸 작가에 불과했고, 청탁도 거의 끊어진 상태였기 때문이다.

그럼에도 나는 알랭이 프랑스로 떠나기 전날 만나서는, 장의 원고가 결함투성이라는 말을 할 수밖에 없었다. 알랭은 장의 소설을 끝까지 읽기는 했냐고 되물었다. 나는 사실 장편은 반도 읽지 않았으며, 단편은 하나밖에 보지 않았다. 알랭은 다시 장의 작품을 읽어보라고 했다. 그 소설을 꼭 읽어야 해,라고 말하는 알랭의 목소리가 너무 단호해 나는 그러겠노라고 약속했다.

당시 나는 새벽만 되면 이유도 없이 잠에서 깨곤 했다. 숫자를 세며 잠이 오길 기다렸지만 한번 달아난 잠은 돌아오지 않았다. 잠을 청하기 위한 노력이 허사란 걸 알게 된 뒤에는 책이나 영화를 보려 했지만 잘 되지 않았다. 모든 것이 어두운 바다에 난파된 범선처럼 갈피를 잡지 못했다. 책 속의 활자는 산산조각 난 범선의 잔해인 양 바닷속으로 가라앉았고, 영화 속 장면들은 신기루처럼 아른하기만 했다. 몸속의 장기들이 단단히 매듭지어진 듯 답답했다.

결국 나는 어느 날부터 육지로 향하는 선원처럼 집에서 나와 무작정 걸었다. 그렇게 산책을 시작한 때는 여름이 끝날 무렵이어서 적정한 바람과 온도가 나를 끌어주었다. 나는 고양이가 거니는 동네의 골목을 벗어나 오르막을 오르고 4차선 도로를 건너 강변을 낀 화력발전소 앞의 길을 따라갔다. 강변의 산책로나 큰 대로를 따라 걷기도 했고 가로등이 드문드문 켜진 음산한 주택가의 골목을 걷기도 했다. 목적지도 없었고 목적지를 가지고 싶지도 않았다. 내 목적은 오로지 불면의 시간으로부터 벗어나는 거였다.

다행히 산책은 꽤나 효과가 있었다. 나는 산책을 하며 가로등 불빛에 책을 읽기도 했고, 동이 트면 아무 데나 앉아 독서에 열중하기도 했다. 그 소설을 꼭 읽어야 해,라는 알랭의 말을 떠올리며 장의 소설을 다시 읽게 된 것도 산책 동안 이루어진 일이었다.

장의 소설을 읽은 그날, 계절은 완연한 가을로 접어들었다. 그날은 길고도 지루한 추석 연휴의 마지막 날이었다. 혼잡스러웠던 친척과의 만남이 끝나고 집에 돌아온 그날 밤, 나는 꿈속에서 장의 소설에 쫓겼다. 장의 소설은 벽에 비친 그림자의 형상을 하고 나를 쫓아왔다. 그림자는 촛불에 비친 것처럼 일렁였으며, 나는 저항할 생각도 못 하고 번번이 잡혔다. 그럴 때면 깜짝 놀라 꿈에서 깼는데, 그 꿈은 꿈속의 꿈이어서 깨자마자 또다시 그림자에 쫓겨야 했다. 나는 그렇게 쫓기고 잡히길 반복하며 엉뚱하게도 알랭이 장과 잤으니 그의 소설이 나를 쫓는구나,라는 앞뒤가 맞지 않는 추측을 논리적인 추리인 양 펼쳤다. 전까지는 알랭이 장과 성적인 관계를 맺었을 거라고 생각한 적이 없었다. 그런데 꿈에서 깨고 나니 영감이라도 받은 듯 엉뚱한 추리가 그럴듯하게 여겨졌다. 알랭은 장과 섹스를 했을지도 모른다. 그래서 알랭이 장의 소설을 읽으라고 종용했는지 모른다. 그러나 그날 밤, 장의 소설을 다시 읽고 나자 알랭과 그 사이에 관계가 없었더라도 알랭은 내게 그 소설을 꼭 읽어야 해,라고 말했을 거라는 생각이 들었다. 장의 소설엔 알랭이 말한 뭔가가 있었다.

나는 산책을 하며 장의 소설 『무한한 대화』를 읽었다. 주황색의 가로등 빛과 어둠이 걸음을 따라 흰 A4 용지 위를 번갈아 지나갔다.

소설 속에는 '나'와 '그'가 나온다. 그는 나와 오랫동안 연락을 주고받은 사람으로 어떤 사람인지는 알 수 없다. 더구나 소설에는 그와 내가 어떤 방식으로 연락을 주고받는지도 나오지 않는다. 그 방법이 전화인지, 편지인지, 아니면 메신저인지도 알 수 없다. 정황을 살펴봤을 때 전화일 가능성이 큰데 논리적으로 설명이 되지 않는 부분이 있다. 따져보면 그들은 텔레파시로 연락을 주고받는다고 설명할 수밖에 없다. 장의 소설에는 제대로 된 플롯도 없다. 삼십대 중반의 회사원인 나는 평소와 다름없는 출근길에 갑자기 방향을 바꿔 기차를 타고 도시를 떠난다. 그리고 그들의 추적으로 인해 떠날 수밖에 없다고 말한다. 그러나 그들의 정체는 알 수 없으며, 주인공과 그들의 관계 역시 오리무중이다. 주인공은 알 수 없는 그들이라고 말할 뿐이며, 그들보다는 절망이나 환멸, 지루함, 슬픔 등과 같은 추상적인 요인들만 계속 언급함으로써 그들의 정체가 형이상학적인 감정이 아닐까라는 생각이 들게 만든다. 주인공의 목적지나 다른 요인들이 추상적인 데 반해 교통수단이나 지명, 풍경, 건물들의 명칭 — 아주 사소한 건물까지도 — 은 세세히 설명되고 묘사된다. 모든 지명이 실제인지는 알 수 없다.

주인공이 마지막에 도착하는 곳은 낡은 호텔이다. 호텔에는 연락을 주고받았던 그가 있으며, 나는 그의 옆방에 머문다. 둘은 옆방에 묵고 있다는 사실을 알지만 만나는 등의 행위는 하지 않는다. 소설은 주인공이 호텔에 도착한 며칠 뒤, 그의 죽음을 알게 되고 호텔을 떠나는 것으로 마무리된다.

장의 소설은 독특했지만 납득하기 힘든 내용이었다. 누보로망을 어설프게 베낀 것 같기도 했다. 더구나 빈번히 나오는 서툰 문장은 소설의 가장 큰 결함이었다. 부사나 형용사가 지나치게 많았고, 문장의 순서가 도치되어 있었으며, 장문과 복문이 빈번해 가독성이 떨어졌다. 예를 들면 "나는 내면에서 일어나는 당혹감에 휩싸여 그 감정을 동반한 상태의 문장을 아니면 다른 어떠한 형태와 내용을 가진 문장을 새로이 시작해야 할지 말지 결정하지 못한 채 쓰어지길 기다리는 문장의 첫 부분에 위치하고 있었으며 그것은 곧 간단한 대화나 독서 행위로 서서히 옮아가서 전체를 관망하거나 행위를 유지하는 것조차 불가능할 정도로 나를 혼란 상태에 빠뜨려놓았지요"와 같은 문장들. 그럼에도 그런 단점은 그날 내게 새롭게 다가왔다. 그것은 그의 글이 우리가 쓰는 일상 언어와 다른 곳에 위치한, 말하자면 소설 속의 '나와 그'가 나누는 텔레파시 같은 내면의 언어로 느껴졌기 때문이다. 또한 끊어질 듯 끊어지지 않고 이어지며 예상치 못한 순간에 갑자기 멈추는 그의 문장은 소설의 내러티브를 닮아 있기도 했다.

내가 소설에 몰입한 사이, 날은 밝아 있었다. 어둠은 땅끝 너머로 밀려났고, 가로등은 빛을 거두었다. 잊고 있던 새벽바람이 품 안으로 밀려들어왔다. 푸른 공기 아래서 장의 소설이 바람에 부딪혀 바스락 소리를 냈다. 나는 한동안 원고를 들여다보았다. A4용지에 인쇄된 검은 활자들이 나를 향해 천천히 고개를 쳐들었다.

프랑스로 떠나기 전날, 알랭은 내게 장의 주소와 연락처를 안겨주었다. 장의 소설을 봤으니 이제 그를 만날 차례였다. 이번에 프랑스에 가면 오래 있을 거야, 그럼 너가 그를 만나도록 해,라고 알랭은 말했다. 그는 이미 장과 여러 번 만난 것 같았다. 나는 내가 왜 장을 만나야 하는지 알 수 없어 이유를 물었지만 알랭은 그건 너가 소설을 읽고 나면 말해줄게라며 대답을 피했다. 그건 너가 소설을 읽고 나면. 알랭은 니가라든가, 네가라고 말할 줄 몰랐다. 항상 '너'라고 말했다. 알랭의 '너' 발음을 듣고 있자면 내 혀까지 목구멍 뒤로 넘어가는 기묘한 느낌이 들지만, 나는 그가 '너'라고 말할 때의 느낌이 좋았다. 그러나 이제 더 이상 알랭의 '너' 발음을 들을 수 없고 알랭의 대답도 들을 수 없는데, 그건 장의 소설을 읽은 그날 밤, 알랭은 렌트한 자동차를 타고 프랑스 중부의 손에루아르 데파르트망으로 가던 도중 교통사고로 죽었기 때문이다. 알랭이 죽은 곳은 A6 국도의 어디쯤이었고, 나는 그곳이 어디인지 짐작조차 할 수 없었다.

장의 집은 지하철역에서 10분 거리에 있는 주택가에 있었다. 역이 있는 사거리에서 강변 방향으로 가다 세번째 골목으로 들어가면 공원이 나왔고, 공원을 가로질러 왼쪽으로 가면 바로 그의 집이었다. 그는 붉은색 벽돌로 지어진 연립주택의 2층에 살고 있었다.

내가 장에게 전화를 한 건 그의 소설을 읽은 날로부터 한 주가 지난 뒤였다. 알랭의 소개로 전화했다는 말에 한동안 답이 없던 그는, 내가 여보세요,라고 몇 번이나 말한 뒤에야 자신의 집 근처로 오라고 했다.

우리는 어스름이 깔리기 시작할 무렵 만났다. 장은 갈색 코트의 주머니에 손을 넣은 채 집 근처의 공원을 거닐고 있었고, 나는 한눈에 그를 알아볼 수 있었다. 공원에 있는 사람이 그밖에 없었기 때문이다. 우리는 간단한 통성명 뒤 멍하니 서서 주위를 둘러보았다. 나는 무슨 말부터 꺼내야 할지 곤혹스러웠고, 장은 무뚝뚝한 태도로 그런 나를 더 당혹스럽게 만들었다. 결국 내가 꺼낸 말은 어디 들어갈까요, 따위의 말이었는데 그는 고개를 저으며 여기가 좋습니다,라고 말해 다시 말문을 막아버렸다.

잠시 정적이 흐른 뒤, 나는 알랭의 부고 소식을 전하며 입을 떼었다. 장은 알랭이 죽은 건 왜지요?라며 담담한 표정으로 내게 물었다. 나는 교통사고였다고 말했다. 그가 알랭에 대해 더 묻길 바랐지만 그는 더 이상 질문하지 않았고 사람을 불편하게 만드는 특유의 침묵을 꽤 오랫동안 유지했다. 그렇게 그와 나의 첫 만남은 스타카토처럼 툭툭 끊어지는 대화만을 남긴 채 끝났다. 그가 나를 거부하고 있다는 인상 탓에 소설에 대한 이야기는 꺼낼 수 없었다. 게다가 알랭의 죽음을 대하는 그의 무덤덤한 태도에 섭섭하고 괘씸하기까지 했다. 알랭이 보여줬던 관심에 비해 그는 알랭에게 너무 무심했으니 말이다. 그런 내가 장을 다시 찾아가게 된 건 알랭의 원고 때문이었다. 나는 알랭이 죽고 넉 달이 지나서야 그의 원고를 받았다.

　사고로 죽은 알랭에게 유서 따위는 남아 있지 않았다. 다만 그의 차가 도로의 난간을 들이박고 언덕 아래로 처박힐 당시 뒷좌석에 있던 가방에는 책 세 권과 랩톱, 정리가 안 된 원고 더미 등이 있었는데, 거기엔 A4 열 장 분량의 한글로 쓰인 짧은 글이 있었다. 미완성인 글의 여백에는 '진에게 맡길 것' '그의 이야기를 옮길 것', 따위의 메모가 쓰여 있었고, 그로 인해 그 글은 내게 전해질 수 있었다. 나는 알랭의 체취가 느껴지는 글을 반복해서 읽었다. 형식은 소설인지 에세이인지 비평인지 애매했지만 내용은 장에 관한 것이 분명했다. 그러니까 나는 다른 설명이 없음에도, 글 속에 등장하는 남자가 알랭이 그토록 만나길 요구했던 장임을, 그리고 '그의 이야기를 옮길 것'의 '그'가 장임을 알 수 있었다. 그의 소설을 읽으라고 종용한 것도 부족해 알랭은 장의 이야기까지 글로 남긴 것이다. 이 정체 모를 이야기는 대체 무엇인지, 알랭과 그 사이에 어떤 이야기가 오간 것인지에 대한 호기심이 나를 사로잡았다.

다시 만난 장은 회사로 가기 위해 지하철을 타러 나온 건 평소와 다름없는 그날의 시작이었지요,라는 말로 자신의 이야기를 장황하게 늘어놓기 시작했다. 우리는 공원의 벤치에 앉아 대화를 나누었다. 해 질 무렵의 붉은빛이 나무와 흙 위에 지친 듯 내려앉았다.

장은 여전히 무뚝뚝하고 차가웠지만 자신의 이야기를 말하는 건 열심이었다. 고저가 분명치 않은 그의 말은, 끝날 듯 끝나지 않고 이어져 집중하지 않으면 흐름을 놓치기 십상이었다. 게다가 일반적인 어순에서 어긋나게 말하는 경우가 많아 의미나 내용을 파악하는 데도 전력을 기울여야 했다.

장의 이야기는 그가 글을 쓰게 된 계기에 대한 것이었다. 평범한 회사원이던 그에게 어느 날부터 의미를 알 수 없는 문장들이 떠오르기 시작했다고 한다. 그는 문장들을 기록하기 시작했는데 그 양은 날이 갈수록 늘어나 노트를 가득 채웠으며, 회사 일에 집중하기 힘들 정도로 시도 때도 없이 쏟아지기 시작했다. 급기야 그는 쏟아지는 문장에 파묻혀 마치 죽은 사람처럼 정신을 잃거나 몽유병자처럼 떠돌기도 했다. 정신을 차려보면 생소한 공원이나 카페, 건물의 계단 위였다. 장은 회사를 그만둘 수밖에 없었다고 했다.

장의 이야기는 알랭이 남긴 글에 있는 것이었다. 그러나 디테일한 부분에서 조금의 차이가 있었다. 나는 그 차이에 대해, 그리고 알랭에게도 똑같은 이야기를 했는지에 대해 묻고 싶었지만 그러지 못했다. 이야기를 끝낸 장이 완전히 진이 빠진 모습으로 낡은 벤치에서 일어났기 때문이다. 벤치 위로 장의 그림자가 드리워졌다. 나는 더듬거리며 다음 만남을 기약하는 말을 던질 수밖에 없었다. 그는 희미한 빛의 가로등이 껌벅이는 골목 안으로 걸어갔다.

나는 그때까지 알랭의 죽음을 실감하지 못하고 있었다. 알랭의 시체도, 무덤도 보지 못한 내게 알랭은 죽은 게 아니었다. 알랭은 바다 위의 외딴 바위처럼 내 기억 속에 우뚝 서 있었고, 나는 다가가지도 멀어지지도 못한 채 바라볼 수밖에 없었다. 그런 내게 알랭의 원고와 장의 이야기는 범선의 역할을 해주었다.

나는 알랭의 글을 다시 읽고 고치기를 거듭했으며, 내 식대로 장의 이야기를 써보기도 했다. '진에게 맡길 것' '그의 이야기를 옮길 것'이라는 짧은 메모가 사자의 간곡한 유언처럼 느껴졌다. 알랭이 원한 건 무엇이었을까. 알랭은 단순히 교정을 위해 내게 자신의 글을 맡긴 것일까? 그건 아닐 것이다. 그랬다면 내가 장을 만날 이유가 없었다. 아마도 알랭은 장의 이야기로 소설을 쓰길 원했고, 그걸 내가 해주길 바랐을 것이다. 그것이 내가 할 수 있는 가장 논리적인 추리였다.

　그러나 장의 이야기만으로 소설을 쓸 순 없었다. 장의 이야기는 너무 빈약했다. 이야기 속의 행위나 감정들, 그에게 떠오른 문장들은 장의 소설처럼 모호했다. 나는 석 달여의 시간 동안 그 짧은 글과 이야기를 붙들고 씨름했다. 참고가 될지 모른다는 생각에 장의 소설도 반복해서 읽었다. 그러나 진척이 없었다. 나는 논리적 구조 없이 아무것도 할 수 없는 나의 한계를 뼈저리게 절감했다. 장과의 만남을 통해 뭔가를 더 얻고 싶었지만 그는 만남을 피했다. 전화를 받지 않거나 받아도 할 말이 없으니 다음에 연락하겠다는 말밖에 들을 수 없었다. 그러는 동안 여름이 끝나고 가을이 왔다. 알랭이 죽은 지 1년이 흐른 것이다. 나는 알랭의 기일인 그날 밤도 여전히 책상 위에 알랭의 글과 내가 다시 쓴 장의 이야기, 장의 소설 등을 늘어놓고 있었다.

　내게 그날 밤은, 1년 전과 다를 게 없었다. 시간은 글이 만들어낸 공간에 매여 있었다. 그 글은 알랭의 글이자 장의 글이었고, 공간은 그들과 나 사이에 생겨난 어떤 지점이었다. 나는 그동안 그곳에 살고 있었지 현실 세계에 살고 있는 게 아니었다. 왜냐하면 겨울과 봄, 여름과 가을이 어떻게 오갔는지, 무슨 일이 있었는지 떠오르지 않았으며, 오직 장과의 단편적인 만남과 알랭에 대한 추억만 기억에 남아 있었기 때문이다.

나는 책상 위의, 수십 번을 봤기에 보기만 해도 메스꺼운 글들을 보며 생각했다. 모든 기획의 창조자인 알랭은 죽었지만 영감의 근원인 장은 여전히 존재했다. 알랭과 장이 친밀한 사이였다면 그에게서 새로운 소설에 관한 힌트를 얻어낼 수 있지 않을까. 그가 나를 피하더라도 이미 시작된 소설의 끝을 막을 순 없었다. 장은 최초의 독자이자 최초의 작가였다. 이 모든 일이 그의 머릿속에 떠오른 문장들로 시작되었기에 그는 이 일에 책임을 져야 했다. 나는 그렇게 그날 밤을 완전히 지새우고서야 장을 찾아가야 함을 깨달았다.

2

알랭이 이블린에 있는 부모의 집에서 나온 건 이른 새벽이었다. 밤새 잠을 설친 그는 조용히 침대에서 나와 불을 켰다. 그리고 창밖으로 시선을 던졌다. 2층 그의 방에선 거리의 전경이 훤히 보였다. 어린 시절 그는 방을 서성이며 힐끔힐끔 창밖을 내다보곤 했었다. 누군가가 밖에서 지켜볼까 불안한 마음에 창가로 다가가지 못했던 과거가 생각나 실소가 나왔다. 거리에는 그를 지켜보는 이는 고사하고 지나가는 사람 하나 없었다. 주택가의 정적이 떠도는 걸 보는 동안 그는 잠을 이루기 힘들 거란 사실을 알 수 있었다. 알랭은 침대 귀퉁이에 앉아 검지

로 윗니를 톡톡 쳤다. 작업이나 해볼 요량으로 랩톱을 켜고 책
과 원고를 꺼냈지만 집중할 수 없었다. 그는 어느 순간 그것들
을 챙겨 가방 안에 쑤셔 넣고 옷을 입었다.

알랭은 발뒤꿈치를 들고 살그머니 계단을 내려왔다. 오랜만
에 와서 인사도 못 하고 가는 게 마음에 걸렸지만 어쩔 수 없었
다. 그처럼 파리를 떠난 누이 아나이스가 오후에 도착할 예정
이었다. 스위스의 뇌샤텔에 살고 있는 그녀의 얼굴을 못 본 지
4년째였다.

알랭은 차에 올라타 시트에 몸을 기댄 채 시간을 보냈다. 거
리는 텅 비어 있었다. 정적이 바람을 따라 가로수 주변으로 흩
날렸다. 알랭은 차창 밖으로 고개를 내밀어 하늘을 보았다. 달
무리에 갇힌 달의 흔적이 보였다. 알랭의 머리칼이 바람에 의
해 흐트러졌다. 그는 축축한 바람의 감촉을 느끼며 비가 올지
도 모르겠다고 생각했다. 비가 오면 목적지까지 족히 서너 시
간은 걸릴 터였다.

그럼에도 알랭은 시동을 걸었다. 속도를 더해감에 따라 바
람도 강해졌다. 알랭은 숨을 크게 들이마시며 비 오기 직전의
바람을 만끽했다. 아나이스는 언제든 다시 볼 수 있을 것이다.
지금은 할 일이 있다. 항상 그랬듯 알랭은 자신 앞에 놓인 일은
꼭 해야 했다. 그가 뜬금없이 한국에 발을 들여놓게 된 것처럼,
그게 어떤 종류의 일이든 말이다.

진에겐 구체적으로 말하지 않았지만 알랭은 자신의 첫사랑

인 한국 유학생과 깊은 관계까지 갔었다. 그 사실을 말하지 못한 건, 그 유학생이 진도 알고 있는 소설가이자 문학평론가였기 때문이다. 파리에 있을 땐 순조로웠던 둘의 사랑은 서울에 오자마자 산산조각 났다. 유학생은 알랭을 철저히 친구로 대했고, 알랭은 그토록 변한 그를 이해할 수 없었다. 그는 알랭에게 이렇게 말했다. 파리에서의 나와 서울에서의 나는 다르다. 파리에서의 너와 서울에서의 너가 다른 것처럼. 알랭은 그 말을 이해하지 못했다. 유학생은 계속해서 말했다. 인간은 변화하는 존재다. 시간과 공간의 흐름에 따라 달라지는 존재이지 한곳에 머물지 않는다고 말이다. 알랭은 유학생의 말이 터무니없는 궤변이라 생각했다. 그러나 받아들이지 않을 수 없었다. 어쨌든 그의 말대로 그는 변했기 때문에 그에겐 그게 진실이었다. 알랭은 자신이 시간과 공간의 파도에서 낙오된 바위처럼 느껴졌다. 변하지 않았기에 소외된 존재. 생말로의 카페테리아에서 읽었던 유학생의 소설은 그때 모습 그대로 출판되었는데, 알랭은 그 소설을 읽고 또 읽었다. 결국 그 소설은 알랭이 한글로 쓴 첫번째 평론의 대상이 되었다. 평론의 제목은 '오해와 착오로 쌓아올린 서사의 벽'이었다.

공원 쪽으로 난 커다란 창 아래 낡은 고동색 책상이 있었다. 책상 위에는 검은색 스탠드와 랩톱이 놓여 있었다. 책상은 아주 오래되어 보이는 것으로 나는 그가 없는 사이 무심결에 서랍을 열어보았는데, 각종 필기구와 스테이플러, 커터 칼이나 메모지 따위의 사무용품만 있을 뿐 다른 것은 없어 그의 단출한 생활을 짐작할 수 있었다. 의자는 등받이와 시트에 짙은 갈색 쿠션이 있는 자그마한 것이었다. 나는 의자에 앉아 장과 시시콜콜한 대화를 나누었다.

장은 지금의 집이 외진 곳에 있어 마음에 든다고 했다. 장의 집은 집이 아닌 작업실처럼 보였다. 그는 이사를 하며 쓸모없는 짐들은 모두 팔거나 버렸다고 했다. 냉장고는 싸구려 모텔에 있을 법한 소형 냉장고였고, 싱크대는 깨끗하게 비어 있었다. 방의 구조는 평범했지만 가구의 배치는 특이했다. 가구들은 제각각 떨어져 있었고 기이하게도 침대가 방 중앙에 있었다. 내가 왜 침대를 벽에 붙이지 않았냐고 묻자 장은 고개를 갸웃하며 자신은 침대를 섬처럼 사방이 비어 있는 곳에 두길 좋아한다며, 이유는 잘 모르겠다고 말했다. 어쩌면 이런 것도 일종의 괴벽이랄 수 있을지도 모르겠네요,라고 그는 말했고, 나는 오히려 좋아 보인다고 했다.

장과 일상적인 주제의 대화를 나눈 건 그때가 처음이었다. 밤을 꼬박 새우며 고민한 끝에 그의 집으로 향할 때만 해도 그와의 대화를 기대하지 않았다. 오후 2시쯤 장의 집에 도착했을 때는 비장한 마음가짐이어서, 그가 다시 만남을 회피한다면 문앞에서 밤이라도 샐 작정이었다. 그러나 장은 예상 밖의 친절한 태도로 나를 맞아주었다. 그는 앉으라고 말한 뒤 커피를 내려왔다. 나는 진갈색 의자에 앉은 채 그를 기다렸다. 어리둥절한 기분이었다. 반면 그는 자연스럽게 내게 머그잔을 건넨 후 침대 모서리에 걸터앉았다.

그의 4단짜리 밤색 책장에는 책이 많지 않았다. 나는 책장에서 얇은 문고본 한 권을 꺼내며 나와 겹치는 책이 많다고 했다. 장이 고개를 끄덕였다. 그는 내게 책을 건네받으며 자신은 다양한 종류의 책을 읽지 못한 반면 마음에 드는 책은 여러 번을 반복해서 본다고 말했다. 그런 독서 습관은 장의 소설에도 묻어났다. 내가 그렇게 말하자 그는 잠시 머뭇하더니 저는 제가 읽은 것들을 다시 쓴 것뿐입니다, 이런 것도 창작이라고 해야 할지 모르겠군요,라고 말했다. 나는 괜한 염려라고 했지만 왜인지 그 이상의 말은 할 수 없어 날씨 얘기로 화제를 돌렸다.

스산한 바람이 여름의 끝을 고하고 있었다. 날씨는 정오를 지나며 점차 흐려졌다. 그의 집으로 오기 전 사소한 점심 약속이 있었다. 식사를 마치고 본 하늘에는 잿빛 먹구름이 깔렸고 건물과 거리에는 그림자가 드리워졌다. 바람에서 물에 젖은 천에서 나는 향이 감돌았다. 대화가 꽤나 오간 뒤 나는 장에게 오늘이 알랭의 기일이라고 말했다. 그는 천천히 고개를 끄덕였다. 나는 장의 행동이 무슨 뜻인지 몰라 혼란스러웠다. 그러니까 그 끄덕임이 알랭의 기일을 알고 있었다는 뜻인지, 아니면 이제야 알게 됐다는 뜻인지 말이다. 그가 말할 기색이 없기에 나는 다시 말했다. 오늘 온 것도 알랭과 연관된 일이라고. 당신과 알랭의 관계에 대해서도, 당신의 이야기에 대해서도, 나는 듣고 싶은 게 너무 많다고. 사소한 것일지라도 모르는 게 너무 많고, 그래서 글을 쓸 수가 없었다고. 나의 말에 장은 뜸을 들이더니 이렇게 말했다. 방금 전에 말한 것처럼 비 냄새가 바람에서 나네요. 날이 어두운 걸 보니 비가 오려는지도 모르겠습니다. 그의 시선이 창밖으로 향했다. 나도 그를 따라 밖을 봤다. 공원은 한적했고 나무 위로 바람의 흔적이 조용히 나부꼈다. 그는 자리에서 일어섰다. 오후에 약속이 있습니다. 집에서 기다리는 게 불편하지 않다면 여기 계셔도 됩니다. 저녁쯤이면 돌아올 테니까요. 나는 망설였지만 곧 그에게 기다리겠다고 말했다.

나는 장이 공원을 가로질러 길 저편으로 멀어져 가는 모습을 보았다. 그에게 몇 시쯤 돌아오는지 물어볼 수도 있었겠지만 그런 생각은 못 했고, 멍하니 그의 뒷모습을 보기만 했다. 어쩌면 그의 뒷모습을 보던 게 아니었는지도 모르겠다. 공원에 시선을 두고 있던 내게, 아마도 그를 지나쳤을 바람이 불어와 이마를 덮고 있던 머리칼을 흐트러뜨렸다.

공원으로 몇몇 사람—중년 남자와 남색 레인코트를 입은 여자, 교복을 입은 남자아이가 지나갔다. 아마 오후 3시를 조금 넘긴 시간이었을 것이다. 서너 시간은 기다려야 한다는 생각에 그의 작은 방을 오갔지만 별반 볼 게 없었다. 책을 꺼냈지만 집중할 수 없었다. 나는 의자에 앉아 다시 밖으로 시선을 던

112

졌다. 그러다가 책상 위의 랩톱을 켰다. 인터넷이라도 하며 시간을 때울 작정이었다. 창밖으로 공원의 일부와 주택가, 도로와 잿빛 하늘의 끝이 보였다. 부팅이 됨을 알리는 프로그램의 시작음이 들렸다. 그때쯤이었을 것이다. 내가 잠이 든 것은. 어젯밤에 미뤄두었던 잠이 그제야 눈꺼풀과 어깨 위로 내려앉았다. 나는 졸린지도 모른 채 잠에 빠져들었다.

알랭의 차는 이블린을 빠져나와 A6 국도로 접어들었다. 해가 뜰 기미는 보이지 않았고, 다른 차들도 보이지 않았다. 차창 밖으로 습한 어둠이 끊이지 않고 지나갔다. 알랭은 도로의 물결 위로 시선을 고정한 채 떠오르는 생각을 침착하게 펼쳐보았다.

진이 소설 속에서 프랑스 작가를 인용한 구절이 있다. "내가 사로잡혀 있는 필연성에 대항해 당신은 아무것도 할 수 없다. 내가 지금 이대로의 나일 수밖에 없다면 나는 파괴될 수가 없다. 지금 있는 이대로의 나, 그리고 나의 고독은 아무런 거리낌 없이 당신의 고독을 알아본다." 이 구절은 알랭이 자신의 수첩 첫 장에 적은 것과 동일한 것이었다. 알랭은 한국 작가의 소설에서 같은 구절을 발견하고는 반가움을 금할 수 없었다. 그래서 진을 처음 본 날 대뜸 그에게 수첩의 문장을 보여주었다.

그들이 처음 만난 곳은 신생 문예지의 회식이 있던 술집이었다. 진은 자신에게 수첩을 들이미는 파란 눈의 프랑스인을 기묘하게 바라봤다. 그 문장은 진의 데뷔작에 나왔던 것이었으나 그로선 알랭의 수첩에 적힌 프랑스어가 무엇인지 알 턱이 없었다. 모든 일의 시작엔 사랑이 있다고 했던가. 그건 어처구니없을 정도로 유치한 말이었지만 틀린 말은 아니었다. 진을 사랑하지 않았다면 알랭이 한국에 머물지 않았을 테니 말이다. 진의 데뷔작에 나온 문장은 알랭을 한국에 단단히 붙잡아뒀을 뿐 아니라 알랭이 쓰고자 하는 글의 단초가 되었다. 그리고 장의 이야기와 소설이 마지막 영감을 가져다주었다.

적막과 어둠, 습기로 가득 찬 밤의 흐름은 알랭에게 책에 대한 영감을 계속해서 불어넣었다. 도로를 끝없이 잇는 가로등 불빛은 힘을 잃고 공기 중으로 흩어졌다. 빛은 어둠 속으로 모호한 경계를 남기며 사라졌다. 알랭은 어두운 도로 위에서 자신이 운전을 하는 것인지, 글을 쓰고 있는 것인지 혼란스러워짐을 느꼈다. 알랭의 몸은 운전을 하고 있었지만 그의 정신은 책의 모티프 속으로, 밤의 도로가 깨워주는 영감 속으로 들어가 기억과 아이디어를 끝없이 생산해냈다. 어느새 운전대는 펜으로 변해 도로 위에 문장을 쓰기 시작했다.

장은 지난여름 내게 소설을 보냈다,라는 문장으로 글을 시작해야겠다고 알랭은 생각했다. 그는 유학생과 진을 사랑한 자신의 이야기와 장의 이야기, 그리고 그들의 소설에 대한 해제로 구성된 형식의 책을 구상하고 있었다. 알랭의 책은 에세이이자 소설이며, 그만의 비평서가 될 것이었다. 알랭의 머릿속에 사랑의 메커니즘은 문학 행위와 동일하다는 생각이 떠올랐다. 그것은 연결되어 있으나 동시에 떨어져 있었다. 우리는 독서를 하며 작가를 이해한다고 생각하지만 그것은 불가능하다. 그러나 동시에 우리는 책을 통해 전혀 다른 의미의 이해로 저자와 연결된다. 알랭에게 책이란 사랑이었다. 책을 통해 작가와 독자가 연결되는 것처럼 사랑을 통해 개개인이 연결되는 것이다. 우리는 책-사랑이라는 매개가 없으면 닿을 수 없었다. 우리는 책-사랑이란 매개를 통해서만, 그것이 만들어낸 공간 속에서만 서로를 느끼고 만지고 생각할 수 있었다. 그렇지 않다면 우리라고 말할 수 있는 관계조차 존재하지 않으리라. 우리가 끊임없이 글을 쓰고 글을 읽는 것은 바로 그런 맥락이었다.

생각이 여기에 이르자 알랭은 일종의 전율을 느꼈다. 자신의 형식에 대한 합리적인 설명을 찾아낸 것만 같았다. 또한 자신이 왜 이렇게 평론이나 글쓰기에 집착하는지, 작가들에게 빠지는지도 설명할 수 있을 것 같았다. 그는 가방 속의 원고를 꺼내야겠다고 생각했다. 지금의 영감을 당장 기록하고 싶었다.

가방은 뒷좌석의 중앙에 널브러져 있었다. 그는 눈앞의 도로로 시선을 던졌다. 언제부터였을까. 어스름한 회백색 빛이 도로 끝에서 번져오는 게 보였다. 빛은 동이 트는 걸 알리는 태양의 신호 같기도 했고 공기 중에 생성된 안개 같기도 했다. 알랭은 눈을 찌푸리며 앞을 응시했지만 모든 게 모호했다. 검은 물결 같은 도로가 끝없이 이어지고 이어졌지만 그것마저 확신할 수 없었다. 회백색 빛의 덩이가 어둠과 섞여 도로의 끝을 조금 더 먼 곳으로 안내했다. 알랭은 원고를 꺼낸 뒤 차를 세워야겠다고 생각하며 몸을 뒤로 젖히고 왼손을 뻗었다. 그의 손이 어렵지 않게 가방을 잡았다. 그러나 랩톱과 책, 원고로 가득한 가방은 한 손으로 들기엔 무거워 알랭은 가방을 뒷좌석 아래로 떨어뜨렸다. 그는 떨어진 가방의 끝을 잡고 앞좌석으로 끌어올렸다. 자세가 불편해서인지 팔에 힘을 주는 게 쉽지 않다는 생각이 들 때, 그는 자신의 볼 위로 미약하지만 선명한 무언가가 닿는 걸 느꼈다. 아릿한 느낌이 파도처럼 번져나갔다. 그는 비가 오기 시작했나,라는 생각에 시선을 정면으로 던졌다. 그러나 빗방울은 보이지 않았고 도로 끝에서 아른거리던 회백색 빛만이 눈 안 가득 들어왔다. 동시에 요란한 소리와 흔들림이 이어졌고, 빛이 가득하던 공간이 공중으로 튀어 오르며 어둠이 짐승처럼 덤벼 오는 모습이 보였다. 알랭의 몸은 거센 파도에 휩쓸린 듯 흔들렸지만 그는 눈을 감지 않았다. 원고를 움켜진 진의 모습이 보였다가 연기처럼 흩어졌고, 셀 수 없는 기억들이 놀라울 정도로 정연하게 이어졌다. 언덕 아래로 굴러 떨어지는 알랭의 차는 소음으로 가득했지만 알랭의 주위는 그의 내부에서 흘러나온 고요로 인한 정적만이 가득했다. 그리고 곧 그 정적마저 어둠 속으로 사라졌다.

내가 잠에서 깼을 땐 이미 밤이었다. 옅게 붉은빛이 도는 하늘은, 온갖 색의 물감이 뒤섞인 물통의 물이 쏟아진 것처럼 얼룩덜룩했다. 나는 꿈을 떠올리려 애썼다. 꿈속에서 알랭은 운전을 하고 있었고, 그것은 손에루아르로 향하는 마지막 길이었을 것이다. 그러나 모든 게 불확실했다. 꿈속에서 알랭은 많은 말을 했지만 — 그러나 누구에게? 차 안에는 알랭뿐이었는데 — 나는 그 말이 하나도 기억나지 않았다. 꿈을 더듬을수록 알랭이 향한 곳이 손에루아르였는지, 알랭이 타고 있던 게 비행기는 아니었는지 헛갈렸다. 꿈에서 본 사람이 알랭이었는지도 확신할 수 없었다. 꿈속에서 그를 볼 때만 해도, 그의 말을 들을 때만 해도 이 꿈을 꼭 기억해야겠다, 잊지 말아야겠다 다짐했지만 꿈은 너무나 쉽사리 벗어나고 있었다. 싸한 촉감만 남기고 증발해버린 알코올처럼 꿈은 흔적만을 남긴 채 어둡고 음습한 공기 속으로 숨었다. 나는 창밖으로 시선을 던졌다. 어둠은 열린 창문을 입구로 무한히 펼쳐져 있었다. 축축한 바람이 불어왔다. 바람은 방 안을 가득 채우고 주위를 맴돌았다. 나는 생각했다. 밤이, 자신이 삼킨 꿈을 토해내듯 바람이 불어온다고.

나는 장의 랩톱으로 글을 쓰기 시작했다. 문장들이 손끝에서 끝없이 불어나왔다. 알랭의 죽음에 대해, 장의 이야기에 대해. 나는 그것들에 대해 아무것도 알지 못했다. 그러나 그것을 아는 것에 무슨 의미가 있을까, 안다 한들 제대로 쓸 수 있을까. 그건 불가능했다. 그러나 불가능이 모든 것을 가능케 해주었다. 내가 몇 페이지에 걸쳐 글을 쓰는 동안에도 장은 돌아오지 않았다. 차고 축축한 어둠이 창밖의 밤을 감싸고 있었다. 그는 어디로 간 걸까. 문득 볼 위로 연약하지만 차가운 무언가가 떨어지는 것이 느껴졌다. 나는 고개를 들었다. 비가 내리고 있었다. 작고 가는 빗줄기가 언뜻 모습을 드러내며 떨어졌다. 공원은 눅눅한 습기로 가득 찼고, 밖을 떠돌던 사람들은 하나둘 집으로 돌아갔다. 모든 문과 창문 들이 닫히고 가로등의 빛은 빗물에 번져나갔다. 나는 열린 창문을 통해 그 모습을 지켜보았다. 바람은 자그마한 빗방울들을 창 안으로 들여보냈다. 얼굴 위로 연약하지만 차가운 빗방울들이 계속해서 내려앉았다. 머리카락과 이마와 눈과 볼과 입술에 닿은 빗방울들은 눈물처럼 얼굴 위에서 턱 아래로 흘러내렸다. 장과 알랭 역시 비를 피하지 못했을 것이다. 그들은 비가 오는 걸 보지 못했지만 바람은 불었고 구름은 그 뒤를 따랐다. 물결처럼 드리운 밤과 그 속으로 흩어진 연기, 스며든 불빛. 그리고 비가 내리기 시작했다. 나는 장의 책상에서 쓴 글의 마지막 문장에 그렇게 적었다.

내가 뭔가에 홀린 듯 글을 쓰고 난 뒤 장은 비에 젖은 모습으로 들어왔다. 가는 빗발에도 불구하고 흠뻑 젖은 모습이었다. 그는 수건으로 머리를 털고 얼굴을 닦았다. 나는 그 모습을 본 뒤 밖으로 나왔다. 비는 그쳐 있었다. 비에 젖은 아스팔트와 보도블록이 강물처럼 반짝이고 있었다. 그의 집을 나오기 전 우리는 간단한 작별 인사를 했다. 내가 아무것도 묻지 않자 그 또한 아무것도 대답하지 않았다. 비에 젖은 장은 지친 듯 보였다. 나는 그게 그의 대답일 거라고 생각했다. 공원에서 본 장의 방은 은은한 빛을 내비치고 있었다. 걸음을 옮기던 중 내가 쓴 글이 그의 랩톱에 그대로 있다는 게 떠올랐다. 나는 발길을 돌릴까 잠시 생각했지만 그러지 않기로 했다. 문득 차가운 무언가가 턱 아래로 흘러내렸다. 나는 두 손으로 얼굴을 씻어냈다. 손 안 가득한 물기가 보였다. 그리고 비가 내리기 시작했다.

우
리
들

주
말

내가 책을 좋아하는 이유는 약속을 싫어하기 때문이다. 책은 어디서나 읽을 수 있고 언제나 덮을 수 있다. 나는 책을 한 번에 세 페이지 이상 읽는 일이 드물다. 좋은 책은 대부분 세 페이지 안에 좋은 부분이 나온다. 또는 세 페이지 안에서 좋음을 얻는다. 그렇다면 더 이상 독서를 지속할 필요가 있을까. 나는 책을 덮는다. 좋지 않은 책은 세 페이지가 넘도록 아무런 일도 일어나지 않는다. 그 책을 더 이상 읽을 필요가 있을까. 나는 책을 덮는다. 책과 달리 영화와 공연에서는 이런 일이 일어나지 않는다. 나는 정해진 시간에 정해진 공간으로 가야 하며, 표를 끊고(심지어 대부분 예매를 해야 한다!) 줄을 서서 모르는 사람들과 나란히 앉아 정해진 시간 동안 작품을 관람한다. 이런 특성은 점점 나를 지치게 했고, 최근에는 참지 않게 되었다.

다행인 것은 지난 시대에 비디오가 나왔고, 지금은 컴퓨터로 영화를 보는 일이 일상이 되었다는 사실이다. 나는 하루에 십수 편의 영화를 보는데, 한 영화당 짧게는 30초, 길어도 10분 이상 보는 일이 드물다. 나는 서재에서 책을 꺼내 보듯 하드에 담긴 영화를 보며 영화를 보다가 다른 영화의 장면이 생각나면 그곳으로 옮겨간다. 좋은 부분이 느껴지면 플레이를 정지하고 방 안에 잠시 서 있거나 귤을 꺼내 손 위에서 가지고 논다. 어떤 영화감독이나 소설가도 임의로 작품을 펼쳐보는 걸 좋아하지 않는다. 그들은 자신의 작품을 처음부터 끝까지 공들여 보길 바란다. 나는 그런 태도가 강하게 배어나는 작품일수록 지루함을 느낀다. 책은 내 손안에 있다. 나는 언제든 책을 열거나 덮을 수 있고, 책 역시 언제나 내게서 달아날 수 있다.

고다르는 1976년 그르노블에 있는 자신의 집에서 페넬로페 질리아트와 인터뷰를 가졌다. 페넬로페는 1968년 이후 폴린 카엘과 함께 『뉴요커』의 영화 비평을 맡고 있었다. 폴린 카엘의 명성은 시간이 지날수록 높아진 반면, 페넬로페는 그렇지 않았다. 사람들은 페넬로페가 우아하지만 감상적이고 나이브한 태도의 작가라고 생각했다. 페넬로페의 평판은 직접 각본을 쓴 영화 「일요일 조까Sunday, Bloody Sunday」(1971)가 뉴욕비평가협회와 전미비평가협회에서 각본상을 받았을 때 최고조에 달했지만 곧 가라앉았다. 「일요일 조까」는 「자정의 카우보이 「Midnight Cowboy」(1969)로 전성기를 누리던 존 슐레진저가 연출했으며, 국내에는 1987년 SKC가 '사랑의 여로'라는 제목의 비디오로 수입했다. 나는 존 카사베츠의 「사랑의 행로Love Streams」(1984)를 검색하다 이 영화를 알게 됐는데, 그때까지만 해도 「사랑의 여로」가 「사랑의 행로」를 검색하면 나오는 제프 브리지스의 「사랑의 행로The Fabulous Baker Boys」(1989)류의 영화라고 생각했다. 두 영화 모두 포스터에 한 여자와 두 남자가 있으며, 「사랑의 여로」에는 글렌다 잭슨이, 「사랑의 행로」에는 미셸 파이퍼가 나오니 삼각관계를 다룬 멜로물이겠거니 생각했지만 「사랑의 여로」의 삼각관계는 할리우드식 삼각관계와 달랐다. 「사랑의 여로」는 런던을 배경으로 설거지를 하지 않는 이혼녀인 알렉스와 롤랑 바르트를 닮은 유대인 정신과의사 다니엘, 이기적인 팝아티스트 봅의 연애를 다룬다. 봅은 양성애자로 알렉스와 다니엘 사이를 오가는데, 정확히는 합의하에 알렉스와 다니엘이 봅을 공유하는 것으로 보는 게 옳다. 알렉스는 친척인 그레빌 부부가 주말여행을 떠난 동안 그들의 다섯 아이를 돌보기 위해 그레빌 부부의 집에 머문다. 터틀넥 스웨터를 입은 금발의 아이들은 부모가 「트리스탄과 이졸데」 LP판 뒤에 숨겨둔 마리화나를 꺼내 피우고, 알렉스는 봅을 집에 불러 섹스를 한다. 봅은 터무니없는 설치 작품을 가지고 뉴욕 화단으로 진출할 생각을 하고, 다니엘은 모차르트를 들으며 자기 자신과 정신과 상담을 진행한다. 1970년대 부르주아와 히피 문화, 섹스 라이프와 정신적 공허를 느슨하게 섞은 영화는 당시 중산층 가구의 인테리어와 패션, 쌀쌀한 런던의 공기를 보는 것만으로도 만족스럽지만 폴린 카엘은 "내 삶과 전혀 관련 없는 소설을 읽는 기분"이라는 냉소적인 평을 남겼다. 반면 뉴요커들은 페넬로페의 영화에 열광했고, 그녀는 어딜 가나 명사 취급을 받았으나 「일요일 조까」를 둘러싼 잡음은 그녀를 지치게 만들었다. 페넬로페는 영화의 주요 아이디어를 1966년 스위스에 있는 나보코프를 인터뷰하러 가는 기차 안에서 떠올렸고, 이후 「성난 군중으로부터 멀리」(1967)의 세트장에서 만난 존 슐레진저와 생각을 공유했다고 말했다. 반면 존 슐레진저는 그 여자는 조금 미친 것 같다고, 아이디어는 전적으로 자신의 것이며 그녀는 단지 각본을 썼을 뿐이라고, 각본은 훌륭하지만 나보코프 같은 정신 나간 이야기는 그만했으면 좋겠다고 말했다. 페넬로페는 이 모든 게 영화의 과정이다, 우리 둘의 이야기는 상반되어 보이지만 상반되지 않는다, 공동작업은 본래 이런 것이다,라고 터스컬루사 뉴스의 기자인 제리 파커와의 인터뷰에서 설명했지만 존과의 관계는 회복되지 않았다. 1972년 페넬로페의 단편집 『누구의 일도 아니야Nobody's business』가 출간되었고, 그녀의 조심스럽게 슬프고 웃긴 소설들은 사람들의 화제에 올랐지만 페넬로페는 자신의 소설이 진지한 취급을 받지 못한다고 생각했다. 그녀의 두번째 남편이었던 극작가 존 오즈번은 말했다. 사람들은 영화를 기억하지 영

화 리뷰를 기억하는 게 아니야. 존 오즈번은 페넬로페가 『옵저
버Observer』 에디터로 있던 1963년에 만났다. 「성난 얼굴로 돌
아보라」(1956)의 성공 이후 존 오즈번은 조지 버나드 쇼가 된
것처럼 굴었고, 수많은 여자를 만났지만 데뷔작의 그늘에서 벗
어나지 못했다. 그는 페넬로페를 만난 뒤에 쓴 「인정받을 수
없는 증언」(1964)으로 비로소 반항적인 젊은 작가의 테두리를
벗어날 수 있었고, 페넬로페는 그 사실을 조금은 우쭐하게 여
겼다. 그들이 만날 당시 페넬로페는 '젊고 야심이 있었으며' 그
녀를 보는 사람 누구나 뒤돌아보게 만들 정도로 붉은 머리칼과
아름다운 얼굴을 가지고 있었다. 사람들은 이따금 그녀를 글렌
다 잭슨과 비교했고, 나는 그녀의 사진을 보며 캐서린 키너를
떠올렸다. 그녀의 첫 남편인 로저 질리아트는 저명한 신경정신
과 의사로 존 오즈번과 꽤 잘 아는 사이였지만 그녀는 존 오즈
번을 만나길 주저하지 않았고 주저할 이유를 느끼지 않았다.
그때는 그런 시대였고 사생활을 욕하는 사람은 무시하면 되는
시대였다. 연애 문제를 시시콜콜 따지기엔 모든 사람이 너무
불만에 차 있었고 너무 흥에 가득했으며 너무 할 일이 많았다.
그럼에도 그녀는 뉴욕에 가고 싶었다. 런던보다는 뉴욕, 영국
영화보다는 미국 영화지. 할리우드는 끝났어. 사람들은 매카
시 열풍 이후 늘 말했지만 그녀는 미국 영화의 전통을 믿었고
예술을 하려면 뉴욕에 가야지, 19세기에 파리와 빈이었다면
20세기엔 뉴욕이지, 그렇지 않다면 기억될 수 없을 거라고 생

각했다. 1968년『뉴요커』의 편집장 윌리엄 숀은 페넬로페에게 같이 일하자는 제안을 했고, 그녀는 미련 없이 짐을 쌌다. 그때 이미 존 오즈번은 다른 여자를 만나고 있었고, 그 여자는 페넬로페의 가장 친한 친구였으며, 페넬로페의 알코올 문제는 심각한 지경에 이르렀지만 그녀는 서른다섯이었고 서른다섯의 글쟁이가 가지고 있는 알코올 문제는 아무도 문제라고 생각하지 않았다. 그녀는 매일 술을 마셨고 술이 없으면 잠을 이루지 못했으며, 술이 없으면 글을 쓰지 못한다고 생각했지만 글을 쓰기 위해 술을 마시는 건 아니었고, 단지 늘 글을 쓰고 술을 마시거나 술을 마시고 글을 썼기에 둘의 타이밍이 얽힌 것뿐 어느 한쪽이 어느 한쪽에 의지하는 건 아닐지도 모른다는 생각을 나는 했지만 그럼에도 술이 없으면 잠들지 못하는 건 사실이었다. 그녀의 문제는 대부분 알코올 때문에 오는 것이었고, 그녀의 삶을 앗아간 것도 알코올 문제였지만 그녀가 글을 쓰지 않았다면 술을 마시지 않았거나 술을 적당히 마셨을까. 글은 그녀를 알코올 문제로 이끈 골칫거리가 아니라 그녀를 보호하는 수단이 아니었을까. 어쩌면 알코올 역시 마찬가지였고, 그녀를 삶으로부터 보호하는 것들이 그녀의 삶을 끝장낸 건 아니었을까,라고 그녀의 부고를 쓴 전 남편의 두번째 와이프인 베티 캄든은 생각했다.

페넬로페가 그르노블에 도착해 처음 한 일은 마켓에서 산 싸구려 와인을 플라스크에 들이붓는 일이었다. 고다르의 집은 이제르 강에서 가까운 거리의 끝에 있었다. 맑은 날에는 알프스 산이 바로 앞에 있는 것처럼 보입니다. 고다르가 말했다. 그는 스위스에서 유년 시절을 보냈고 그르노블에서 바칼로레아에 합격했다. 파리는 부족합니다. 고다르가 말했다. 뭐가 부족한가요. 페넬로페가 물었다. 고다르는 잠시 생각한 뒤 대답했다. 자유가 없기 때문에 만족할 수 없다고 해야 합니까, 만족하지 않기 때문에 자유가 없다고 해야 합니까.

  페넬로페가 고다르의 집에서 처음 본 것은 '슬픔la tristesse'이라고 적힌 포스터와 '광적으로à la folie'라는 문구가 쓰인 만화책의 찢어진 페이지였다. 그녀는 감상적이긴 하지만 이 말이 자신의 상황을 설명한다고 느꼈다. 그녀는 『뉴요커』의 메인 필자로 8년 동안 머물며 수많은 영화의 리뷰를 쓰고 수많은 작가의 프로필을 썼으며, 한 권의 소설집을 내고 한 편의 각본을 썼지만 점점 추락하고 있다는 느낌, 불 꺼진 계단을 끝없이 걸어 내려가는 느낌을 받았고, 사람들의 관심이 자신에게서 멀어지고 있음을, 출간된 지 몇 년 되지도 않은 자신의 소설은 모두 잊혔고, 자신의 리뷰는 폴린 카엘의 그늘에 가려졌으며, 자신이 쓴 프로필들은 소소한 주말 읽을거리 정도의 취급을 받는다고 생각했고, 사실 그녀의 생각은 대부분 맞았다. 당시 뉴욕에서는 아무도 그녀의 글쓰기가 매혹적인 방식이라고 확신하지 못했고, 왠지 모르게 진지하지 않은 방식이라고 생각했다. 그녀의 프로필은 아무것도 따져 묻지 않았고, 소동을 일으키지 않았으며, 수수께끼 속으로 진입하지도 않았다. 그녀는 그런 것에 자신이 없었고, 싸우고 싶지도 않았으며, 그저 마음에 드는 작가나 작품을 떠올리며 글을 쓰는 것이 좋았다. 이런 사람도 예술가라고 할 수 있을까. 이런 사람도 작가라고 할 수 있을까. 그녀는 작가들을 생각하고 그들을 묘사하면서 따뜻한 자쿠지 속에 몸을 담근 것 같은 안락함과 자유로움을 느꼈고, 그들이 한 말, 그들이 찍은 숏을 분석하지 않고 그저 받아 적을 때 가장 행복하다는 사실을 알았지만 이것도 글일까, 이것도 문학일까. 폴린 카엘은 사적으로나 공적으로 공공연한 적의를 드러냈고, 페넬로페를 술에 취해 붉은 머리칼을 만지작거리며 웃음이나 터뜨리는 그루피 취급했다. 그런데 아니라고 할 수 있나. 페넬로페 스스로도 궁금했다. 그녀는 1976년 『자크 따띠: 엔터테이너*Jacques Tati: The entertainer*』라는 따띠에 관한 96쪽짜리 짧은 단행본을 썼다. 이 책은 영어권에서 처음 나온 따띠에 관한 단독 저서였지만 조너선 로젠바움은 따띠의 천재성을 터무니없이 축소시킨 감상적인 책이라고 평했다. 물론 주말 읽을거리, 자크 따띠의 유머와 인물됨을 알 수 있는, 윌로 씨의 팬이라면 한번쯤 들춰볼 만한 책이라는 이야기를 빼놓진 않았다. 그리고 그건 사실이었다. 페넬로페는 「플레이타임」(1967)에 드러난 따띠의 광기에 가까운 기하학적 열정이나 숏의 구성을 전혀 이해할 수 없었다. 자신에게 따띠는 그저 우아하고 우아하고 우아해서 이해할 수 없지만 말하고 싶고 생각하고 싶은 인물이었다. 이게 그루피가 아니면 뭘까. 자신은 그저 애호가에 불과하지 않은가. 그녀는 고다르에게 이런 말을 해볼까, 고민을 털어놓는 건 어떨까 고민했지만 고다르가 자신을 이해할 것 같지 않았다. 그는 '브라크만큼 혁명적이고 에라스무스만큼 비타협적이며 파베세만큼 우울한 사람'이었다. 그는 매일 자기 자신에게 절망하고 있는 듯 보였고, 스스로를 엄격한 사람으로 보이도록 아주 많이 노력하는 것 같았지만 지루함을 참지 못하고 익살을 떨었고, 불현듯 난해한 격언을 뱉기도 했다. 그는 뻔한 프렌치 예술가처럼 보였지만 자신의 처지와 능력 사이에 갇혀 어쩔 줄 모르는 애송이 같기도 했다. 그는 그녀가 지금까지 가까이했던 미국과 영국의 거물과는 달랐다. 존 오즈번은 툭하면 소리 질렀고, 에드먼드 윌슨은 취미로 화를 내는 사람이었다. 사람들은 그들을 두려워했지만 그녀는 그들이 두렵지 않았다. 그녀가 두려운 건 고다르 같은 유형의 사람이었다. 그녀는 그가 속으로 자신을 멸시하고 있진 않을까 걱정했다. 그럴수록 더 아무렇지 않은 듯 굴며 시답잖은 소리를 지껄였지만 그러고 나면 정적이 찾아왔다. 고다르의 스크립터였던 쉬잔 쉬프만은 고다르를 황소고집에 제멋대로 구는 인간이라고 말했다. 촬영감독인 라울 쿠타르는 고다르의 폭언에 촬영장을 뛰쳐나가곤 했다. 그러나 촬영장 밖의 고다르는 침묵을 지켰다. 그리고 페넬로페의 질문과 별 상관없는 대답을 했다. 저는 영화를 잘 보지 않습니다. 영화에 대한 광고나 리뷰만 봐도 그 영화를 이미 본 것 같습니다. 고다르는 올리브색 안락의자에 앉았고, 페넬로페 역시 같은 의자에 나란히 앉았다. 그들은 같은 방향을 보며 대화를 나눴고, 대화는 한 방향을 향해갔다.

　20년간 픽션을 읽지 않았습니다. 고다르가 말했다. 그의 집 2층 방에는 책이 가득 쌓여 있었다. 앙드레 말로, 프루스트, 포크너, 포, 셀린, 위고, 플로베르, 보들레르, 엘리 포르, 페르낭·브로델, 보르헤스…… 페넬로페는 자신 역시 픽션을 읽지 않는다고 말하고 싶었지만 그녀는 픽션을 읽었다. 좋아서 읽는 건 아니었다. 소설에 점점 흥미를 잃어가고 있었지만 그녀는 소설을 발표해야 했고 소설을 발표하기 위해선 소설을 읽어야 하지 않나. 그녀는 소설보다 다큐멘터리를 좋아했고 역사책을 선호했다. 고다르는 소설은 이십대까지만 읽으면 된다고 작은 목소리로 중얼거렸다. 그래서 그는 더 이상 픽션을 찍지 않는 것일까. 페넬로페는 그가 삼십대 이후 찍은 영화들을 생각했다. 그는 영화를 떠나고 있었다. 모든 사람이 그렇게 말했다. 그러나 그가 영화를 떠나 도착한 곳도 영화였다. 페넬로페는 수첩에 적었다. 영화에서 영화로. 에드먼드 윌슨은 역사책을 쓰고 비평서를 썼지만 그건 일종의 소설이었다. 『나는 데이지를 생각했다』(1929)와 『핀란드 역으로』(1940)가 다른 장르였나. 픽션에서 픽션으로. 페넬로페는 윌슨을 사랑하기 전에 그의 책을 먼저 사랑했고, 『핀란드 역으로』가 재간되기 훨씬 전부터 몇 번이나 반복해서 읽었다. 지금의 소련이 거지 같은 게 윌슨의 잘못은 아니지 않은가. 1950년대에 대학을 다닌 앵그리 영맨들에게 윌슨은 결정적인 인물 중 하나였다. 씨발 자유주의자들. 그녀는 한때 노동당원이었고 존 오즈번과 린지 앤더슨, 도리스 레싱이 기고한 「선언Declaration」(1959)을 읽었으며, 콜린 윌슨의 책을 읽었고 에드먼드 윌슨이 끝까지 버리지 않았던 역사에 대한 믿음을 일정 부분 공유했다. 그는 회의주의자였지만 행동가였고, 행동하기 위해선 역사가 필요했다. 그는 자주 억지를 썼지만 억지가 그의 매력이었다. 페넬로페는 1967년 마이크 니콜스를 통해 에드먼드 윌슨을 만났다. 윌슨은 1961년 마이크와 일레인 메이의 공연을 봤고, 사람들이 그들과 실제로 대화하는 것처럼 반응한다고 적었다. 1950년대 후반 마이크 니콜스는 극단 '두번째 도시Second city'를 통해 진짜 대화, 미국 연극 역사상 최초로 자연스럽고 즉흥적인 대화를 만들어냈으며, 시카고의 이 작은 극단은 전미를 휩쓸었다. 그들은 신랄한 코미디를 주 무기로 했으나 웃긴 게 다는 아니었다. 특히 마이크 니콜스는 '연극에 천부적인 재능'이 있었고, 그가 연극을 떠나 영화로 가는 사실을 윌슨은 세상의 종말로 받아들였다. 윌슨은 영화에 관심이 없었고 할리우드를 창녀촌으로 생각했다. 그러나 마이크는 영화계로 갔고 「누가 버지니아 울프를 두려워하랴」(1966)를 찍고 스타가 되었다. 윌슨은 1968년 1월 『뉴요커』에 공개서한을 써 마이크의 바짓가랑이를 잡고 늘어졌지만 마이크는 개코도 신경 쓰지 않았다.

마이크는 「졸업」(1967)을 찍고 난 뒤 페넬로페와 만났고, 「캐치-22」(1970)를 찍고 그녀와 헤어졌다. 윌슨은 당시 일흔네 살이었고 곧 죽음을 앞두고 있었지만 평생 그래왔던 것처럼 여자를 만나는 건 멈출 생각이 없었다. 시체와 섹스하는 것 같을지도 몰라. 페넬로페의 동거인인 빈센트 캔비는 말했지만 죽은 사람이 산 사람보다 나아, 그게 작가라면 말할 것도 없지. 윌슨은 19세기에 태어난 19세기 사람이었고, 갈수록 19세기나 18세기, 남북전쟁과 유대민족의 역사 따위에만 관심을 가졌을 뿐 지금 일어나고 있는 일은 신경 쓰지 않았다. 그건 장점이야. 페넬로페는 생각했고 윌슨을 따라 맨해튼의 프린스턴 클럽으로 들어갔다. 우린 곧 섹스를 하게 될 거예요. 페넬로페가 윌슨에게 말했고 그 말은 예언이었을까, 거부였을까. 그들은 갈색 가죽 카우치 위에서 옷을 벗었고 윌슨은 페넬로페가 자신이 만난 여자 중 가장 아름답다고 생각했다. 술꾼에, 예민하고 지적이며 조금 정신 나간 여자. 그녀는 때때로 자살을 시도했지만 죽을 생각은 없었다. 늘 그랬던 것처럼 술에 취한 상태였고, 아무것에도 가치를 느끼지 못했다. 가끔 마음에 드는 문장을 쓰거나 마음에 드는 작가에게 예상치 못한 말을 듣기도 했지만 그게 내 삶과 무슨 상관일까. 윌슨은 1972년에 죽었고 1970년대 중반을 지나며 사람들은 급격히 우울해지거나 지나치게 멍청해졌다. 모든 게 나빠지고 있거나 나빠질 거야. 폴린 카엘은 전혀 그렇게 생각하지 않았고, 페넬로페의 생각을 1도 이해하지 못했으며, 페넬로페는 자신의 생각을 설명하지 못했다. 폴린 카엘은 『뉴요커』가 굉장한 걸 해내고 있다고 믿었다. 역사는 나선형으로 발전한다. 레이철 카슨이 그걸 해냈고, 영화계에는 로젠바움과 앤드루 새리스 같은 인물이 있다. 폴린 카엘은 1981년 5월 캘리포니아에서 고다르와 토론하며 고다르 역시 마찬가지 인물 중 하나라고 말했고, 고다르는 그렇지 않다고, 그런 건 아무것도 바꾸지 못한다고 말했다. 조그만 변화. 그건 『뉴요커』가 스스로를 자위하기 위한 것일 뿐 아무것도 아니고 시스템과 전혀 다르지 않다고 말했지만 폴린 카엘은 고다르가 과장하고 있다고 생각했고, 고다르 역시 그녀가 과장하고 있다고 생각했다. 페넬로페는 1979년 5월을 마지막으로 『뉴요커』를 떠났고, 폴린 카엘과 고다르가 뭐라고 하든 신경 쓰지 않았다. 그녀는 소설을 쓰고 있었고 그녀의 소설은 점점 더 사소해지고 빈약해졌으며, 조용히 어정거렸다. 그녀는 자신이 쓴 소설을 다시 읽지 않았다.

*

나는 지난겨울 친구와 여행을 떠났다. 나는 여행을 잘 가지 않는데 누군가와 여행을 갔다 오면, 그 뒤로 그 사람이 다시 보고 싶지 않기 때문이다. 혼자서는 더욱 갈 일이 없는데, 내게는 이곳과 저곳이 큰 차이가 없기 때문에, 또한 멀리 가면 피곤함을 느끼고 피곤함을 느끼면 아무것도 느끼지 못하기 때문에 늘 가까운 곳만 가는 편이며 어딜 가든 곧 돌아오곤 했다. 그러나 나는 지난겨울 이례적으로 친구와 여행을 떠났다. 처음 계획은 통영이었으나 나는 통영에 전혀 가고 싶지 않았고, 통영의 숙박업소를 보자 홍상수가 떠올라 기분이 나빠졌다. 친구는 통영 최고의 관광호텔인 거북선 호텔을 예약하면 바다가 보이는 방에 묵을 수 있다고 했지만 호텔의 이름이 마음에 들지 않았고 그 방에서 파도 소리가 들리는지, 잠에서 깨어 가운만 걸치고 해변으로 걸어갈 수 있는지, 걸어가는 동안 누구도 마주치지 않을 수 있는지, 텅 빈 해변을 가로지르며 바다를 바라볼 수 있는지 물었고, 친구는 당연히 그럴 수 없다고 대답했다. 그러면 바다가 보이는 게 무슨 의미인가. 그런 바다는 필요 없었고 우리는 여행 전날 계획을 바꿨다.

우리는 지도를 보며 서해안의 항구를 체크했다. 군산항, 가력도항, 송포항, 격포항, 궁항, 모항, 곰소항, 동호항, 구시포항. 구시포항은 고창군에 있는 항구로 우리는 다음 날 광주에 갈 계획이었기 때문에 더 아래로 내려가지 않기로 했다. 그럼 아홉 개의 항구 중 한 곳에 가서 숙박을 하고 다음 날 광주에 가면 되겠다. 그게 우리가 세운 계획의 전부였다. 우리는 서해안 고속도로를 탔다. 전날까지 눈이 내렸고 서해안으로 가는 길 내내 짙은 안개와 눈 쌓인 나무, 서리 내린 도로, 회백색 들판을 보았다. 우리는 차 안에서 귤을 까먹고 커피를 마시며 항구를 검색했다. 여행 후기가 가장 적은 곳이 최적이야. 우리는 말했지만 모든 항구가 각각의 이유로 마음에 들지 않았다. 세 시간이 지나 우리는 군산에 진입했고, 미원동에 있는 전국 4대 짬뽕집 중 하나인 복성루에 도착했다. 복성루 주변은 낮은 건물이 드문드문 있는 지방 소도시의 익숙한 풍경이었으나 거리 가득 쌓인 눈이 세부를 가리고 도로와 인도의 경계를 흐렸다. 우리는 군산남초등학교 맞은편의 공원에 차를 세웠다. 작은 미끄럼틀이 있는 공원으로, 눈이 내린 뒤 누구도 미끄럼틀을 타지 않은 듯 눈밭에는 발자국이 보이지 않았고 나는 차에서 내려 사진을 찍었다.

눈은 방금 녹기 시작했고, 나는 갓 녹기 시작한 눈의 질척하고 아삭한 감촉이 좋아 눈과 도로의 경계를 밟으며 걸었다. 복성루 앞에는 두꺼운 패딩 점퍼를 입은 가족 단위의 사람들이 줄 서 있었는데 근처의 도시에서 찾아온 사람들 같았다. 전봇대와 전깃줄에 쌓인 눈 뭉치가 조금씩 녹으며 사람들 위로 떨어졌다. 우리는 그 틈에 끼여 줄이 줄어들기를 기다렸다. 친구의 푸른색 코트와 첼시 부츠는 두드러진 옷차림이어서 우리는 잠시 부끄러웠지만 곧 괜찮아졌다. 가게 안은 굉장히 좁았고, 우리는 모르는 사람들과 한 테이블을 썼다. 나는 친구에게 쉬는 날에도 회사 업무를 보는 태도에 대해 한마디 했고 친구는 나의 이해심 부족을 탓했다. 짬뽕에는 홍합이 많았고 국물은 달았다. 우리는 복성루에서 나와 새만금 방조제로 향했다.

새만금으로 가는 길은 공업지구나 공항 교차로여서 넓고 탁 트인 도로와 벌판이 이어졌고, 우리의 기분은 다소 좋아졌다. 새만금에는 차가 없었고 사람도 없었으며 바다를 양쪽으로 가른 도로는 다소 비현실적으로 보였다. 오른쪽 바다 위로 회색 구름이 낮게 깔려 있었고, 왼쪽 바다 너머 보이는 섬 위로 구름을 비집고 나온 햇살이 길게 닻을 내리고 있었다. 우리는 방조제 위를 시속 150킬로미터로 달리다가 속도를 늦추고 차를 세웠다. 도로 옆에는 난간과 벤치, 드물게 전망대가 있어 주변 경관을 보게 되어 있었지만 우리 말고는 누구도 없었다. 차에서 내리자 거센 바람이 몰아쳤고, 우리는 숨도 제대로 쉬지 못했다. 우리는 난간에 서서 바다를 봤는데 파도 한가운데 서 있는 것처럼 느껴졌고 친구는 비명을 질렀다. 나는 내가 호들갑을 떠는 것인지, 아니면 바다 위에서 삶을 보내는 사람들도 그렇게 느낄 것인지 궁금했다. 방조제를 사이에 두고 양쪽의 바다는 움직임이 달라서 오른쪽에는 거센 파도가, 왼쪽에는 고요한 흐름이 오갔다. 새만금 방조제의 길이는 33.9킬로미터로 중간에 야미도나 신시도 같은 섬과 공원, 전시관이 있어 호기심이 동할 때마다 차를 세우고 구경을 했고 곧 해가 지기 시작했다. 우리는 서둘러 격포항을 향해 떠났지만 격포항은 상상했던 것과 달랐다. 횟집들은 문을 닫거나 영업을 하지 않았고 정박해 있는 낡은 어선들은 물결을 따라 천천히 흔들렸다. 우리는 지도를 보고 다음 항구인 궁항으로 갔고 궁항 역시 마찬가지였다.

항구는 특색을 찾기 힘들었고 국도 사이에 자리 잡고 있는 펜션에는 발을 들이고 싶지 않았다. 우리는 다음 항구인 모항으로 향했고 모항 역시 마찬가지였다. 우리는 다음 항구인 곰소항으로 향했다. 곰소항은 젓갈이 유명한 항구라고 했고, 나는 젓갈에 전혀 관심이 없었으나 친구는 어머니께 젓갈이라도 사 드리자고 했고, 젓갈을 사서 차에 실을 생각을 하니 여행 자체가 젓갈을 목적으로 계획된 것 같아 괴로웠지만 친구의 기분을 생각해 젓갈을 사자고 말했다. 친구의 차였지만 새만금 이후로는 내가 운전대를 잡았고, 드물게 모습을 드러내는 앞 차의 미등을 따라 해변가의 어두운 국도를 달리는 내내 친구는 숨을 죽이고 핸드폰으로 지도를 확인하거나 도로를 확인했고, 때때로 헤드라이트에 비친 내 모습을 보며 자리를 바꿀까 말했지만 나는 괜찮다고 했다.

우리는 곰소항에서 회를 먹었다. 손님은 우리밖에 없었고 가게 주인은 지인들과 치킨을 먹고 있었다. 주인은 불친절했고 회는 내가 먹어본 최악의 회였다. 친구 역시 그렇게 생각했지만 말하진 않았다. 젓갈을 사고 싶은 생각이 사라졌고, 우리는 차를 몰고 다음 항구인 동호항으로 향했다. 나는 항구의 민박집에서 자고 다음 날 오전 근처 읍내의 목욕탕에서 목욕을 하고 싶다고 했다. 그것은 나의 오랜 로망이라며 과거에 충북 보은의 읍내 목욕탕에 간 기억을 이야기했다. 친구도 동의했지만 우리는 적절한 민박집을 찾을 수 없었다. 요즘 누가 민박을 치나, 근천에 펜션 많아. 바다 바로 앞에 집을 둔 중년 여자는 말했고, 자신의 집 담벼락에 붙어 있는 민박 표지판은 오래전 거라고 했다. 중년 여자의 집 마당에는 두 명의 중년 남자와 한 명의 중년 여자가 박스에 무언가를 담고 있었고, 딸 또는 아들로 보이는 십대 청소년 두 명이 박스를 트럭에 싣고 있었다. 이 총각이 민박집을 다 찾네. 중년 여자는 집 안쪽을 쳐다보며 말했고, 중년 남자는 나를 흘깃 볼 뿐 별다른 말을 하지 않았다. 친구는 내 팔을 잡아끌었다. 우리는 다시 차에 올랐고 다음 항구를 향해 갔다. 길은 끊임없이 구부러졌고 여러 번 갈라졌으며, 다른 차는 한 대도 보이지 않았다. 다음 항구는 어디지. 나는 친구에게 물었고 친구는 핸드폰 배터리가 다 됐다고 했다. 나는 내 핸드폰을 건네줬다. 내 것도 얼마 남지 않았어. 우리는 항구에서 자는 걸 포기하고 광주로 방향을 돌렸다. 내일 아침에 광주 갈 거면 지금 광주 가도 되는 거 아닌가. 우리는 세 시간을 달려 상무 지구의 비즈니스호텔에 자리 잡았고, 욕조에서 거품 목욕을 하며 대화를 나눴다. 친구는 꿈을 꾼 것 같다고 뭘 한 건지 잘 모르겠다고 했다. 나는 운전이 는 것 같지만 도로의 모양이나 길의 형태는 기억나지 않는다고 말했다. 그래도 괜찮은 걸까. 우리는 욕조에서 맥주를 마시며 책을 읽었다. 물에 젖지 않는 책이 필요해. 내가 말했다. 얼굴이 붉게 달아올랐고 가슴과 배가 미끈거렸다. 친구는 혼자 있을 때 아무것도 하지 않는다고 했다. 난 평소에 아무것도 안 해. 그래도 괜찮아?

나는 괜찮다고 말했다. 나는 친구에게 책의 한 구절을 읽어주었다. "그들은 부르주아적인 쓰레기를 만들고 나는 혁명적인 쓰레기를 만들고 있습니다." 고다르가 옛 동료 중 두 사람의 영화에 대해서 한 말이다. 나는 옛 동료가 트뤼포와 에릭 로메르일 거라고 했고, 친구는 트뤼포와 로메르의 영화를 보지 못했다고 말했다. 봐야 돼? 아니. 나는 대답했지만 생각해보니 친구와 나는 로메르의 「내 여자 친구의 남자 친구」(1987)와 트뤼포의 「도둑맞은 키스」(1968)를 봤고, 우리는 영화에 나온 여배우들의 옷차림에 대해 이야기했다. 로메르의 영화에 나온 신도시의 풍경과 그들이 요트를 타러 간 관광지의 풍경에 대해. 여주인공은 친구의 남자 친구와 숲 속으로 걸어 들어가고 카메라는 나무가 흔들리는 모습과 여주인공이 갑작스레 울음을 터뜨리는 모습을 보여준다. 그때 그녀가 입고 있는 옷이 뭐였지. 그녀는 아이보리색 원피스를 입고 있었나. 짧은 단발머리를 한 여주인공은 친구와 닮은 것 같았고 내가 그렇게 말하자 친구는 아니라고 대답했다. 영화는 어떤 이미지에 대한 어떤 이미지에 대한 어떤 이미지입니다. 무슨 말이야. 나는 이것도 책에 나오는 말이라고 했다. 부르주아적인 쓰레기에 대한 말이야? 아니. 나는 이건 삶에 대한 말이라고 했다. 삶은 어떤 이미지에 대한 어떤 이미지고 고다르에 따르면 영화는 현실과 차이가 없고 영화는 현실의 반영이라는 현실이기 때문에 어떤 이미지에 대한 어떤 이미지에 대한 어떤 이미지가 영화라면 삶이 곧 그 어떤 이미지라고 말했다. 친구는 맥주를 한 모금 더 마시고 자신이 왜 책을 읽지 않거나 책 읽는 걸 좋아하지 않는지 너를 보면 알겠다고 말했다. 우리는 잠시 웃었고 욕조에서 나왔다. 내가 물을 뺄까 물었지만 친구는 잠시 그대로 두자고 했다. 우리는 침대에 들어가 노트북으로 「주말」(1967)을 봤고 곧 잠이 들었다.

*

『고다르×고다르』는 고다르의 인터뷰를 모은 책으로 2010년 이모션북스에서 출간했다. 미시시피 대학출판부에서 1998년에 나온 책을 번역한 것으로 책에는 페넬로페 질리아트의 스펠링이 gilliat로 잘못 표기되어 있다. 질리아트에는 t가 두 번 들어간다. gilliatt. 한국어판의 문제는 아니다. 영어판 역시 스펠링이 잘못 표기되어 있다. 질리아트는 1980년대 내내 잊혀진 존재였고, 1993년 예순하나의 나이로 죽었을 때 사람들은 잠깐 그녀를 떠올렸지만 곧 다시 잊었다. 사람들은 그녀의 스펠링도 제대로 기억하지 못했으며 그녀의 책은 21세기 들어 단한 권도 재간되지 않다가 2009년에야 카푸친 클래식Capuchin Classics에서 1967년작 『달라진 상황A State of Change』을 재출간했다. 서문을 쓴 알리 스미스는 질리아트가 뭐라 형용할 수 없는 분위기를 조성하는 재주가 있다며 아마도 장 르누아르의 영향을 받은 것 같다고 말했다. 르누아르는 자크 따띠와 더불어 페넬로페가 단행본으로 쓴 유일한 감독이었다. 그녀는 1968년 파리에서 장 르누아르를 처음 만났다. 장은 비행기를 극도로 싫어했고, 그래서 유럽을 떠나려고 하지 않았다. 뉴욕에서 저를 만나려면 대서양을 홍해처럼 가른 뒤 그 사이로 버스 노선을 운영해야 합니다. 저는 어린 시절부터 버스를 좋아했습니다. 전시에도, BC 정부 치하에서도 버스는 멈추지 않았습니다. 뉴욕이 지하철이라면 파리는 버스입니다. 장은 더 이상 영화를 찍지 않는 노인이었고 전설이었으며 '1차 대전에서 입은 상처로 인해 다리를 절뚝거리며 연기가 자욱한 파리의 어지러운 거리를 떠도는 거인'처럼 보였다. 파리는 아직 68혁명의 열기가 식지 않은 상태였고 곳곳에서 소요가 일어났다. 1968년 2월 9일 앙드레 말로는 앙리 랑글루아를 시네마테크 프랑세즈에서 해임했고, 파리의 영화인들은 앙리 랑글루아 복권위원회를 만들었다. 알랭 레네가 위원장, 고다르가 부위원장, 장이 명예위원장이었다. 거리에 나오지 말라는 겁니다. 장은 자신의 위치에 대해 그렇게 말했다. 거리에 나가기엔 너무 늙고 살이 쪘어요. 누벨바그는 칸을 뒤엎었고 영화제는 중단됐으며, 고다르는 경찰의 곤봉에 맞아 피범벅이 됐고, 트뤼포는 「도둑맞은 키스」를 앙리 랑글루아에게 바쳤다. 영화는 문 닫힌 시네마테크를 배경으로 시작한다. 임시 휴관. 재개관은 언론을 통해 공지하겠음. 「도둑맞은 키스」는 1968년 9월 4일 개봉했고, 페넬로페는 르누아르와 함께 「도둑맞은 키스」를 봤다. 아마 이 영화를 본 최초의 영국인/미국인일 거야. 페넬로페는 생각했고 빈센트 캔비는 이 사실을 두고두고 부러워했다. 「도둑맞은 키스」를 1968년 9월에 장 르누아르와 봤다고?! 씨발!! 빈센트는 「도둑맞은 키스」를 걸작이라고, 트뤼포는 그가 손대는 무엇이든 황금으로 만드는 능력을 가졌다고 1969년 3월 4일자 『뉴욕 타임스』에 썼지만 그건 사실이 아니었다. 영화는 터무니없이 밝고 가볍고 활기차서 어리둥절할 지경이었다. 그 점이 마음에 듭니다. 장이 말했다. 이 영화엔 서스펜스가 없어요. 저는 무언가 굉장한 게 숨겨져 있다는 듯 구는 게 싫습니다. 그건 구식 낭만주의에 불과합니다. 반면 고다르의 영화는 무언가 굉장한 걸 보는 것 같은 느낌을 주었지만 당시에는 누구도 그걸 제대로 설명하지 못했다. 1967년 개봉한 그의 영화 「주말」(1967)과 「중국 여인」(1967)은 스캔들을 일으켰고, 그의 지지자들조차 등 돌리게 만들었다. 영화는 노골적으로 정치적이었고 난해했으며 공격적이었다. 사람들은 말했다. 고다르, 당신의 영화는 인간성이 부족합니다. 앤드루 새리스는 1967년 이후 이어진 고다르의 행보에 대해 예술가가 죽고 혁명가가 탄생하고 있다며 분통을 터뜨렸다. 고다르는 장 피에르 고랭과 '지가 베르토프 그룹'을 결성하고 블랙팬서와 알 파타 같은 급진적인 무장 조직에 동조했다. 앤드루는 『빌리지 보이스』 리뷰에 장 피에르 고랭의 이름을 장 피에르 뭐시기Jean-pierre something라고 쓸 정도로 고랭을 혐오했고, 지가 베르토프 그룹의 작품은 참아주기 힘들 정도로 건조하고 지루하며 심지어 그들의 정치적 목적조차 공감할 수 없다고 썼다. "나는 이스라엘의 생존에 대한 나의 도덕적 의무를 포기할 수 없을 것이다." 그는 이스라엘에 딴지를 거는 데 불편함을 느꼈고 대의를 위해서 입닥쳐야 한다고 생각했으며 그건 사르트르도 마찬가지였다. 장주네는 사르트르를 겁쟁이라고 일축했다. 그는 68혁명과 블랙 팬서에 차례로 투신한 뒤 1970년 요르단의 암만에서 야세르 아라파트를 만나 팔레스타인의 비극을 기록하기로 약속했고, 1986년 파리의 호텔에서 죽기 직전까지 레반트 지역을 떠돌아다녔다. 68혁명 이후 프랑스 문화계의 주요인물 중 장 주네와 장뤼크 고다르만이 팔레스타인에 뛰어들었고 고다르는 「영화의 역사(들)」(1998)과 「필름 소셜리즘」(2010)에서 장 주네의 문장을 인용했다. "언어의 이미지가 사막에 있기 때문에 우리는 그곳에 가야 한다." 앤드루 새리스는 영국의 공장과 노동자를 다룬 고다르의 영화 「마오에서 만나요See You At Mao」(1969)를 보는 동안 사운드트랙의 날카로운 소리가 고막을 공격했으며, 그래서 BBC가 이 작품의 방영을 거부했을 거라고 말했다. 그러나 BBC뿐인가. 1968년 프랑스 TV, 1969년 런던 위크엔드 TV, 1969년 이탈리아의 방송국이 고다르의 작품을 거부했다. 페넬로페는 고다르에게 「마오에서 만나요」가 모든 면에서 새로운 영화라고 말했고, 고다르는 그것은 불이 켜져 있지 않은 복도를 따라 걷다가 처음에는 한쪽 벽에 부딪히고,

다음에는 다른 쪽 벽에 부딪히는 것과 같습니다,라고 말했다.

그르노블에 있는 고다르의 스튜디오는 집에서 20미터 정도 떨어진 곳에 있었다. 스튜디오는 각종 기술 장비로 가득했고, 가운데에는 탁구대가 놓여 있었다. 고다르가 말했다. 탁구 한 판? 페넬로페는 플라스크를 꺼내 와인을 한 모금 마시고 자세를 잡았다. 고다르도 플라스크를 건네받아 와인을 마셨다. 영화는 대화의 보완물입니다. 1977년 루이스 브뉴엘은 페넬로페에게 말했다. 고다르는 대화와 과학 연구의 유사성에 대해서 말했고, 자신은 기술 장비에 의존하고 있다고 했다. 연극을 싫어합니다. 배우들이 소리를 지르기 때문입니다. 좀더 자유로운 연극인 스포츠가 좋습니다. 고다르는 중국인들의 탁구 영상을 여러 번 돌려봤고, 독학으로 탁구를 배웠다고 했다. 페넬로페는 어쩌면 자신이 쓰고 있는 소설이 연주이거나 탁구 게임일지도 모른다고 생각했고, 정해진 악보와 정해진 규칙과 상대방이 있는 곳에서 자신은 끊임없이 활을 켜고 공을 날리거나 공을 받고 있는지도 모른다고 생각했다. 악보가 없거나 상대가 없으면 어찌해야 할지 모르겠는데 그렇다면 이것도 창조라고 할 수 있을까. 그녀는 궁금했고 고다르에게 물을까 생각했지만 생각은 금방 달아나고 말았다. 그녀는 와인을 한 모금 더 마셨고, 고다르는 이번에는 체스를 두자고 말했다. 페넬로페는 자신의 IQ는 아인슈타인보다 높으니 각오하라고 했지만 고다르의 체스 실력은 매우 뛰어나 그녀는 순식간에 패하고 말았다.

1979년 5월 4일 그레이엄 그린이 『뉴 스테이츠맨』에 페넬로페를 비난하는 글을 기고했을 때, 페넬로페는 이미 맛이 가 있는 상태였다. 그녀는 마감을 지키지 못했고, 일주일 내내 술에 취해 있었으며, 술에 취하지 않았을 때는 술에 취하기 위해 술을 마셨다. 그레이엄 그린은 지난 3월 페넬로페가 자신에 대해 쓴 프로필은 말짱 헛거니 믿지 않는 게 신상에 이롭다고 썼다. 페넬로페는 그린이 현존하는 최고의 작가 중 하나이며 원래 젊은 작가들에게 농담을 즐겨 한다고, 그러니 그린의 비난은 별거 아니고 우리의 이야기는 상반되지 않는다고 했다. 그리고 그 생각엔 마이클 메쇼Michael Mewshaw도 동의했다. 마이클은 1972년 그린의 집이 있는 남프랑스의 앙티브에서 그를 만났고, 그때의 경험을 에세이로 써서 『네이션 The Nation』과 『런던 매거진 London Magazine』에 각각 70달러와 30파운드를 받고 팔았다. 그는 말년의 그레이엄 그린이 얼마나 까칠하고 종잡을 수 없는지 알고 있었기에 페넬로페와 그린의 스캔들을 들었을 때 불쌍한 페넬로페가 잘못 걸렸네 정도로 생각했지, 페넬로페가 자신의 글을 표절했을 거라곤 생각하지 못했다. 그는 뒤늦게야 페넬로페의 글에서 자신의 글과 같은 문장을 발견했고, 페넬로페의 스캔들은 부정확함이 아니라 표절로 바뀌었다. 페넬로페는 술에 취해 정신이 없었다는 말을 윌리엄 숀에게 했고, 윌리엄 숀은 이 건을 조용히 무마하려고 했지만 언론은 기사를 뿌렸으며 페넬로페의 경력은 그 길로 끝장났다. 그녀는

『뉴요커』에서 나온 이듬해 함께 지내던 딸 놀란 오즈본을 존 오즈본에게 보내야 했고, 존 오즈본은 3년 후 놀란을 버렸다. 베티 캄든은 페넬로페가 놀란을 데리고 자신의 별장이 있던 햄프턴으로 놀러 오거나 그들의 센트럴파크 아파트에 자신이 놀러 가거나 했다고 말했다. 페넬로페는 놀라운 요리 실력을 자랑하는 자상한 엄마였고 파티가 있을 때면 오렌지색 드레스를 입곤 했습니다. 그녀의 머리색과 드레스는 불이 옮겨 붙은 듯 잘 어울렸고, 엄마를 닮아 붉은 머리칼을 가진 놀란까지 옆에 다가오면 온 집안이 불길에 휩싸인 듯 환해 보였죠. 1976년의 페넬로페는 고다르에게 이렇게 물었다. 당신 딸은 몇 살인가요? 열 살입니다. 고다르가 말했다. 고다르의 딸과 페넬로페의 딸은 동갑이었다. 제 딸도 열 살입니다. 페넬로페가 말했다. 딸에게 무슨 이야기를 해주나요. 페넬로페는 딸을 사랑했지만 종종 무슨 말을 해야 할지 고민됐고, 자신은 엄마치곤 지나치게 술을 많이 마시고 담배를 많이 피우는 게 아닌지 걱정했지만 되돌리기엔 모든 게 너무 멀리 와버린 것처럼 느껴졌고, 담배를 많이 피고 술을 많이 마시는 게 뭐가 문제인 건지 진짜 문제는 그게 아닌지도 모른다고 생각했지만 놀란은 이미 자신을 닮아 웃음이 잦고 아버지를 혐오하는 아이로 커가고 있었다. 고다르는 말했다. 제가 침울할 때 딸은 낙천적입니다. 그것은 신념을 갖기 위해 매우 좋은 방법입니다. 딸은 제게 이렇게 이야기하는 것 같습니다. 세계는 슬프지 않고, 세계는 크다.

건축이냐 혁명이냐

이구는 누구에게도 딜런 토머스와 버로스, 헨리 밀러를 읽는다는 이야기를 하지 않았다. 그는 셰익스피어나 마크 트웨인, 너새니얼 호손을 읽는다고 했고, 시를 쓴다며 친구들에게 하이쿠를 읊어주기도 했다. 『18편의 시』와 『정키』 『북회귀선』은 그의 침대 밑에 숨겨져 있었고, 욕실 찬장에 숨겨져 있었다.

　1957년, 미국의 모든 대학생은 비트 제네레이션이 된 것처럼 굴었고, 심지어 MIT 공대생들조차 긴즈버그와 잭 케루악에 대해 떠들었다. 이구는 그들의 이야기를 들으며 미소를 지었다. MIT에 4년을 다녔지만 대학 동기들은 이구가 일본인인지 중국인인지 구분하지 못했다. 언젠가 한번 나는 대한민국의 황족이야, 라고 말한 적이 있지만 동기들은 대한민국을 모르거나 대한민국에 황족이 있다는 사실을 몰랐고, 결정적으로 이구의 나라에 관심이 없었다.

이구는 일본에서 태어났고, 어머니는 일본의 황족이며 아버지는 한국의 황족이지만 2차 대전이 끝나자 일본과 한국 모두가 그를 자국민으로 받아들이길 거부했다. 그는 아메리카에서 공부하고 싶었고, 랭보처럼 배를 타고 싶었지만 국적이 없었고 여권도 없었다. 이승만은 이구에게 황족 행세를 하지 않는다는 조건으로 여권을 내주겠다고 했다. 이구는 황족 행세를 한 적이 없는데 왜 황족 행세를 하지 않겠다는 요구를 받아야 하는지 이해할 수 없었지만 이구의 아버지인 영친왕 이은은 펄쩍 뛰며 이승만의 불알을 걷어차버리겠다고 했다. 이구는 별수 없이 긴자의 뒷골목에서 여권을 위조하고 부모에게 구나이초의 협조를 받아 여권을 만들었다고 거짓말을 했다.

이구는 1950년 요코하마에서 미국행 선박 제너럴 골든호를 탔다. 친구인 히로아키와 함께 샌프란시스코 항에 도착했고, 켄터키 주의 댄빌 시에 정착했다. 이구 일행을 도와준 미군 사령부 보이스카우트 본부장인 피셔는 이구에게 당신도 재패니즈냐고 물었다. 이구는 잠시 주저하더니 자신은 대한민국의 황족이라고 작은 목소리로 대답했다. 피셔는 알아듣지 못했다.

사실 이구는 자신이 한국인인지 일본인인지 관심이 없었다. 그는 열아홉이었고, 바야흐로 국적 따위 상관없는 시대가 도래하고 있었다. 이구는 시를 쓰고 싶었다. 그는 레스토랑에서 일하며 딜런 토머스의 미국 낭독 순회공연을 쫓아다녔다. 낭독회에 동양인은 이구 한 명뿐이었다. 시에는 국적이 없지 않습니까. 이구가 말했다. 그러나 피셔는 바보 같은 생각이라며 고개를 저었고, 히로아키 역시 고개를 저었으며, 아버지는 전보에 욕을 적어 보냈다. 이구는 이후 누구에게도 시를 쓴다고 말하지 않았다. 대신 그는 건축을 공부했다. 1950년대는 전 세계가 새로운 나라와 새로운 사회를 만들기 위해 들떠 있는 시기였고 그곳이 자본주의 국가든 공산주의 국가든 모두 새 건물을 짓고 새 다리를 짓고 새 집을 지었다. 그러니 너는 건축을 하는 게 좋겠다,고 피셔가 말했다.

건축이라.

이구는 문득 모든 일이 잘 풀릴 것만 같은 기분에 사로잡혔다. *건축은 땅 위에 시를 짓는 일입니다.* 이구는 르꼬르뷔지에의 말을 주문처럼 외웠고, MIT 공대를 졸업한 뒤 이오 밍 페이의 뉴욕 건축사무실에 들어갔다. 뉴욕은 요란하고 화려한 도시였지만 골목 어디서나 비트족이 들끓었고 건축가를 환대해주었다. 이오 밍 페이의 사무실은 맨해튼에 있었으며, 이구의 집은 화이트플레인스에 있었다. 이구의 집을 구해준 진 다니Jean Darney는 복싱계의 명사로 슈거 레이 로빈슨을 모르면 미합중국을 모르는 겁니다,라는 말을 하며 이구를 복싱 스타디움으로 데려가곤 했다. 진 다니는 여자를 꼬시는 법도 알려줬다. 무릇 연애란 복싱과 다를 바 없지요. 복싱은 힘으로 하는 게 아닙니다. 스피드도 아니지요. 복싱은 영역 다툼입니다. 마찬가지로 여자를 만날 때도 그녀를 당신의 영역으로 데려가야 합니다. 그녀가 잘 아는 식당, 잘 아는 극장, 잘 아는 거리에는 가지 마세요. 당신의 구역에서 당신이 잘 아는 사람들과 당신이 잘 아는 일들이 벌어지는 곳에서 데이트를 해야 합니다. 명심하세요. 연애는 영역 다툼입니다.

이구는 같은 사무실에서 일하는 우크라이나 처녀 줄리아 멀록을 데리고 긴즈버그의 낭독회에 갔고, 집으로 오는 길에 건축은 땅 위에 시를 짓는 일이라고 생각합니다,라는 말로 환심을 산 뒤 나는 대한민국의 황족입니다,라는 말로 그녀를 웃겼다. 한 해 뒤, 이구와 줄리아는 진 다니를 증인으로 세우고 브루클린의 성당에서 조촐한 결혼식을 올렸으며, 하와이로 신혼여행을 떠났다.

나는 박길룡의 『한국현대건축의 유전자』(2005)를 통해 이구의 이름을 처음 접했다. 『한국현대건축의 유전자』는 『공간』 400호를 기념해 기획된 '한국현대건축평전'을 단행본으로 펴낸 것으로 박길룡은 책에서 1963년에 발간된 『건축』에 실린 '이구 회견기'의 일부를 인용한다. "도시건축은 보다 합리적이고 경제적인 건축을 설계하였으면 좋을 듯하고 필요 없는 장식의 비용을 절약하면서도 아름다움을 추구해야 한다. 온돌은 경제적이고 살기 좋으나 개량할 점은 창호가 틈이 많아서 겨울에 바람이 많이 들어온다. 추위가 염려되니 이중창 구조가 필요하다."* 박길룡은 이구가 마지막 황세손이며 이오 밍 페이 사무실 출신의 인재라고 짧게 적었다.

　모더니즘 건축의 마지막 계승자 이오 밍 페이는 이구와 일할 당시 '이오 밍 페이 앤드 어소시에이츠'라는 건축설계사무소를 차리고 활동하던 신출내기로 후에 프리츠커상(1983)을 타는 등 명성을 날리게 되지만 당시만 해도 중국인 무명 건축가에 불과했다. 이오 밍 페이와 이구는 나이 차이가 꽤 났음에도 돈독한 사이를 유지했다. 두 사람은 사무실의 유일한 동양인으로 단정하게 빗어 넘긴 머리에 동그란 안경을 끼고 미소를 띤 채 미니멀한 백색 사무실을 종종 걸어 다녔다. 이구와 함께 일했으며 후에 건축을 그만두고 미니멀리즘 작가로 이름을 날린 솔 르위트는 가끔 이구와 이오 밍 페이를 헷갈려 했다고 했다. 그럴 때마다 이구는 미소를 지으며 내가 이구,라고 대답했고, 솔 르위트는 그를 보며 동양인은 온화하고 평화롭다는 오리엔탈리즘에 사로잡혔다며 고정관념에 불과하지만 그의 인상은 이후 제 작업에 일정 부분 영향을 끼쳤지요, 나중에는 웃고 있지 않아도 웃고 있는 것처럼 느껴질 정도로 얼굴에 깊이 스며든 이구의 미소를 보며 저는 Zen에 대해 생각했습니다,라고 말했다. 건축비평가인 폴 골드버그는 이오 밍 페이의 비즈니스 성공 요인으로 Zen을 언급하기도 했지요. 이오 밍 페이

* 회견 유덕호, 「건축으로 조국 재건에 기여 — 귀국 중인 이구 씨 회견기」, 『대한건축학회지』 제7권 제3호, 1963, pp. 23~24.

가 중국인 모더니스트라는 걸 생각하면 터무니없지만 근거 없는 소리는 아니었습니다. 1960년대는 동양 문화에 대한 관심이 반문화의 거센 물결을 타고 퍼져나가는 시기였습니다. 특히 볼링겐 총서에서 나온 『역경*The I ching*』은 최초의 완역본으로 존 케이지를 비롯해 수많은 예술가에게 영향을 미쳤고, 이오 밍 페이 역시 『역경』을 구입했으며, 저나 다른 동료들도 상당수 그랬던 것으로 압니다. 백만 부가 팔린 책이었으니까요. 이오 밍 페이는 『역경』을 거의 이해하지 못했지만 동양인이라는 점을 이용해 클라이언트와 대화가 잘 풀리지 않을 때마다 선문답을 유도하며 곤경을 헤쳐나갔습니다. 이구가 뉴욕을 떠나지 않았다면 이오 밍 페이와 함께 놀라운 성공을 거둘 수 있었을지도 모르겠습니다. 솔 르위트는 한국전쟁 당시 후방에서 전쟁 동원 포스터를 제작하며 한국에 대해 처음 알게 됐다고 말했다. 제가 본 것은 가난하고 헐벗은 작은 키의 사람들과 파헤쳐진 흙바닥, 불탄 산과 나무, 들판, 흙벽과 길 잃은 가축들뿐이며 그 어떤 도시나 집도 기억에 남아 있지 않습니다. 저는 잠에서 깰 때마다 다시는 이곳에 오고 싶지 않다고 생각했고, 그래서 이구가 한국에 간다는 소식을 들었을 때 이해할 수 없었지요. 이구가 한국행을 결심할 당시 저는 모마MoMA의 안내 데스크에서 일하고 있었고, 이오 밍 페이 사무실의 멍청이들과는 이미 척을 진 상태였지요. 댄 플래빈과 로버트 라이트먼은 야간 경비로 일하고 있었는데 저는 그들의 뒤치다꺼리를 하라 작업을 하랴 정신이 없었습니다. 이구의 소식을 다시 들었을 때 그는 이미 뉴욕을 떠난 뒤였지요. 두 번 다시 그를 볼 수 없었습니다. 솔 르윗트는 나중에야 지인을 통해 이구가 한국의 황세손이라는 사실을 알게 되었다며 회사를 다닐 때도 이구는 자신이 황족이라는 농담을 하곤 했었다고, 그게 농담이 아니라 사실인지는 전혀 몰랐는데, 사실이라면 좀더 사실적으로 말해줬으면 좋았을텐데,라고 말했다.

이구의 귀국은 군사정권의 결정이었다. 기를 쓰고 귀국을 막은 이승만과 달리 박정희는 조선의 마지막 황세손을 자신 아래 두고 싶어 했다. 언론은 「이구 씨 내외 혈육을 찾아 비운의 왕가 회상하며」* 「비운의 왕세손 이구 씨의 편지」** 등의 기사로 이구의 귀국을 대서특필했다. 이제야 비로소 고국으로 돌아가게 됐다는 기쁨에 취한 부모와 달리, 이구는 난생처음 받는 언론의 관심이나 귀국이 전혀 얼떨떨하지 않았다. 그는 줄리아에게 이렇게 말했다. 한국이 정말 나의 고국입니까. 나는 대한민국의 마지막 황세손이지만 대한민국이 황제국이 된 건 단지 침몰하는 나라의 마지막을 부둥켜안는 고종의 발악이었고, 나는 그저 생물학적 아들의 아들의 아들에 불과한데, 이게 지금 시기에 무엇이 중요하며, 그들은 나에게 무엇을 요구하려고 하

* 『동아일보』, 1963. 6. 22.
** 『동아일보』, 1963. 7. 25.

는 것일까요. 줄리아 멀록은 한국에 대해 몰랐기에 할 수 있는 말이 없었다. 그녀는 1920년 펜실베이니아로 이주 온 우크라이나 가정에서 자랐으며, 그녀의 아버지는 일확천금을 꿈꾼 탄광 노동자였지만 이미 개발이 끝난 탄광촌을 떠돌다 진폐증으로 죽었고, 어머니는 식사를 하거나 섹스를 할 때, 심지어 대화를 할 때에도 남편을 쳐다보지 않는 엄격함이 몸에 밴 여인으로 남편이 죽고 난 뒤 곧바로 재혼해 줄리아의 가족은 새아버지를 따라 1935년 뉴욕으로 왔다고 말했다. 새아버지는 레스토랑 경영자로 친아버지와 정반대의 사람이었습니다. 그는 경망스럽고 화려하며 촌스러운 걸 혐오하는 사람이었지만 키는 어머니보다 작았죠. 이구 역시 저보다 키가 작았지만 그는 경망스럽지도 화려하지도 않았습니다. 저는 그에게 한국에 가고 싶지 않다면 가지 말자고 이야기했지만 그는 고개를 저었습니다. 호랑이를 잡으려면 호랑이 굴에 들어가야 합니다. 이구가 말했지요. 저는 무슨 말인지 몰라 되물었는데 한국의 속담이라고 하더군요. 그는 다정하지만 속을 알 수 없는 사람으로 그와 대화를 나눌 땐 수수께끼를 푸는 심정이 되곤 했습니다. 설명을 길게 하는 것을 몹시 꺼렸고 꺼린다고 터놓고 말은 안 했지만 표정을 보면 알 수 있었지요. 저는 더 묻지 않았습니다. 우리는 이민자고 사실상 뉴요커 모두가 이민자였으니까요. 이민자에게 질문은 금물입니다. 줄리아는 1963년 미국을 떠난 이후 40년을 한국에서 살았고 지금은 하와이의 오래된 아파트에

160

살고 있다. 이구가 설계한 하와이 대학의 이스트웨스트 센터가 그녀의 집에서 15분 거리에 있다. 그녀는 가끔 신혼여행 생각을 한다며 미국을 떠난 것은 명백한 실수였지만 당시에는 그런 사실을 알 수 없었다고 말했다. 우리는 하와이에서 1년 간 함께 살았습니다. 그때 우리는 행복했고 행복할 땐 행복한 줄 모른다는 사실을 행복하지 않은 뒤에야 알게 되었지요. 그렇지만 이후 영원히 행복하지 않을 줄은 몰랐습니다.

*

서울의 오래된 건물은 최근 들어서야 빛을 발하게 된 듯하다. 여기서 오래된 건물은 경복궁이나 근정전 같은 전통 건물이 아니라 세운상가나 유진상가, 남산 시민아파트나 동대문 아파트 같은 1960~70년대에 세워진 건물을 말한다. 한국전쟁 이후 서울은 백지에 가까운 도시였고, 우리가 지금 보는 대부분의 건물은 이후 새롭게 지어진 건물이기에 21세기에 접어들기 전까지 도시의 건물에 대해, 그 역사나 가치에 대해 말하는 일이 드물었지만 지금은 상황이 달라져 전문가가 아니더라도 서울의 낡은 빌딩들, 아파트들, 어처구니없는 형태로 지어지기도 했고 정부의 과한 욕심에 볼썽사납게 지어지기도 한, 전 시대의 흉한 건물들을 사람들은 매력적으로 보기 시작했고, 아파트의 역사나 뒤늦게 영향을 받은 국제주의 양식 아래

지어진 건물, 전 세대의 거장 건축가들이 지은 건물을 찾아보고 이야기하며 책을 쓰고 전시를 하게 되었다. 서울은 6백 년이 된 수도지만 도시의 측면이나 건축의 측면에서 우리가 느낄 수 있는 역사는 사실상 거의 없었고, 이제야 비로소 역사가 형성되어 과거를 회고하거나 하는 등의 태도가 생겨나는 것은 아닐까 하는 생각이 들었고, 서울의 현대식 건물은 흉하고 무성의하지만 아이러니하게도 그래서 매력적인 오브제가 되었으며 많은 사람의 관심을 끌게 된 건 아닐까 하는 생각이 들었다. 내가 이구에 대해 쓰게 된 것도 그 때문일 것이다. 내 주변에는 건축을 전공한 친구가 많았고, 심지어 그들과 같이 살기도 했기 때문에 건축에 대한 대화를 나눌 기회가 많았는데, 우리는 르꼬르뷔지에와 카를로 스카르파, 프랭크 로이드 라이트와 루이스 칸의 작품에 대해 말했으며, 김수근에 대해 많은 이야기를 나눴지만 나는 그가 남영동 대공분실을 설계했다는 이유로 좋아하지 않았다. 나는 김중업을 좋아했는데 김중업의 건축을 실제로 본 건 몇 개 안 되며, 실제로 본 그의 작품엔 실망을 하고 말았다. 흑백사진 속의 세련된 인상과 달리 김중업의 작품은 관리 안 된 낡고 더러운 콘크리트 더미에 불과했고 과장된 지붕 장식과 필로티는 시적 울림보다는 피곤함과 쑥스러움을 안겨주었다. 그러던 내가 우연히 접하게 된 책이 강석경이 쓴 『일하는 예술가들』(1986)로 여기엔 장욱진이나 황병기, 이매방 같은 오래된 예술가의 생각이나 일상이 우아하고 담담

162

한 필체로 기록되어 있었는데 김중업은 변영로를 스쿠터에 태우고 신촌을 달리며 시를 읊는 낭만적인 노년의 건축가로 등장한다. 책에는 1971년 필화사건으로 한국을 떠나 프랑스로 망명한 김중업이 프랑스 문화부 건축 담당위원이 되고 그런 그를 프랑스 정부의 의뢰를 받은 장뤼크 고다르가 찍어 「김중업 Kimchungup」(1972)이라는 기록영화를 만들었다는 이야기가 나온다. 고다르는 「주말」(1967) 이후 장 피에르 고랭과 지가 베르토프 그룹을 결성하며 완전한 선회, 그러니까 그의 영화 속에 어느 정도 남아 있던 기성 영화의 문법을 거의 파괴하는, 그리고 완전히 정치적인, 물론 그에 따르면 정치적이지 않은 영화는 없으며, 정치적인 영화라는 말 자체가 정치적이기 때문에 정치적인 영화를 찍는 것이 아니라 영화를 정치적으로 찍어야 하는 것이지만, 아무튼 소위 말하는 급진 좌파 영화를 찍고 있을 즈음이었고, 예술가로서의 명성은 정점이었지만(늘 정점이긴 하지만) 산업적으로는 파멸적인 징후를 드러내고 있을 즈음이었다. 고다르의 30분짜리 다큐 「김중업」은 프랑스 정부의 의뢰가 아니었으면 찍지 않았을 작품이지만 단순히 관용 다큐만은 아니었던 듯해, 나는 「김중업」을 찾기 시작했는데, 인터넷 어디서도 찾을 수 없었을 뿐만 아니라 IMDb에도 그런 영화가 있었다는 기록이 없었다. 내가 낙담할 즈음 파리로 유학을 갔던 대학 동기가 한국에 돌아왔다. 그는 함께 유학 중인 한국인 여성과 결혼을 약속했고 그 때문에 돌아왔다며 지금은 파리 3대학에서 영화기호학을 전공 중이고 필리프 그랑드리외의 실험영화로 논문을 쓸 생각이라고 했다. 나는 일찍이 필리프 그랑드리외의 「음지Sombre」(1998)라는 영화를 인상 깊게 본 기억이 있었고, 영화의 초반부에 나오는 아이들의 비명과 그 비명이 극장을 울리는 왁자지껄한 함성소리라는 사실과 숲으로 이어지는 긴 도로, 영화의 제목처럼 어둡고 음습한 남녀의 몸과 그 속에 자리한 그림자에 대해 말을 꺼냈고, 동기는 자신의 논문이 영화 속에 드러난 음지와 몸의 언어에 관한 거라고 했다. 필리프 그랑드리외는 「음지」의 제작노트에 영화를 만들지 마라, 이미지에 의해 벌어지는 일들이 저절로 프린트되도록 하라,라고 썼다고 동기는 말하며, 영화 이미지란 사진 이미지와 어떻게 다르고 저절로 형성되는 이미지는 시간과 인물 사이에서 어떤 운동을 하는지, 그 운동은 시간과 인물에 어떤 영향을 끼치는지 그 운동이 시간과 인물을 변화시키는 것이 가능한 일인가, 그것은 사후에 벌어지는 일이 아닌가, 그러나 사후에 벌어지는 시간이 역사라면 우리는 역사 없이 무엇을 인식할 수 있는가,라고 질문하며 필리프 그랑드리외의 영화는 시간과 인물에 전혀 다른 위치를 부여하고 있는지도 모르겠다고 말했다. 우리의 대화는 자연스레 영화 전반으로 옮겨가 다른 감독들에 대해 의견을 나눴고, 어느 순간 조르주 디디 위베르만 이라는 프랑스 철학자에 대한 이야기가 나왔는데 내가 그의 책 『반딧불의 잔존』이 국내에 번역되었다는 말을 하자 동기는 반

164

가운 기색을 드러내며 지금 조르주 디디 위베르만이 사진작가 아르노 지쟁거와 파리의 '팔레 드 도쿄'에서 「환영의 새로운 역사Nouvelles Histoires de fantômes」라는 전시를 진행 중이며 전시의 부제는 '새로운 유령의 이야기'라고 했다. 전시장은 조르주 디디 위베르만과 아르노 지쟁거가 수집한, 언뜻 봐서는 연관을 찾을 수 없는 다양한 이미지와 수집물로 가득하며 그러한 이미지는 통상 말하는 예술적인 무언가가 아닌 단순한 기록사진과 사소한 물품이 뒤섞인 것들로, 이를 통해 기획자들은 이미지의 도서관, 그러나 원하는 정보를 정확히 찾을 수 없고 고정된 정보가 존재하지 않으며 기묘한 확장성과 통일성이 있는 이미지의 궁전을 만들어냈다고 말하며 이는 아비 바르부르크로부터 이어져온 프로젝트에 연원을 두고 있다고 했다. 나는 그 이야기를 들으며 박찬경이 한 이야기, 자신은 이상하게도 1960년대에 찍힌 다큐멘터리 사진, 전혀 결정적인 순간이라고 할 수 없는 사진을 보며 매력을 느끼는데, 이는 소위 말하는 미술품보다 이런 기록물이 더 미학적이기 때문에, 빈티지한 취향이나 사회적 요인 때문이 아니라 아름다움 그 자체로서 그런 기록물이 앞서기 때문에 그런 기록물을 수집하는 행위로 작품을 만들어왔다고 한 말을 떠올렸다. 나는 그가 말한 아름다움은 어떤 종류의 아름다움이며 그런 아름다움은 어디서 시작해어디에 이르게 되는가에 대해 생각했고, 그러던 중 문득 「김중업」에 대한 생각이 떠올라 동기에게 그 영화에 대해 물었지만 그는 「김중업」에 대해 알지 못했다. 그러나 프랑스만큼 아카이빙에 충실한 나라가 없으니 아마 분명 그 영화를 찾을 수 있을 거야, 다른 사람도 아닌 고다르인데,라며 동기는 말했고 나는 가능하다면 꼭 찾아달라고 부탁했다. 이후 반년의 시간이 흘렀고 「김중업」에 대해선 잊고 있었는데, 목수이자 인테리어 디자이너로 누하동에 있는 회사를 다니며 출근하기 싫은 마음에 밤마다 거리를 몇 시간씩 걸어 다니는 지인인 조규엽이 오랜만에 전화를 걸어 아이디어가 떠올랐다며 만나자는 이야기를 꺼냈다. 아이디어는 잊혀진 건축가에 대한 것으로, 한국전쟁 이후 활동한 건축가의 가상 전기를 만들자는 이야기였다. 누가 지었는지 판명할 수 없는 독특하고 엉망인 건물이 즐비한 서울에서 이 건물들은 언제 무너질지 모르는데 건물을 지을 때 건축가는 무슨 생각을 했을까, 1960년대는 예술의 꽃이 지금과 달리 건축이었고, 각 고등학교의 수재이며 감성이 충만한 까까머리들이 건축과를 선택해 대학을 가곤 했으며, 각종 건축잡지들이 생겨나고 유학파 건축가들이 출몰하던 시기였기에 잊힌 건축가들도 르꼬르뷔지에와 프랑크 로이드 라이트를 알았을 텐데 그들의 야망과 꿈은 왜 이렇게 낡고 초라하게 남아버렸나 하는 얘기를 우리는 나눴고, 조규엽은 디자이너로서 내가 쓴 가상의 전기에 가상의 스케치와 사진 등을 넣으면 어떨까하는 이야기를 했다. 나는 좋은 아이디어라고 생각했지만 건축에 대해선 사소한 취미 수준의 관심 밖에 없는 무지한 상태였고, 그래서 건축과 관련된 자료, 건축물 등을 보며 작품을 쓰려고 했지만 작업은 이야기만 된 상태로 여러 달 동안 진행되지 못했다. 그러던 중 내가 알게 된 인물이 바로 이구였고, 이구는 나와 조규엽이 가상의 건축가를 만들어낼 필요가 없는, 가상의 건축가 그 자체였으며, 조선의 마지막 황세손이었다는 그의 사정은 내게는 그다지 중요한 요소는 아니었지만 이구의 삶에 이상한 풍경을 덧씌워 주었고, 그가 사실상의 무국적자로 세계를 떠돌았던 과거는 1970년대 내내 망명자로 유럽과 미국을 전전할 수밖에 없었던 김중업과 겹치며 묘한 매력을 더했다. 자료 속에서 김중업과 이구는 마주치거나 지나치며 1960~70년대의 건축계를 부유했는데, 그건 그들의 대척점에 있던 김수근과 대조적인 풍경을 이루며 과거의 건물과 기억을 새로운 형태로 지어냈다. 파리에 있는 대학동기에게서 연락이 온 건 그즈음이었다.

차드 프리드리히 감독이 만든 다큐멘터리 「프루이트 아이고 신화The Pruitt-Igoe Myth」(2011)에 나온 전(前) 프루이트 아이고 거주자 데이비드 넬슨 주니어David Nelson jr.는 과거의 추억을 이렇게 회상한다. 그곳은 저의 마지막 꿈이었습니다. 저는 벽에 루벤스의 그림을 걸어뒀는데 그 그림은 당연히 모조품이었지만 집은 모조품이 아니었어요. 주방은 턱없이 좁고 온수는 나오지 않았으며 밤만 되면 떠돌이 개와 호보, 갱 들이 총을 들고 어슬렁거렸지만 그곳은 제가 처음으로 가진 제대로 된 집이었고 아파트먼트였고 기억이었습니다. 고다르는 프루이트 아이고로 「김중업」을 시작한다. 깨진 유리창, 불탄 복도, 도로를 채운 쓰레기와 흑인 갱들이 낡은 오픈카를 타고 노니는 장면. 프루이트 아이고는 1972년 7월, 세인트루이스 당국에 의해 폭파되는데 이 장면은 전 세계로 생중계되었다. 포스트모더니즘 비평가이자 디자이너인 찰스 젱크스Charles Jencks는 이날을 모더니즘의 사망일로 선언했지만 고다르는 그렇게 생각하지 않았다. 고다르는 다큐 「김중업」을 거의 다 완성했으나 뭔가 부족하다고 생각했고, 그 부족분은 이 영화가 단지 김중업에 대한 것이어선 안 된다는 생각 때문이었음을 프루이트 아이고가 무너지는 장면을 보면서 문득 깨닫게 되었다.

모더니즘 건축과 모더니즘 도시계획의 정점인 프루이트 아이고는 1949년 세인트루이스의 시장으로 취임한 조지프 다스트Joseph Darst의 핵심 사업이었고 꿈이었으며 생의 절정이었다. 조지프 다스트는 프루이트 아이고의 완공을 보지 못하고 생을 마감했지만 프루이트 아이고는 건물을 설계한 건축가 야마자키 미노루가 올해의 건축상을 받고 각종 단체와 신문 지상에 도시계획의 완성태로, 도시를 빈민과 타락, 범죄로부터 구원해낸 *건축의 배트맨* 같은 존재로 추어올려졌다. 1940년대 이후 세인트루이스의 인구는 기하급수적으로 증가했는데, 사실 미국의 대도시 전반이 그랬다. 세인트루이스 시 당국은 끝모르고 올라가는 인구에 거의 공포감을 느낄 정도였고, 돈 없고 갈 곳 없는 흑인과 라티노, 이탈리아와 유대계, 카리브와 아르메니아계 유랑민들은 다운타운으로 꾸역꾸역 몰려들어왔다. 범죄율, 실업률, 출생률은 역사상 최고치를 찍었고, 5세 이하 영아의 사망률은 50퍼센트에 육박해 다운타운에는 빈민들의 아이가 묻힌 임시 공동묘지가 생겨났는데 사람들은 이곳을 *사일런트 힐*이라고 불렀다. 슬럼 거주자와 노숙자, 거지 들은 서로를 죽이거나 섹스를 하고 몸을 팔았으며 중산층 이상의 백인들은 이런 사태를 피해 도시 외곽지로 도망쳤다. 인종과 계층 간의 분리는 극에 달했지만 시와 연방정부는 손을 놓고 언제 다운타운에 미사일을 쏘아야 하는가만 생각했다. 조지프 다스트가 취임한 1949년은 바로 이런 시기였고, 몽상가이자 야심가이며 사회사업가였고 정치인이었으며 인도주의자인 동시에 모더니스트로 스스로를 규정한 조지프 다스트는 이 꼴을 두고 볼 수 없었다. 그는 이전까지 시가 행했던 빈자와 흑인을 향한 탄압을 중지시키고 그들을 위한 파라다이스, 소수자와 가난을 감싸 안는 미래형 공공 주거단지를 구상했으며, 이를 위해 다운타운의 슬럼을 밀어버리고 그곳에 세울 새로운 단지를 국제 현상공모에 붙였다. 당시 웹 앤드 냅Webb and Knapp이라는 회사에서 일하던 이오 밍 페이나 무명에 불과한 루이스 칸 등 각지의 건축가들이 이 거대한 프로젝트에 응모했으나 조지프 다스트에게 채택된 건 재미 일본인 건축가 야마자키 미노루였다. 야마자키 미노루는 '라인웨버, 야마자키 앤드 헬무스

Leinweber, Yamasaki & Hellmuth'라는 이름의 초짜들이 만든 건축가 그룹의 리더로 마흔도 채 되지 않은 애송이였으나 구상은 실용적이고 정교했으며 거대하고 섬세했다. 조지프 다스트는 야마자키가 패전국인 일본 태생이며, 물론 일본어는 하나도 못했지만, 적국이자 패전국 출신의 동양 사내를 이런 거대한 프로젝트의 수장으로 임명한다는 데 전율을 느꼈고, 이로써 자신은 모더니스트이자 인도주의자로서 역사에 이름을 남길 수 있다고 생각했다. 야마자키는 프루이트 아이고를 계기로 세계적인 스타 건축가가 되어 후에 대표작 중 하나인 월드 트레이드 센터를 짓기도 하는데, 월드 트레이드 센터는 프루이트 아이고와 마찬가지로 폭파 장면이 전 세계로 생중계되는 건물이 되었다. 프루이트 아이고의 이름은 조지프 다스트가 손수 지은 것으로 프루이트는 터스키기 에어맨Tuskegee Airman의 전설적인 파일럿 웬델 O. 프루이트Wendell O. Pruitt에게서, 아이고는 프루이트 아이고의 재정 지원을 통과시키는 데 힘쓴 연방정부의 상원의원 윌리엄 L. 아이고William L. Igoe에게서 따왔다. 웬델 O. 프루이트는 조지프 다스트의 고교 동창으로 미군 최초의 흑인 파일럿 집단 터스키기 에어맨에서 B-29기를 몰았고 2차 대전에서 혁혁한 공을 세운 전쟁영웅이자 흑백 인종차별에 앞장선 공공연한 동성애자였지만, 그가 동성애자라는 사실을 언론은 늘 쉬쉬했고, 본인 역시 공적인 자리에서 그런 말을 하진 않았는데, 그건 인종차별과 동성애 차별에 동시에 맞서기엔 통장 잔고가 충분하지 않기 때문이라고 조지프에게 말하곤 했다고 한다. 그는 2차 대전에서 독일, 특히 함부르크와 드레스덴에 공중폭격을 감행했으며, 그로 인해 얼마만큼의 사망자와 피해자가 발생했는지는 전혀 알지 못했지만 나치가 터스키기 에어맨을 비롯한 연합군 공중폭격기를 두려워했다는 사실에 자긍심을 느꼈으며, 단지 버튼을 누르는 사실 하나에 죄책감을 느껴 에어맨을 탈퇴한 동료, P. J. 하워드P. J. Howard에겐 대단히 실망했다고 한 인터뷰에서 말했다. 프루이트는 1950년 앨라배마 주에서 열린 에어쇼 도중 동료 전투기와 부딪쳐 사망했다. 누구도 그와 같은 베테랑이 그런 실수를 했다는 것을 믿지 않아서 동료들 사이엔 그가 자살했다는 설이 팽배했지만 전쟁영웅의 명예를 위해 아무도 입을 열지 않았고, 오직 P. J. 하워드만이 20년 후 「웬델 O. 프루이트: 공중 비행사의 불안과 공포Anxiety and Horror in Aerobat」(1970)라는 글을 통해 프루이트의 죄책감과 정신질환, 애정관계와 취미생활에 대해 알렸다. 조지프 다스트는 웬델 O. 프루이트의 혼이 프루이트 아이고에 깃들었다며 인디언 주술사를 불러 의식을 진행하기도 했는데 세인트루이스 시 당국은 이 사실이 발각될까 노심초사했다.

프루이트 아이고는 지어지고 얼마되지 않아 세인트루이스 시의 애물단지가 되었고 조지프 다스트가 죽은 이후로는 누구도 신경 쓰지 않았다. 슬럼은 프루이트 아이고를 중심으로 더

욱 거대해지고 공고해졌으며, 시 당국은 미사일을 쏘아야 하나를 다시 고심하기 시작했다. 데이비드 넬슨 주니어는 1968년 겨울 프루이트 아이고를 떠났다. 그는 프루이트 아이고 8동 7층의 왼쪽에서 다섯번째 집에 살았고, 그의 형은 어머니와 8동 6층 오른쪽에서 세번째 집에 살았다. 데이비드 넬슨 주니어는 오른손을 심하게 떨어 커피를 마실 때마다 테이블에 줄줄 다 흘렸지만 그러면서도 쉬지 않고 커피를 마셨고 왼손으로 테이블을 끊임없이 닦았다. 습관이 돼서 괜찮습니다. 그는 지금 뉴욕에 살고 있으며, 그의 아들 데이비드 넬슨 3세는 자동차 세일즈맨으로 1970~80년대 북미를 누벼 그 덕에 그런대로 살 만하다고, 물론 아들과 며느리, 손자, 손녀는 그를 보러 오지 않지만 거기에 대해선 개의치 않는다며 어쨌든 살아있지 않냐고 말했다. 그의 형은 프루이트 아이고의 주랑에서 갱단의 샷건에 배를 맞았고 그의 어머니는 형의 배에서 흘러내리는 내장을 손으로 밀어 넣으며 그에게 소리 질렀는데, 그때 어머니가 밀어 넣던 내장과 어머니의 목소리가 아직도 꿈에서 반복된다며, 지금의 수전증도 그때 생긴 것이라고 했다. 꿈은 언제나 악몽으로 끝나는 법이지요. 데이비드 넬슨 주니어는 커피를 내려놓으며 말했고, 프루이트 아이고에 대한 다큐 「프루이트 아이고 신화」는 끝을 맺는다.

*

　이구는 낙선재에 자리를 잡고 건축가로 활동하며 연세대와 서울대에 출강했다. 그는 계동에서 스쿨버스를 타고 학교로 향했는데 당시 서울대 공대는 공릉동에 있어 버스가 동숭동과 종암동을 지나 30분을 달리는 동안 이구는 조국이라고 알아왔던 나라의 실제 모습, 빌딩은 찾아볼 수 없고 전쟁의 상흔이 남아 가난하고 비쩍 말랐으며 우울하고 적의에 찬 모습으로 돌아다니는 사람들과 발가벗겨진 건물, 구획도 경계도 찾을 수 없는 거리를 보았으며 매일 쉬지 않고 날리는 흙먼지와 따뜻한 공기 속에서 어른거리는 서울이라는 도시에 대해 생각했다. 이구의 수업을 들은 서울대 학생들은 이구처럼 잘 차려입고 귀티 나는 인물을 생전 처음 보았으며 차분한 말투와 조용한 걸음걸이, 해박한 지식과 수줍은 미소에 호감을 느꼈지만 이구는 한국말을 못한다는 사실이 부끄러워 영어로, 아주 간단하고 필요한 내용만 이야기했으며 개인적인 이야기를 묻거나 궁금증을 표하는 학생들은 피해 다녔다. 그를 제외한 다른 교수들은 대부분 절망적으로 산만하고 오만하며 바삐 오락가락하는 인물들로 기이하기 짝이 없는 헤어스타일에 거의 정신 나간 상태로 강의하길 즐겼는데, 이는 그들이 하는 강의가 국가 재건이라는 거대한 목표에 봉사하는 일이라고 느꼈기 때문에 나오는 제스처였는지, 일제시대에 부역했던 것에 대한 죄책감 때문이었는지, 그도 아니면 전쟁과 분단 이후 그런 인물들만 살아남아서였는지는 알 수 없다. 당시 이구의 강의를 들었던 건축가 김원은 이구를 떠올리며 이렇게 말했다. 저는 미국 유학을 생각하고 있었고, 이구 선생 말고는 누구도 미국에 대해 자세히 알고 있는 사람이 없었지요. 어느 날 제가 4호관 건물을 지나 늪 쪽으로 걸어가고 있는데, 평소에는 아무도 없던 늪 아래쪽의 벤치에 누군가 앉아 있었고, 저는 호기심이 일어 갈대와 잡초를 헤치고 늪 둘레를 돌아 아래쪽으로 걸어갔지요. 안개가 자욱해 근접하기 전까지는 알 수 없었지만 왠지 이구 선생일 것 같다는 생각이 들었습니다. 그건 안개 속에서도 어렴풋이 그가 즐겨 입던 정갈한 감색 정장과 두꺼운 뿔테 안경이 보였기 때문이지요. 그는 늪을 보며 가만히 앉아 있었습니다. 저는 선생의 옆에 조심스레 앉았지요. 그리고 미국에 가도 되는지 의견을 물었습니다. 선생은 미국에 가려면 펜실베이니아로 가라고 하더군요. 이유는 말하지 않았지만 펜실베이니아로 가라고 여러 번 얘기했던 기억이 납니다. 저는 내친김에 설계를 잘하려면 어떻게 해야 합니까,라고 평소와는 달리 겁 없이 물었고 선생은 잠시 생각에 잠겨 물끄러미 늪을 바라보다가 이렇게 말했습니다. 욕실을 그리세요. 그는 자신의 경험, 처음 입사한 회사에서 3년 동안 욕실 도면만 그렸던 경험을 이야기하며 그것은 일종의 건축적 면벽 수련입니다, 욕실 안에는 모든 것이 있습니다, 욕실을 그리고 나면 보이지 않는 것을 볼 수 있게 될 것입니다,라고 말했지요. 이구 선생은 조용하며 상냥했지만 학생들에게는 대체로 무심했는데 그건 그들의 일과 자신의 일이 다르며, 그들의 삶과 자신의 삶이 다르고, 자신은 그들에게 해줄 수 있는 일이 따로 존재하지 않으며, 교수인 자신에게는 그것이 존재해서도 안 된다는 철학 때문이었지만 이는 한국 학생들에게는 익숙지 않은 태도였습니다. 김원은 이구가 공적인 공간에서 얼마나 자신을 숨기기 위해 노력했고, 서울은 그에게 얼마나 어색한 공간이었는지, 일상의 하루하루가 싸움과 투쟁, 연기의 연속이었나하는 것을 미국에 가서야 조금 이해할 수 있게 되었다고 했다.

김원은 1966년 미국으로 떠나 펜실베이니아 대학에서 건축을 전공했지만 틈만 나면 뉴욕으로 가서 친구들과 어울렸고, 낭독회와 거리 공연, 빌딩과 숲을 찾아다녔다고 했다. 뉴욕은 숲과 낭독회의 도시입니다. 김원이 말했다. 뉴욕의 숲은 센트럴파크나 브라이언트파크가 아닌, 로어이스트사이드와 브롱크스의 버려진 건물들, 거리의 어둡고 습하며 외진 곳에 있는데 이것은 자연적으로 생기기도 했으며 인위적으로 만들어지기도 했지요. 뉴욕의 숲을 만든 이들은 그린 게릴라즈 Green Guerillas라는 사람들로 고든 마타 클라크가 그들의 멤버이기도 했습니다. 그들은 버려진 건물의 원예가로 온갖 잡스러운 식물과 나무를 심고 퍼뜨리며 분재를 하고 정원을 가꿉니다. 그들의 가드닝은 유럽식도 아니고 영국의 영향을 잘못 받은 빌어먹을 미국식도 아니지요. 그들은 원예에 대해 개뿔도 모르는 수십 명의 멤버와 원예가이자 조각가인 세라 퍼거슨 Sara Ferguson과 리즈 크리스티Liz Christy로 시작됐어요. 건물은 기이할 정도로 축축하고 더러운 식물들로 뒤덮였으며, 식물들 사이로 난 길은 끝없이 두 갈래로 갈라지며 브롱크스를 양분했는데, 그 길을 따라가다 보면 어느 순간 내가 있는 곳이 뉴욕인지 쿠알라룸푸르인지 헷갈리면서도 곧 뉴욕시티,라고 소리 지르게 되는 이상한 매력이 있지요,라고 김원은 말했다. 그런 정원을 우리는 *뉴욕의 공중 정원The Hanging Gardens of New York*으로 불렀고, 한때 그러니까 전 세계적으로 미쳐 있던, 지금까지 단 한 번도 오지 않은 그런 전 세계적인 광기가 세계를 휩쓴 1960년대 후반에는 그런 공중 정원이 뉴욕 내에 8백 개가 넘게 있었어요. 우리는 각 공중 정원에 나름대로 이름을 붙였는데, 붉은 계열의 식물이 가득한 보워리의 정원에는 망할 윌리엄 길버트, 로어이스트사이드의 낡은 아파트 사이로 난 정원에는 대만인의 거대한 성기, 또 다른 정원엔 미란다, 넬슨, 조지 등 아무런 이름이나 마구 붙였고, 동양 이름을 붙이길 원하는 친구들에겐, 제가 구운몽 따위의 이름을 선사하기도 했지요. 우리는 공중 정원에서 낭독회를 자주 열었는데 당시만 해도 낭독회는 요즘처럼 왕따들이 오는 행사가 아니었고, 술을 마시고 싶거나 마약을 하고 싶고 여자를 따먹거나 따먹히고 싶은 놈들이 오는 흥분과 광기, 즐거움이 공존하는 파티였지요. 그곳에서 저는 아파르트헤이트를 피해 도망 온 술리아만 엘 하디Suliaman El-Hadi를 만났는데 그는 라스트 포에츠The Last Poets의 초기 멤버로 되지도 않는 시를 하루 열댓 개씩 짓는 건물관리인이었습니다. 당시만 해도 흑인 건물관리인이 많지 않은 편이었는지 그는 직업에 대한 자부심이 굉장했지요. 라스트 포에츠의 멤버는 남아프리카공화국 출신의 흑인이 대부분으로 이는 그들의 정신적 스승인 '교사 윌리', 본명은 케오라페체 윌리엄 카고시실레Keorapetse William Kgositsile이며, 넬슨 만델라와 함께 활동했던 남아프리카공화국의 전설적인 투사인 그가 시를 가르치고 수학을 가르치고 게릴라전과 선전 활동을 가르쳤기 때문이지요. 그들은 복싱 프로모터이자 플로이드 패터슨의 친구이며 블랙팬서의 자금책 중 하나였던 진 다니의 지원으로 브롱크스의 가건물에 교실을 만들고 다양한 활동을 전개했습니다. 라스트 포에츠라는 이름은 교사 윌리가 남아프리카공화국으로 돌아가기 전에 남긴 시 「윌리 윌 비 백Willy will be back」의 구절, "마지막 시인은 대지의 자궁에서 창을 쥐고 솟아오르리라"에서 따온 이름이며, 그들이 만든 첫번째 노래이자 공동 저작 시인 「웬 더 레볼루션 컴스When the Revolution comes」(1970)는 라스트 포에츠의 창립 멤버이자 1968년 이스트 할렘의 아파트에서 가스 자살로 생을 마감한 아부 무스타파 Abu Mustafa의 유서에서 따온 제목이라고 했어요.라고 김원은 말했다.

> 혁명이 시작될 때
> TV에서는 치킨 광고가 나올 거야
> 우리는 하루 종일 치킨을 먹고
> 우리는 말할 거야
> 혁명이군
> 혁명이 시작될 때
> 우리 깜둥이들은 치킨을 먹으며 말하겠지
> 혁명이군
>
> ─라스트 포에츠, 「혁명이 시작될 때」

라스트 포에츠의 앨범은 1970년에 발매되어 반문화의 열기를 타고 수백만 장이 팔렸는데, 지금은 누구나 인정하는 랩 음악의 시초가 됐다고 그것은 그야말로 부끄러운 일이죠, 라고 김원은 말했다. 술리아만 엘 하디는 라스트 포에츠를 탈퇴한 후 델란시 스트리트와 이스트 9번지를 중심으로 이루어진 로버트 모지스의 재개발 계획에 발을 담그고 본격적인 땅 투기를 시작합니다. 그는 맨해튼 남부의 땅을 시작으로 점점 성장해 나중에는 소호의 땅을 사들였는데, 이는 그가 부자가 되는 데 결정적인 영향을 미치게 되지요. 그는 땅투기로 번 돈으로 미술품을 구입하지만 안목이 전혀 없어 온갖 모조품과 잡동사니로 방을 가득 채우고 1992년 원인을 알 수 없는 병에 걸려 시름시름 앓다 바싹 말라죽는데 죽기 직전까지 병에 걸린 이유가 이집트에서 건너온 불길한 단지를 사는 바람에 파라오의 저주에 걸려서 죽는 거라고 생각했지요.

*

　이구가 한국에서 지은 건축물은 이제는 거의 남아 있지 않은데 그건 그의 작품이 많지 않으며 그나마 있는 작품들 대부분도 일찍 수명을 다했기 때문이다. 이구가 지은 대표적인 건축물은 광화문에 있는 새문안 교회와 명동의 중국 대사관이지만 명동의 중국 대사관은 2003년 허물어졌으며 새문안 교회 역시 새로운 성전을 짓기 위해 곧 허물 예정이라고 했다. 나는 이구에 관한 글을 쓰기 위해 새문안 교회를 가야 할 것인지 한참을 고민했고, 결국 갔는데 이 글을 읽는 사람들에게는 가지 말라고 하고 싶다. 어쩌면 글이 발표될 즈음에는 가고 싶어도 갈 수 없을지 모르며 그렇게 된다면 더 좋은 일이 아닐까 하는 생각이 들기도 한다. 이구에 관한 자료와 기사는 꽤 남아 있지만 유명세에 비하면 그다지 많지 않으며 특히 대부분의 자료가 비운의 왕족이라는 그의 가족사에 초점이 맞춰져 있어 1960년대와 1970년대 그가 어떤 철학을 가지고 어떤 건축을 했는지에 대해서는 찾을 수 없다. 몇몇 남아 있는 기사에서 그는 공정하고 신중하며 조심스러운 의견, 그러니까 원론적인 말만 되풀이 하는 따분한 사람이었고 동료 건축가들의 회고에서는 바르고 사려 깊은 사람이라는, 고인에 대한 예의와 애정에서 우러나온 평가가 전부였다. 그러던 중 나는 새서울백지계획이라는 지금의 시각으로는 무모한 도시계획에 대해 알게 되었다. 새서울백지계획은 말 그대로 새로운 서울을 짓기 위한 백지계획이라는 뜻으로, 백지계획은 아무것도 없는 허허벌판을 염두에 두고 하얀 도화지에 그림을 그리듯 도시를 그리는 도시계획을 일컫는 말이다. 이는 1966년 취임한 서울시장 김현옥의 아이디어로 김현옥은 급증하는 서울의 인구와 이로 인해 생긴 수많은 난제를 해결하기 위한 박정희의 히든카드였다. 김현옥은 군인 출신으로 최연소 부산시장을 지내며 항만 건설 등 각종 공사에서 예정된 시공 기간을 절반으로 줄이는 신기를 선보이며 명성을 떨쳤다. 그는 흔히 단순무식한 불도저로 알려져 있지만 사실은 대한민국을 새롭게 건설하고 발전된 기술로 국민들에게 꿈과 행복을 안겨줄 희망에 부푼 테크노크라트이자 미래주의자로 그런 그의 원대한 기획이 십분 발휘된 것이 바로 새서울백지계획이었다. 새서울백지계획은 르꼬르뷔지에의 '3백만을 위한 오늘의 도시'를 모방한 것으로 핵심 아이디어는 도시계획 내부의 구성이 아니라 도시의 외곽선을 무궁화 모양으로 만든다는 것에 있었다. 김현옥의 도시론은 '도시는 선이다'라는 구호로 요약될 수 있는데, 그는 무궁화 모양의 외곽선이 기술과 예술의 완전한 합일이라며, 도시의 선이란 무엇인가? 도시는 스피드와 역동성으로 미래의 비전을 제시한다!고 자문자답하고는 '도시는 선이다'를 쓴 대형현수막을 서울시청 정면에 걸고 그해의 시정 구호로 삼았지요,라고 당시 부시장이던 차일석은 회고했다. 차일석은 연세대 교수로 미국에서 도시행정을 전공하고 돌아온 엘리트였는데, 부산 항만에 대한 그의 평가 보고서가 김현옥의 마음에 든 것을 계기로 부시장에 임명되었다고 했다. 김현옥 시장은 하루에도 아이디어가 십수 개씩 떠오르는 아이디어 뱅크로 떠오르는 생각을 즉시 입 밖에 내지 않으면 참지 못하는 성격이었고 그래서 밤이고 낮이고 할 것 없이 전화를 걸어댔습니다. 그의 지론은 자동차는 빨라야 한다는 것으로 수송장교 출신인 그는 자동차에 남다른 식견을 가지고 있었는데 엔진은 왜 있는가, 바퀴는 왜 네 개인가, 질주하는 말의 다리는 네 개인가 스무 개인가,라는 알 수 없는 질문을 퍼붓곤 했지요. 자동차에 대한 애정 때문인지 그는 걸어 다니는 것을 굉장히 싫어했고 도로를 가로막는 행인이나 소달구지 역시 사라져야 할 구시대의 유물로 생각했습니다. 그의 롤 모델은 마리네티와 헨리 포드, 박정희 대통령으로 자신은 그들에게 예술성과 테크놀로지, 이념을 전수받았다고 했지요. 그는 박정희 대통령의 자서전인『국가와 혁명과 나』를 강제로 읽게 했고 독후감을 받기도 했는데, 특히『국가와 혁명과 나』에 나오는 박정희의 시「불란서 소녀」를 좋아했지요. 김현옥 시장은 스스로도 시 짓기를 즐겨, 「자동차와 나」「꿈꾸는 바퀴」 같은 시를 짓기도 했습니다. 가끔은 언론에 돌릴 보도자료를 시로 써 기자들을 당황시키기도 했는데, 새서울백지계획 보도자료 역시 시로 작성되었지만 지금은 그 내용이 어땠는지 기억나지 않습니다. 김현옥 시장은 또한 기공식 마니아였습니다. 그가 있을 당시 서울은 천지가 공사판이었는데 그는 하루에도 기공식을 세 탕씩 뛰는 초인적인 체력을 보여줬지요. 게다가 그는 준공테이프 페티시가 있어 자신이 직접 자른 준공테이프는 꼭 집무실 벽에 걸어뒀습니다. 그건 성황당에 걸린 비단처럼 보여 결재를 받으러 들어갈 때면 점을 보러 가는 기분이 들곤 했지요. 차일석은 김현옥에게 몇 개의 준공테이프를 받았다며, 자신은 그와 같은 준공테이프 컬렉터는 아니지만 남은 것이 있을지도 모른다고 했다. 그는 서랍을 뒤져 주황색 테이프를 꺼냈다. 이건 아마도 밤섬을 폭파할 때 자른 것 같습니다. 우리는 여의도를 한국의 맨해튼으로 만들 생각이었어요. 그러기 위해서 둑을 쌓아야 했는데 자원이 부족했습니다. 우리는 한강의 쓸모없는 섬을 폭파해 거기서 나오는 암석을 사용하기로 했지요. 김현옥 시장은 노들섬과 밤섬 중 어느 쪽을 폭파해야 하나 한 시간 정도 고민했던 것으로 기억합니다. 당시 밤섬에는 백여 명 정도의 사람이 살고 있었지만 김현옥 시장은 그 사실을 까맣게 몰랐지요. 아마 부산 사람이라서 그랬을 겁니다, 라고 차일석은 말했다.

김현옥은 1970년 와우아파트 붕괴 사고의 책임을 지고 서울 시장에서 물러났으며, 그때 차일석 역시 부시장직을 그만뒀다고 했다. 그는 이후 연세대 교수로 돌아가 경주 보문단지와 제주 중문단지를 만들고 조선호텔 사장으로 부임해 미군들에게 값비싼 와인과 음식을 제공하는 등 한미 우호 증진에 힘썼다고 말했다. 차일석은 그 덕에 지금도 와인에 대해 빠삭하다며 하루 와인 한 잔과 수영 30분이면 건강은 문제없지요,라고 말했다.

　1966년『공간』은 서울시와 김현옥의 의견을 적극 수용해 새서울백지계획으로 창간호의 절반을 채웠다.『동아일보』와『경향신문』『중앙일보』『조선일보』등도 새서울백지계획을 대서특필했는데 특히『동아일보』는 '새서울 백지계획에 대한 전문가들의 제언'*이라는 제목으로 건축과 도시설계 분야의 전문가를 불러 그들의 의견을 실었다. 그때 호출당한 전문가가 이구와 김중업, 윤장섭과 이한순, 손정목이었다. 김중업은 새서울을 지어야 한다는 당위 이외에 백지계획에 포함된 모든 디테일을 개무시하는 의견을 실었는데, 특히 무궁화 모양의 외곽선에 통탄을 금치 못했다. 새서울백지계획의 도면을 그린 박병주는 김중업의 오랜 동료로 그의 비판에 크게 상심했다고 한다. 그

* 『동아일보』, 1966. 5. 28.

는 당시 대한주택공사에 근무하던 도시설계 전문가로 그림과 도면에 특히 빼어난 재주가 있어 그 소문을 들은 김현옥이 일을 맡겼다고 했다. 박병주는 김중업과 한국전쟁 시절 부산에서 만나 1952년 독도 측량을 시작으로 가까워졌다며 당시 서울대 교수이던 김중업과 한양대 교수인 박학재가 중심이 된 독도 조사단은 부산에서 출발해 울릉도를 거쳐 독도로 향했지요,라고 말했다. 우리가 탔던 배는 진남호라는 해운국 소속의 순시선으로 작은 규모에 열악하기 그지없는 구조로 인해 탑승한 조사단 전원이 극심한 뱃멀미에 시달렸지요. 우리는 그때까지만 해도 독도 측량에 대해 깊이 생각하지 않았고. 독도 영유권이나 해역 등에 대해 생각하기에는 산재한 일이 너무 많았기 때문에, 사명감이나 의무감과는 거리가 먼 단순한 심정으로 독도로 향했습니다. 진남호가 도동항을 떠난 새벽녘에는 평소와 달리 파도가 고요했고, 바다 위에는 짙은 안개가 깔려 우리가 어디에 있는지 어디로 가는지 알 수 없었고, 심지어 지금 움직이고 있긴 한 것인지도 알 수 없었지요. 그때 머리 위에서 한 줄기 긴, 선을 긋는 듯한 휘파람 소리가 들렸습니다. 이어 전망대에 있던 선원이 뭐라고 소리를 지르더군요. 우리는 무의식적으로 하늘을 긋는 음향을 따라 고개를 돌렸는데, 얼마 떨어지지 않은 바다에서 불빛이 번쩍하는 게 보였고, 연이어 이제까지 한 번도 본 적 없는 거대한 높이의 물기둥이 솟아올랐습니다. 안개 속에서도 섬광은 선명히 허공으로 퍼져 감감했던 독도의 윤곽이 뚜렷이 보였지요. 그러고는 섬뜩한 고요함 속에서 다시 여러 번의 불꽃이 번쩍였습니다. 그제야 상황을 파악한 선원 일부가 폭격이다,라고 소리를 지르더군요. 저는 당황한 와중에도 평소 습관처럼 음측을 하기 위해 불꽃을 보고 숫자를 세었습니다. 불꽃이 보인 후 스물을 세고 나니 폭발음이 들리더군요. 저는 1초에 셋을 세고 음속은 초속 340미터이니 독도까지의 거리는 대략 2,040미터라는 계산이 나왔습니다. 그 사실을 알리기 위해 주변을 살폈지만 누구에게 이런 사실을 알려야 할지 모르겠더군요. 설사 알린다 한들 어떤 조치를 취할 수 있었을까요. 선상 위의 모든 이가 패닉 상태였고, 저 역시 뒤늦게 찾아온 공포로 거의 마비 상태가 되었습니다. 그러나 다행히 재공습은 없었고 폭격기는 우리가 볼 수 없는 곳으로 사라져버렸지요. 우리는 폭격기가 무엇을 목표로 한 것인지, 우리가 공격 대상은 아니었는지 전혀 몰라 오랫동안 바다 위를 이리저리 떠다녔습니다. 나중에 들은 바에 따르면 미공군 B-29 4기가 독도를 폭격 연습장으로 사용했다고 합니다. 당시 폭격으로 인해 몇 명의 사람이 죽었는지 어떤 피해가 있었는지 구체적으로 알 수 없지만 미군은 피해 보상으로 황소 한 마리를 배상했다고 합니다. 두려움에도 불구하고 우리는 그날 측량을 감행했는데 이는 정부에서 시킨 일을 하지 않을 시 우리가 감당해야 할 뒷일이 두렵기도 했거니와 독도 폭격이 그 목적과는 관계없이 우리에게 조사의 중요성을 심어주었기 때문인 것 같습니다,라고 박병주는 말했다. 김중업 선생과 친밀한 사이가 된 것도 어쩌면 그 폭격 때문인지도 모르겠습니다. 박병주는 전후 김중업과 경주 국립공원계획 등 30년을 같이 일했지만 새서울백지계획의 도면을 본인이 그렸다는 사실은 말하지 않았다. 김중업의 성격상 비판을 철회할 것 같지 않은데다 자신 역시 급조된 도면에 확신이 없었기 때문에 그는 오히려 『공간』 창간호의 지면을 빌려 자신이 그린 괴이한 도시계획에 대해 맹비난을 퍼부었다. 반면 이구는 비판적인 다수의 의견과 달리 애매한 태도를 보이며 새서울을 만들기 위해서는 철저한 사전조사와 오랜 준비단계가 필요하다는 하나 마나 한 이야기를 했고, 새서울백지계획 자체가 옳다 그르다 따위의 말은 전혀 하지 않았는데, 이는 이런 구상과 도면에 대해 대체 무슨 말을 해야 하나라는 절망과 좌절감 때문이었으며, 그로 인해 오랜 우울증에 시달렸다는 사실을 이구의 조수이자 지인으로 1970년대를 보낸 유덕문의 회고로 나중에야 알게 되었다. 유덕문은 1968년 김현옥이 밤섬을 폭파하기 직전까지 밤섬에 살고 있었다며 그때 김현옥이 밤섬을 폭파하지 않았다면 자신은 밤섬을 떠나지 않았을지도 모른다고 말했다.

1968년까지 밤섬 사람들은 전기와 수도의 혜택 없이 살고 있었다. 그들은 호롱불로 어둠을 밝히고 한강물을 떠다 마시며 자기들만의 왕국, 섹스와 사유재산의 경계가 없는 자율적인 공동체를 이루고 있었는데 밤섬 폭파로 하루아침에 노숙자 신세가 되었다고 했다. 김현옥은 이를 딱히 여겨 새로 건설되는 시민아파트에 밤섬 사람들의 거처를 마련하기로 약속했고, 밤섬 사람들은 자신들뿐 아니라 밤섬을 수호하는 신인 부군당 역시 지켜달라고 부탁했는데 김현옥은 이 역시 흔쾌히 승낙했다. 그러나 그는 밤섬 폭파가 끝난 후 다른 공사가 다망하여 밤섬 사람들을 잊고 말았고, 이후 밤섬 사람들은 살 곳을 찾아 떠돌아야 했다고 유덕문은 말했다. 당시 유덕문은 열일곱 살로 밤섬에서 가장 큰 배목수인 함씨 집안에서 심부름꾼이자 보조 목수로 일하며 홀어머니의 생계를 책임지고 있었다. 밤섬에는 대대로 배목수가 많았어. 왜냐면 서해에서 잡은 조기나 황태, 아니면 염전에서 소금을 실은 배들이 한강 타고 한양이나 평안도로 갈 때 밤섬을 지나거든. 밤섬이 중간 기착지란 말이야. 밤섬에서 노름도 하고 술판도 벌이고 떡도 치고 그랬는데, 그동안 배목수들이 배를 수리해주는 일이 많았고 간간이 함께 배를 타고 고기도 잡고 그랬어. 유덕문의 아버지 역시 배목수였는데 그는 1956년에 일어난 문화인 사육제 배 사고로 목숨을 잃었다고 했다. 그때는 밤섬에서 물놀이도 하고 축제도 하고 많이들 놀았어. 그래서 문총인가 하는 단체에서 문화인 카니발을 열었지. 유명한 문화계 인사들이 마포에서 배 타고 건너와 밤섬 백사장에서 달리기도 하고 활도 쏘고 그랬다는데 나는 기억이 안나. 어머니 말로는 나 데리고 구경도 시켜주고 노천명이나 김광섭 같은 시인들도 보고 그랬다는데 잘 모르지. 어차피 시인이라 해봤자 어머니도 시인이라니까 시인인가 보다 하는 거고 영화감독이라 해봤자 영화 한 번 본 적 없는데 뭘 알겠어, 그냥 곱게 차려입은 뭍사람들이 오니까 어울려 놀고 그랬던 거지. 그랬는데 그 사람들이 밤에 모타보트 타고 건너가다 사고가 난 거야. 그때는 참말 어두컴컴했거든. 먹구름이라도 지면 물이 하늘인지 하늘이 물인지 분간도 안 가게 거무튀튀하고 별도 없고 바람도 없고 으스스한 게 물길이 이리 갔다 저리 갔다 하면 뭍이 어디 붙어 있는지 여가 바다인지 한강인지 오락가락 방향 감각도 없어. 한강이 보통 강이 아니거든. 그래서 밤섬 사람도 밤에는 어지간하면 배 안 타고 타도 돛 접고 슬슬 움직이고 그래. 근데 서울 사람들이 술 취해가지고 모타보트만 믿고 작은 배에 수십 명 타고 왁자지껄 간 거야. 배는 그러면 안 되거든. 그런데 애랑 처녀도 태운 배가 그대로 뒤집어진 거야. 밤섬 사람들도 배가 뒤집혔는지 몰랐대. 뭐가 보여야지. 배 가고 남은 사람들 놀고 있는데 빠진 사람 중 젤로 수영 잘하는 사람이 어찌 백사장으로 기어 들어온 거야. 그제야 사람들 다 배 챙겨가지고 구한다고 갔지. 우리 아버지가 제일 빨랐대. 그게 화근이었나 봐. 물에 빠진 사람 구하다가 같이 물에 빠진 거야. 어머니가 한참을 기다려도 안 오니 거참 이상하다, 다른 밤섬 사람들 속속 오고 물 빠진 사람들 건져 오는데 아버지가 안 오니 이상하다 싶어 한 배 잡아다가 나가니 아버지도 없고 배도 없고 검검하니 아무것도 없고 그래서 마포까정 갔다가 다시 밤섬 왔다가 스무 번을 한거야. 밤을 새도 안 보이더라 이거야. 동 트고 난 뒤에 경찰이니 뭐니 사람도 오고 해서 시체도 건지고 했는데 시체를 어디 찾을 수 있나. 없어진 사람 중에 두 사람인가 찾았다는데 우리 아버지는 못 찾았어. 이상한 건 배도 없었다는 거야. 배가 왜 없을까. 물에 빠진 사람 구하기 힘들다지만 아버지는 보통내기 아닌데 빠진 것도 이상하고. 그래서 한동안 우리 아버지가 사람 구하는 척하면서 북으로 갔다는 소문이 떠돌았어. 아버지가 평소에도 이승만 얘기만 나오면 민나 도로보데스!라고 소리치고 그랬대. 민나 도로보데스는 도둑놈새끼라는 말이야. 그래도 밤섬 사람들 아무도 우리 아버지 흉보거나 뭐라는 사람 없었어. 밤섬에는 남이니 북이니 그런 거 없었거든. 근데 아무래도 내 생각에는 그거 때문에 김현옥이가 폭탄 가져와서 터트린 거 아닌가 싶어. 그러지 않고는 가만히 있는 밤섬을 왜 터트려. 흙이니 암석이니 다 거짓말이야. 밤섬은 지질이 별로라 폭파시켜도 못 쓰는데, 내가 그걸 나이 들고 나서 이구 선생 만나고 알았거든, 하고 유덕문은 말했다.

밤섬 사람들은 밤섬 폭파 이후 와우산에 집단 거주지를 마련해 살았다. 그곳에도 수도와 전기가 없는 건 마찬가지였다. 유덕문은 배목수에서 집목수로 업종을 변경했고 이구의 회사인 트랜스 아시아에서 일하며 1970년대를 보냈으며 전두환이 집권한 뒤로는 동료들과 회사를 차려 연립주택 도급업자로 전국을 누볐다고 했다. 이젠 배 못 지어. 88올림픽 때 마포 배목수들 무형문화재 지정한다고 찾아오고 그랬는데, 나는 그랬어.
배 짓는 법 다 까먹었소. 누가 요즘 강배를 타. 몇 개 만들어서
박물관에나 처박아두겠지. 와우산 밤섬 마을은 1996년 재개
발로 다시 한 번 철거되었으며 그 자리에 지금은 삼성 아파트
가 들어서 있다. 유덕문은 현재 녹번동에 살며 자신의 죽기 직
전인 애완견과 불광천을 걷는 게 유일한 낙이라고, 밤섬 사람
들 3분의 2가 죽었어, 밤섬 사람들 자식들은 밤섬 사람들인지
아닌지 그걸 잘 모르겠어,라며 밤섬 사람들 자식들의 자식들은
밤섬에 사람이 살았다는 것도 모를지도 모르겠다고 말했다.

*

　고든 마타 클라크의 변호사인 제럴드 '제리' 오도버Jerald
'Jerry' Ordover는 자신이 고든 마타 클라크를 변호할 때 가장
힘들었던 일이 고든 마타 클라크의 작품을 이해하는 것이었다
고 말했다. 고든 마타 클라크는 코넬에서 건축을 전공했지만
건축을 알면 알수록 건축가 새끼들이 미웠고, 뉴욕에 있는 대
부분의 건물이 한심하고 머저리처럼 느껴졌다며, 자신의 아버
지인 로베르토 마타는 자신에게 미술을 하지 말라고, 너는 멍
청하고 손이 무뎌 미술은 못한다고 했지만 그럼에도 미술을 할
수밖에 없었다고, 그러나 자신의 행위가 정확히는 미술도 건축
도 아닌 그 무엇이라며 그러나 사실은 대부분의 행위가 그 무

엇도 아닌 그 무엇이지 않냐고 말했다고, 제리는 말했다. 그러나 고든 마타 클라크의 작업이 뭐든 간에 남의 건물에 들어가 벽과 바닥에 구멍을 뚫거나 집을 반으로 쪼개고 개조하는 행위는 불법이 아니겠냐고 제리는 반문했다. 저는 그를 변호하기 위해 현대미술을 처음부터 다시 공부해야 했어요. 제가 예일에서 법을 전공할 때 사귄 여자는 파슨스에서 조각을 공부하던 그레이엄 그레이시로 타는 듯이 붉은 머리칼을 가지고 싶어 매주 염색과 탈색을 반복하는 조금 맛인 간 여자였지요. 그녀 덕분에 모마나 구겐하임에 가거나 이스트 빌리지의 화랑가에 가기도 했지만 미술에 대해선 아는 게 거의 없었고, 그나마 폴록과 워홀을 조금씩 이해하게 되었지만 그 이외의 흐름들, 해프닝이나 미니멀리즘, 플럭서스 같은 그룹은 전혀 이해하지 못했습니다. 그렇지만 그녀의 영향이었는지, 저는 변호사가 된 뒤 예술가의 처우와 법적 문제를 전문으로 다루게 되었고, 뉴욕 돌스나 패티 스미스 같은 가수들, 노먼 메일러나 스나이더 같은 작가들의 변호에도 일익을 담당하게 되었지요. 그들은 대체로 겉멋 든 애송이에 불과했지만 생각보다 예의가 바르고 온순했으며 따분하지 않았습니다. 동료 변호사들이 기업가나 주식 투자자들과 맨해튼에서 고급 콜걸을 불러 헤로인을 하는 동안 저는 낭독회나 전시회를 가고 창고 같은 술자리에서 마리화나를 피웠지요. 고든 마타 클라크는 세드릭 프라이스의 소개로 알게 되었습니다. 세드릭 프라이스의 소논문 「스크램블 에그로서의 도시The City As An Egg」를 본 고든 마타 클라크는 흥분에 가득 차 세드릭을 찾아갔고, 이후 둘은 꽤 오랜 시간 편지를 주고받으며 학문적이고 예술적인 영감을 나누었지요. 세드릭 프라이스는 아키그램의 정신적 스승으로 존경받았는데 저는 아키그램의 수다쟁이인 피터 쿡과 친분이 있어 세드릭이 뉴욕에 왔을 때 뒤를 봐주며 알게 되었습니다. 그렇지만 저는 아키그램이 뭐 하는 이들인지, 그들의 주장이 어떤 의미인지 전혀 이해하지 못했고, 그건 피터 쿡 역시 마찬가지인 것처럼 보였습니다. 피터 쿡은 다만 재미를 좇는 인물로 혁명의 가장 필수적인 요소는 재미인데 이 사실을 망각한 모더니스트들이 세상을 다 망쳤다고 말하곤 했지요. 그는 특히 르꼬르뷔지에를 증오해, 그런 망상적인 시도, 도시를 바둑판 모양으로 구성하고 사람들을 어디로 걷게 만들고 어디로 들어가게 만들며, 인구가 몇이고 주택은 어느 정도이고 상업지구는 여기고 공업지구는 여기고 하는 식의 이야기에 진저리를 쳤습니다. 피터 쿡은 도시는 형성되는 것이지 형성하는 것이 아니라며 아키그램의 아이디어가 실현되지 않는 페이퍼 아키텍트에 불과한 것은 애초에 실현하고자 하는 의지가 없었기 때문이며 실현하고자 하는 의지가 없는 도면과 구상을 거듭한 것은 실현의 폭력성과 무의미함을 상기시켜주기 위한 칼싸움이었다고, 물론 이것은 아키그램 멤버들과 다른 자신만의 의견이지만, 어쨌든 르꼬르뷔지에는 개새끼라고 말했지요.

고든이 처음 소송에 휘말린 건 1975년으로 지금은 전설적인 작품으로 기억되는 「일상의 끝The End of Day」(1975) 때문이었습니다. 「일상의 끝」은 맨해튼 서쪽 부두에 있는 존 매덕스John Maddux의 방치된 선착장 벽에 반달 모양의 구멍을 낸 작품으로 그 구멍을 통해서 허드슨 강이 뚜렷이 보이는 장대한 규모의 작품이었지요. 작업할 당시 고든은 나름 뉴욕 바닥에서 유명해지고 있을 때라 존 매덕스에게 이러저러한 작업을 할 테니 협조해달라고 부탁했고, 존은 단칼에 저리 꺼져, 히피 새끼야,라며 거절했다고 합니다. 고든은 동료 둘을 이끌고 야밤에 일을 저질렀지요. 존 매덕스는 참지 않았습니다. 존은 수천 달러의 손배 소송을 제기했지요. 고든은 늘 돈이 궁했으니 야단난 셈이었습니다. 저는 그때만 해도 고든의 작품이 가진 의의를 설명하려고 분투하지 않았습니다. 어차피 저도 모르고 존 매덕스도 모르고 판사도 모르고 뉴욕 시도 모를 게 뻔했으니까요. 그냥 미관상의 아름다움, 뉴욕 시에 빛과 물, 자연의 은총을 돌려주려는 도시 미화작업의 일환이었다고 얘기하라고 고든을 설득했지요. 고든은 씨불거렸지만 결국 그렇게 말했고, 소송은 잘 마무리되었습니다. 문제는 이후에 일어났습니다. 고든은 소송이 끝난 뒤 저를 더 보지 않을 것처럼 굴었어요. 사과한 게 마음에 안 들었겠죠. 그렇지만 1976년에 일어난 일 때문에 그럴 수 없었습니다. 일은 이렇습니다. 고든 마타 클라크는 피터 아이젠먼의 도시건축연구소IAUS에서 주최

하는 전시에 초대받습니다. 미술과 도시, 건축의 삼각관계를 묘파하고 전망하는 상당한 규모의 전시로 뉴욕 파이브 중 셋인 피터 아이젠먼, 리처드 마이어, 마이클 그레이브스가 참여했지요. 당시 뉴욕 파이브는 뉴욕 최고의 유명인사로 1950년대 폴록, 1960년대 워홀이 지녔던 명성을 가지고 있었습니다. 뉴욕 내에서 그들을 건드릴 사람은 아무도 없었어요. 폴록이나 워홀과 달리 뉴욕 파이브에게는 건축과 도시라는 실질적인 힘이 있었으니까요. 고든이 초청받았다는 것은 뉴욕신에서 그를 진짜배기 예술가로 인정했다는 뜻이었습니다. 고무적인 일이었지요. 고든은 원래 특유의 '자르기' 작업을 선보일 예정이었습니다만, 오픈 직전 콘셉트를 바꿉니다. 그는 사우스브롱크스의 깨진 유리창을 찍은 사진을 전시장 창문에 붙이겠다고 했지요. 큐레이터인 앤드루 맥네어는 고든의 아이디어에 늘 대찬성이었으니, 바뀐 콘셉트에도 무조건 오케이 사인을 보냅니다. 그렇게 일은 순조롭게 진행됐습니다. 전시 당일까지 말입니다. 고든의 속이 왜 뒤틀렸는지는 아무도 모릅니다. 전시 당일 새벽 3시, 고든은 동료들을 데리고 전시가 예정된 도시건축연구소로 진입합니다. 고글과 헤드기어를 끼고 손에는 모스버그사의 BB탄 샷건을 들고 말입니다. 이후 두 시간은 전쟁을 방불케 합니다. 고든과 동료들은 전시장의 유리창을 단 한 장도 남기지 않고 깨뜨립니다. 경비가 나왔지만 속수무책이었죠. 경비는 그들의 총이 실탄인지 BB탄인지도 구분 못 했어요. 비명 소리와 총성, 유리창이 깨지는 소리가 뒤섞인 악몽 같은 밤이었다고 하더군요. 주최측은 당연히 발칵 뒤집혔습니다. 특히 피터 아이젠먼은 고든을 나치라고 부르며 길길이 날뛰었습니다. 앤드루 맥네어는 고든을 섭외한 죄로 전시 내내 피터를 피해 다녀야 했지요. 주최측은 그날 오전에 유리를 모두 갈아 끼웠습니다. 오후에 오픈 파티가 예정되어 있었고 그곳엔 저를 포함한 유명 인사가 대거 참여하기로 되어있었으니까요. 미술계와 건축계 모두 한목소리로 고든을 비난했습니다. 그가 얼마나 치기 어리고 어리석은지, 그는 예술과 현실을 구분 못 하며, 그의 행동이 액티비스트들을 얼마나 궁지로 몰아넣는지 알아야 한다고 말입니다. 다 맞는 말이었죠. 고든은 이렇다 할 응답을 하지 않았습니다. 속이 뒤집힐 노릇이었지요. 왜냐하면 제가 고든의 변호사였으니까요. 피터 아이젠먼과 도시건축연구소는 고든을 주거 침입 및 기물 파손으로 구속시킬 태세였어요. 저는 고든이 한 행동이 전위예술의 차원에서 이루어진 일이라고 변호해야 할지 그냥 선처를 베풀어달라고 매달려야 할지 갈피를 잡을 수 없었습니다. 고든은 그건 단지 복수였다고 짧게 말할 뿐이었습니다. 복수라니요! 「택시 드라이버」(1976)는 너무 많은 사람을 망쳐놓은 게 틀림없습니다.

제럴드 제리 오도버는 고든이 사우스브롱크스의 고속도로 건설에 대한 저항의 의미로 유리를 깨뜨렸음을 고든이 죽고 난 뒤에야 알게 되었다고 했다. 마이클 그레이브스는 뉴욕 시가 진행한 고속도로 건설과 집합주택의 실행자였으며 그로 인해 사우스브롱크스는 슬럼의 길로 들어섰다. 사우스브롱크스의 주민들은 미국 전역으로 뿔뿔이 흩어지거나 갱이 되어 총격전을 벌였다. 고든은 이렇게 말했다고 합니다. 사우스브롱크스에 가보라. 깨진 유리창은 일상이다. 제가 궁금한 건 왜 고든이 당시에 그런 이야기를 하지 않았는가 하는 점입니다. 이유가 분명하다면 그 정도 행위는 용납 가능했지요. 그러나 고든은 끝까지 함구했습니다. 제 의문에 앤드루 맥네어는 이렇게 답하더군요. 그건 프로테스트가 아니라 이그지비션이었으니까. 앤드루는 늘 그런 식이지요. 그는 막내라서 그런지 책임감이 없습니다. 저는 고든의 행동이 프로테스트였다고 생각합니다. 그는 장남이었고 정신병을 앓는 쌍둥이 동생인 바탄을 책임질 줄 아는 사내였기 때문이지요. 바탄은 1976년 아파트 난간에서 추락사했습니다. 고든 마타 클라크는 1978년에 암으로 죽었지요. 그의 나이 서른다섯이었습니다.

이구는 1967년 신한항공이라는 측량회사를 차리고 1972년 트랜스 아시아의 부사장으로 부임했다. 1970년대 내내 동남아시아와 중동으로 외유를 다녔다고 하지만 정확히 무슨 일을 했는지 알 수 없다. 트랜스 아시아에서 그의 역할은 얼굴 마담에 불과했고 신한항공은 1979년 도산했다. 사기를 당했다고 하고 사업 수완이 없었다고도 했다. 나는 유덕문과 함께 와우산 자락에 있는 밤섬 부군당에 들렀다 내려오는 길에 이구에 대한 이야기를 들었다. 유덕문 역시 1970년대 내내 이구가 무엇을 했는지 잘 모른다고 했다. 나는 말단 사원이었고 그는 황족 출신의 사장이었으니 당연하지. 다만 이구는 밤섬의 기억 때문인지 자신에게 각별했다고 말하며 1975년쯤인가 프랑스를 다녀온 뒤 가진 회식 자리에서 자기 옆에 앉아 이렇게 말했다고 했다. 내가 지은 건물이 얼마나 잘못되었는지, 지금 지어지고 있는 건물과 앞으로 지어질 건물이 얼마나 잘못되었는지 생각하기 시작하면 벌써부터 숨이 막혀오고 정신이 아득해집니다. 나는 선 하나 제대로 그을 수 없는 지경에 사로잡히지만 임박해온 마감 날짜와 시공 날짜 때문에 스스로를 기만하며 그림을 그리고 설계를 하는데, 그런 다음에는 견딜 수 없는 자기혐오와 좌절에 사로잡히지요. 수십 년 동안 거리를 채우고 있을 콘크리트 더미를 생각하면 지금도 구역질이 납니다. 이구는 집을 기계로 짓기 시작한 이후 몰락이 시작됐다며 직접 벽돌을 지고 흙에 손을 묻혀야 합니다. 집은 손맛입니다,라고 말했어. 나는 그 말에 웃었고 이구 역시 말을 마친 뒤에 미소를 지었어. 그는 유머 감각이 특출났는데 아무도 그 사실을 모르지. 그가 웃기면 사람들은 웃지 않고 당황하거든. 이구는 1975년 아랍에미리트와 알제리를 거쳐 파리에 도착한다. 파리에 있는 이구의 지인인 마르크 쁘띠장은 당시 레알Les Halles 지역의 재개발 현황을 8밀리미터 필름에 담고 있었는데, 이구는 그를 따라 레알 지역을 방문했다고 한다. 레알 지역은 중세부터 드골에 이르기까지 추진된 개발 과정이 고스란히 녹아 있는 유서 깊은 지역으로 연식이 2백 년은 된 건물이 즐비한 곳입니다. 현재는 지스카르 데스탱의 진두 지휘 아래 재개발이 한창이지요. 마르크 쁘띠장의 이야기에 따르면 레알 지역은 파리에서 가장 힙한 곳으로 코브라 그룹이나 아스거 요른 등 예술가들이 주변을 얼씬거리며 작품 거리를 찾고 있었다. 고든 마타 클라크 역시 그중 한 명으로 그는 파리 비엔날레에 참가하기 위해 왔다가 레알 지역에 둥지를 틀었다고 했다. 그는 17세기에 지어진 타운하우스에 작업을 하고 있었는데 마르크 쁘띠장은 우연히 만난 그의 작업에 매료되어 그 과정을 인터뷰와 함께 필름에 담고 있다고 말했다. 고든의 작업은 크고 위협적입니다. 프랑스의 프티 부르주아들과는 다르죠. 마르크는 고든에게 이구를 소개하며 동양에서 온 시인이자 건축가라고 했다. 이구는 아니라고, 자신은 시인도 건축가도 아니라고 했다. 자신은 그저 세계를 떠돌며 각국의 도기와 수공예품을 모으는 일을 하고 있다고, 고향에 돌아가면 작은 가게나 차릴까 생각 중이라고 말했다. 이구와 쁘띠장은 고든 무리의 트럭을 타고 파리를 가로질렀다. 날씨가 궂어 빗방울이 흩뿌리지만 기분은 좋다. 쁘띠장은 파리의 재개발에 대해, 상황주의자와 코브라 그룹, 알튀세르와 푸코, 68혁명 이후 섹스가 얼마나 쉬워졌는지에 대해 쉴 새 없이 떠들었다. 철학자들은 68이 사골이라고 생각하는지 끝없이 우려

먹으려고 들지요. 반면 예술가들은 무엇에 집중해야 하는지 금방 눈치 챘습니다. 바로 섹스죠. 고든 마타 클라크는 뉴욕도 마찬가지라고 말하며 자신은 뉴욕에서 '푸드'라는 식당을 운영하는데 요리야말로 뉴요커들이 가장 중요하게 생각하는 가치라고 말했다. 우리는 사람들에게 음식을 공짜로 나눠줍니다. 한번은 미슐랭 별 두 개짜리 요리사를 초대했는데 그는 공짜인데도 불구하고 음식을 삼키지 않더군요. 고든은 품에서 사과를 꺼내 이구에게 건넸다. 이구는 빗물에 사과를 닦은 후 베어 물었다. 고든은 이번 비엔날레에서 주목을 받으려면 독일의 무당들을 꺾어야 하는데 자신이 없다며, 본인의 작품은 아무래도 미술이 아닌 것 같다고, 그렇다고 컨템포러리는 더더욱 아닌 것 같다고 말했다. 고든의 작업은 건물의 북쪽 파사드를 원뿔 모양으로 잘라내는 것으로 외부에서 보면 3층과 4층에 거대한 투창을 쑤셔 박았다 뺀 것처럼 보였다. 이구는 안전모를 쓰고 올라가 고든의 작업을 지켜보았다. 고든의 작업은 무척 더뎠고 고됐으며 시끄러웠다. 쁘띠장은 초반 두어 시간 정도 촬영을 하더니 필름이 다 됐다고 말하며 벽에 등을 대고 주저앉았다. 천장에서 돌 부스러기가 떨어졌고 드릴 소리는 천둥처럼 울렸다. 해가 지기 시작하자 허물어진 벽 틈으로 붉은 빛이 쏟아져 들어왔다. 마르크는 잠이 들었고 이구는 졸렸지만 차마 잘 수 없어 해가 완전히 지기 전까지 버텼다고 한다. 유덕문은 이구에게서 들은 이야기는 여기가 마지막이라며 이후에는 그와 대화를 나눌 기회가 없었다고 했다. 나는 김중업 역시 1975년까지 프랑스에 있었고, 이후 미국으로 건너가 하버드에서 객원교수를 하는 등 나름 괜찮았지만 1979년 귀국한 뒤에는 국내에서 실시된 거의 모든 현상공모에서 떨어졌다고, 그러다 겨우당선되어 만든 작품이 유작이 된 88년 서울올림픽 평화의 문인데, 대부분의 건축가와 평론가들에게서 비난을 받았다고 말했다. 이구는 1979년 회사가 도산한 후 1980년 일본으로 도피해 스스로를 아마테라스의 현신이라고 칭하는 무당 아리타 기누코와 동거하며 여러 차례 사기 사건에 휘말렸다. 나이 든 그의 얼굴은 팔자 눈썹이 도드라져 보기 흉하다. 나는 이불이라는 미술가가 이구의 삶에 영감을 받아 작품을 제작했다고 말했다. 작품명은 「벙커(M. 바흐친)」(2007/2012)이며 아트선재센터에서 꽤 큰 규모의 전시를 했는데 그 전시를 볼 때 나는 이구에 대해 몰랐다고 이야기했지만 유덕문은 이불이 누군지, 작품명이 무슨 뜻인지 이해하지 못했다. 그는 부군당을 와우산 자락으로 옮긴 것은 여기 있으면 한강도 보이고 밤섬도 보이기 때문이라고 말했다. 근데 막상 옮기고 나니 아파트만 보여. 우리는 해가 지기 시작할 때 산을 내려왔다. 부군당으로 가는 길초입에 공민왕 사당이 있었다. 나는 공민왕 사당을 보며 이곳은 문이 열려 있어 동네 주민들이 오가는데 부군당의 문은 왜잠가놓냐고 물었다. 유덕문은 부군당은 왕이 아니라 신을 모시는 곳이라서 그렇다고 대답했다.

나는 카페 웨이터처럼 산다

백화점 직원

아르노 데스플레생Arnaud Desplechin의 영화 「킹스 앤 퀸」 (2004)을 이상우에게 추천하고 난 뒤 영화의 장면이 끊임없이 떠올랐다. 파리의 자연사 박물관에 놀러 간 아들과 아버지의 대화를 그린 장면으로 사실 대화라기보다 아버지 혼자 떠드는 것이나 다름없는 장면이다. 아버지 역은 마티외 아말리크가 맡았는데 그는 조금 미쳤지만 많이 미쳤다는 오해를 받아 정신병원에 감금된 오케스트라 비올리스트로 아들을 사랑하지만 딱히 해주는 것은 없다. 「킹스 앤 퀸」은 느닷없고 산만하고 시니컬한 영화지만 영화 전반에 따뜻함이 흘렀다는 생각이 드는데 이는 자연사 박물관에서의 대화 때문인 것 같다. 점프 컷으로 구성된 이 장면에서 마티외 아말리크는 아들에게 정성을 다해 가족과 삶에 대해서, 아빠가 미쳤다는 오해에 대해서, 공룡의 뼈에 대해서 이야기한다. 그는 사랑이란 뭔지, 어떻게 존재하고 어떻게 사라지는지 엄마는 아름답고 바쁜 여자니까 니가 엄마를 사랑해야 한다, 아빠는 언제 또 정신병원에 입원할지 모르고 그건 생각만큼 나쁜 일은 아니니 다른 사람들 말에 귀 기울이지 마라, 다른 사람들 말은 들을 게 못 된다, 그 사람들에게 귀 기울이지 말고 스스로에게 귀 기울여라 따위의 말을 하며 아들과 박물관의 복도와 주랑을 걷는다. 대화의 내용을 기술하긴 했지만 매력적인 건 대화의 내용보다 대화가 이루어지고 있다는 사실이며, 대화가 이루어지는 장소, 대화를 주고받는 아들과 아버지의 몸짓, 배경 위로 흐르고 끊어지는 음악들이다. 그렇다고 대화의 내용이 별 볼일 없는 건 아니지만 대화의 내용은 늘 일부만 살아남아 인상이 언어가 되고 언어가 인상이 되는 방식으로 작동한다는 생각이 들었고, 친구인 이상민 역시 이와 비슷한 생각을 했는지 모르겠지만 어쨌든 이 장면을 인상 깊게 봤다고 이야기했다. 이상민은 이 대화가 너무 좋다며 자신의 아버지는 검도와 승마가 취미인 지방 유지로 자식의 성장보다 스스로의 삶을 훨씬 중요시한 사람이었고, 부자간에 대화가 거의 없었으며, 자신은 승마장에도 혼자 갔고 수영장에도 혼자 갔다고, 그래서인지 박물관에서의 대화가 안겨주는 따뜻함이 좋다고 말했다. 이상민이 「킹스 앤 퀸」에 대해 말한 건 8년 전인 2007년의 일로 그는 건축을 전공했으나 그만두고 미술을 전공했고, 잠시 회화에 전념하더니 이후 유리공예·금속공예·조각 설치미술·무용·사진을 거쳐 요리사로 취업해 2년간 돈을 벌며 일기를 쓰다가 클라이밍이 취미인 근육질의 여자 친구를 만나 결혼을 하겠다며 내게 축시를 써달라고 부탁한 친구인데, 수많은 작업을 전전하는 동안 단 하나의 작품도 완성하지 못했고, 서울에서 구미로, 구미에서 카셀로, 카셀에서 시드니로, 시드니에서 골드코스트로, 골드코스트에서 대구로, 대구에서 서울로 옮겨 다니다 최근 수원에 정착했다. 그는 말을 느리게 끄는 취미가 있는데 가끔 그와 같은 대화법이 짜증 나고 징그럽게 여겨지기도 하지만 그건 그의 특성이자 매력이고 그가 말을 안 하고 묵묵부답 가만히 입꼬리를 올리고 있으면 어떤 사람들은 불쾌감과 두려움을 느꼈는데 특히 내가 이십대 중반에 일했던 카페의 사장은 학습지 교사 출신의 아니메를 좋아하는 삼십대 중반의 여자로 내가 일을 그만두며 이상민을 추천하자 이상민의 특성을 알면서도 그를 고용하겠다, 내가 그와 일해보겠다, 내가 그의 버릇을 고쳐놓겠다 이렇게 말하진 않았지만 거의 그런 태도로 이상민을 알바생으로 고용했고, 결과적으로 말을 느리게 끌거나 거의 대답을 하지 않는 이상민에게 극도의 불쾌감과 두려움을 느끼며 자신의 교정이 실패했다는 자괴감, 왜 알바생을 교정하려 했는지 지금도 이해할 수 없고 이해하고 싶지 않지만 아무튼 열패감을 느끼며 다시는 이상민을 보려 하지 않았다. 나는 오랜만에 이상민과 통화하며 예전과 다름없구나, 말투는 여전하구나 생각했는데 어떤 면에서는 이상우와 말투가 비슷한가, 아니 이상우는 말이 없고 조용하지만 말을 길게 끈다기보다는 말꼬리를 감추는 듯 들릴 듯 말듯한 전화 통화가 주특기로 어떤 사람들은 그의 이런 특성에 당혹감과 수치심을 느끼기도 하지만 그건 그의 특성이자 매력이고 그가 사람들의 당혹감과 수치심에 대해 당혹감과 수치심을 느낀다는 사실이 떠올라 이건 웃긴 일이구나, 이상우와 이상민은 전화 예절을 배우지 않은 것일까, 그런데 나도 가끔 전화를 걸었을 때 내 목소리가 스피커를 통해 울리면 그때의 불쾌감과 수치심은 이루 말할 데가 없다는 사실이 떠올랐고, 누가 자신의 목소리를 사랑할 것인가, 우리는 모두 자신의 목소리를 처음 듣는 순간 자신이 생각했던 종류의 사람이 아님을 깨닫지 않는가, 내가 생각하는 나는 가장 왜곡된 형태의 나 아닌가 따위의 생각을 했다.

기갑부대 병사

야마구치 가쓰히로는 프레데릭 키슬러Frederick John Kiesler가 이상한 말만 하고 시간 약속도 안 지키는 150센티미터의 괴짜라는 소문을 들었고, 그래서 1961년 그를 만나러 뉴욕에 갔을 때 잔뜩 긴장하고 있었는데, 아니나 다를까 키슬러는 한 시간 반이나 늦은 주제에 비서를 대동하고 거만하게 나타나 손을 내밀며 저는 암컷의 건축가 키슬러입니다,라고 말했다고 했다. 암컷의 건축가 프레데릭 키슬러는 데 스틸, 다다, 초현실주의자들과 어울렸던 미술가이자 건축가로 나는 저술가이자 미술가 김광우의 저서를 검색하던 도중 그의 블로그 '광우의 문화읽기'를 알게 됐고, 블로그를 통해 저술가이자 미술가인 야마구치 가쓰히로를 알게 됐다. 야마구치 가쓰히로는 프레데릭 키슬러를 20세기 미술의 아웃사이더이자 최후의 보루, 극장 설계, 무대장치, 도시계획, 가구 디자인, 그래픽디자인, 조각, 회화, 시, 산문에 능한 기적적인 인물로 그리며, 그에 대한 책『공간연출디자인의 원류, 프레데릭 J. 키슬러』(2000)를 썼는데 김광우는 그 책의 많은 부분을 자신의 블로그에 필사해두어서 나는 그 기록을 읽으며 프레데릭 키슬러와 야마구치 가쓰히로에 대해 궁금증이 생겨 알라딘으로 야마구치 가쓰히로가 쓴 두 권의 책『공간연출디자인의 원류, 프레데릭 J. 키슬러』와 『20세기 예술과 테크놀로지』(1995)를 검색했으나 출간된 지 20년이 안 됐음에도 불구하고 두 책 모두 절판된 상태였다. 나는 과거 이상민이 뒤샹을 좋아했다는 사실이 떠올라 어쩌면 이상민이 프레드릭 키슬러를 알고 있을지도 모르겠다고 생각했다. 키슬러는 뒤샹의 몇 안 되는 지인 중 하나였고, 처음 뉴욕에 건너와 남의 집을 전전하던 뒤샹은 키슬러의 집에 얼마간 머물며 미술가들의 한심함에 대해, 방구석에 처박혀 그림이나 그리면서 세상을 다 집어삼킨 듯, 세상을 다 표현해낸 듯, 인간 본연의 감정과 정체성을 다 그려낸 듯 기고만장한 꼴이 우습다고 인간은 DNA와 무의식으로 이루어진 기계장치와 성욕의 조합임이 밝혀졌는데 저기 저러고 있는 꼴 좀 보라고 말했다. 야마구치 가쓰히로는 책에서 키슬러가 뒤샹의 작품「그녀의 독신자들에게조차 발가벗겨진 신부, 심지어La mariée mise à nu par ses célibataires, même」(일명 큰 유리Le Grand Verre)에 대해 이것은 다다, 추상화, 구성주의, 초현실주의 어디에도 속하지 않는 작품이다, 이것은 단연코 우생학적 결과물이며 20세기 인류사 최대의 발견과도 같다, 나는 뒤샹이 뢴트겐 이후 가장 위대한 인물이라고 생각한다, 그의 그림은 X선 회화다, 라고 말했다고 썼는데, 김광우는 이 이야기를 블로그에 옮겨 적으며 자신의 저서『뒤샹과 친구들』(2001)에 대해 언급하기도 했으니 어쩌면 이상민이 야마구치 가쓰히로와 키슬러에 대해 알고 있을지도 모르겠다, 책을 가지고 있을지도 모르겠다,라고 생각했지만 이상민은 전혀 처음 듣는 이름이라며 사실 나는 책 읽는 걸 좋아하지 않는다, 지금에야 고백하지만 이십대 초반 자취방에 누워 너와 논쟁을 벌일 때 써먹었던 바슐라르와 들뢰즈는 전혀 읽지 않았고, 뒤샹은 사기꾼에 불과하지 않은가 체스나 두며 초연한 척 거들먹거리는 인간 아니냐, 미생이랑 다를 게 뭐냐고 말했다. 어쩌면 그런지도 모른다. 뒤샹은 과대

평가된 예술가일지도 모르고, 실패한 체스 마니아일지도 모르고, 진정 위대한 화가는 밥 로스일지도 모른다고 나는 말하며 그런데 원래 뒤샹을 싫어한 건 나였고 좋아한 건 너였는데 왜 지금 반대가 되었냐고 물었지만 다시 생각해보니 뒤샹을 좋아하는 건 아닌 것 같다는 생각이 들었다. 뒤샹은 좋아하기엔 너무 유명했다. 1950년대, 1960년대 화가들이 너무 좋아해 자신의 광신자들에게조차 발가벗겨졌기 때문에 이제 와서 뒤샹을 좋아한다면 그건 커트 코베인을 좋아한다거나 김수영을 좋아한다고 말하는 거나 다름없잖아, 그건 어리석은 동시에 우스운 일이지,라는 생각이 들었지만 그렇다고 재밌는 게 싫을 수 있는지 다시 보니 뒤샹은 확실히 이상하고 다른데 뭐가 이상하고 다른지는 확실히 모르겠지만 이를테면 그가 죽고 15년 뒤에 발표된 유작 「주어진 것: 1° 낙수/ 2° 점등용 가스Étant donnés: 1° la chute d'eau/ 2° le gaz d'éclairage」의 경우 제목부터 어색하고 부정확하여 듣기만 해도 그 명쾌하지 않음이 짜증을 불러일으키는데, 이것은 이후 다른 종류의 전위예술가들의 금방 탄로나는 이상한 짓이나 독특하다고 생각했지만 사실 감상적이고 낭만적인 작품들과 차원이 다르지 않은가, 뒤샹은 무관심, 전적으로 무관심이 중요하다고 말했으며, 그럼에도 하나의 작품을 10년씩 붙잡고 있었고, 결국 완성도 하지 않고 내팽개쳐버리곤 했는데 그렇게 해서 남은 두 작품이 「그녀의 독신자들에게조차 발가벗겨진 신부, 심지어」와 「주어진 것: 1° 낙수/ 2°

점등용 가스」였다.

키슬러는 이렇게 말했다.

형태는 기능에서 탄생하지 않는다.
형태는 비전에서 탄생한다.
그리고 비전은 태도에서 탄생한다.

베르너 헤어초크는 인터뷰에서 당신의 인물들은 모두 야심이 넘친다, 왜 그런가라는 질문에 야심이 아니다, 그것은 비전이다,라고 대답했다. 그는 야심과 비전은 다른 것이라며 야심은 자신의 커리어나 쌓는 우스꽝스러운 짓이지만 비전은 그런 차원의 것이 아니라고 우주는 실제로 10차원으로 이루어져 있지만 우리는 3차원만 경험할 수 있고 상상적인 차원에서도 겨우 4차원을 떠올릴 뿐인데 비전은 그러한 차원에 대한 생각이라고 그러니까 다른 차원을 요구하는 것, 다른 차원을 원하는 것이라고 말했는데 나는 그 말에서 플로베르가 편지에, 내가 예술에서 가장 고귀하게 생각하는 것은 나를 웃거나 울게 하는 것도 아니요, 흥분시키거나 격동시키는 것도 아니요, 나를 꿈꾸게 하는 것이다,라고 쓴 것을 떠올렸다. '비전.' 나는 이 말이 재밌어 금정연이나 이상우, 홍상희 같은 지인들에게 말했는데 아무도 재미있어 하지 않았다. 그런데 키슬러가 비전을 얘기한 이유는 무엇일까. 키슬러는 몬드리안과 함께 '등가적 관계'에 대해 역설하며 선과 색채, 형태로부터의 해방, 건물의 정면, 후면, 좌우측, 위아래로부터의 해방, 화면 밖과 화면 안으로부터의 해방, 건물 안과 건물 밖으로부터의 해방, 단절된 것으로부터의 해방, 예술과 생활의 구분으로부터의 해방을 주장했다. 그는 늘 자기 작품에 대한 기록을 남겼고, 뒤샹이 자기 작품에 대해 레이몽 루셀을 떠올리게 하는 기계적인 어투의 사용법을 남겼다면 키슬러의 기록은 선언, 지구를 구하고 말겠다, 예술을 구하고 말겠다, 인류를 구하고 말겠다, 나의 비전은 이것이다, 우리는 다른 차원으로 간다는 식의 선언으로 사람들을 기겁하게 하거나 민망하게 만들었다. 그가 임종 직전에 쓴 에세이는 자신의 마지막 조각 작품 「우리, 너, 나」(1965)에 대한 것으로 여기에는 평소의 선언적 어투뿐 아니라 내적 고백, 정체를 알 수 없는 중언부언, 시, 일상의 고충 등이 섞여 있다. 내가 해온 일을 아는 것은 오직 신뿐이다, 모든 것은 전혀 계산되지 않았다, 아무것도 존재하지 않더라도 서로를 연결하는 연속성은 존재한다, 여기 우주의 숨결이 있다, 진정한 예술가는 혁명 정도로 만족해선 안 된다, 세계의 근본 체계를 새롭게 만들어야 한다, 갑자기 허기를 느낀다, 나는 샌드위치 두 개와 커피를 사들고 길을 건넜다, 입맛이 없다, 버스를 타고 집에 돌아와 커다란 소파에 몸을 던지고 잠이 들었다.

June 25, 1942: Marcel Duchamp arrives in New York.
Left to right front: Stanley William Hayter, Leonora Carrington,
Frederick Kiesler, Kurt Seligmann. Middle: Max Ernst, Amedee
Ozenfant, Andre Breton, Fernand Leger, Berenice Abbott. Back:
Jimmy Ernst, Peggy Guggenheim, John Ferren, Marcel Duchamp, Piet
Mondrian.

하인

    나는 대구에서 「무방비 도시」(2008)라는 단편을 썼다. 제목은 로베르토 로셀리니의 영화에서 따온 것으로 나는 네오리얼리즘 영화의 가능성에, 네오리얼리즘이 성행할 때의 가능성이 아니라 대구에 내려가 소설을 쓰겠다고 결심한 내가 네오리얼리즘을 통해 소설을 혁신할 수 있다는 가능성에(정확히는 망상에) 사로잡혀 있었다. 로베르토 로셀리니는 이렇게 말했다. 사물들이 저기 있는데 왜 그것들을 조작하는가. 네오리얼리즘은 우연성, 즉흥성, 홉사 카메라를 들고 민중 속으로 뛰어든 지가 베르토프처럼, 그러나 다큐가 아닌 극영화를, 저기 있는 사물과 사실이 저절로 이념과 운명을 드러내주리라는 믿음, 환상은 사실 속에 깃들어 있다는 믿음, 그러니까 지금은 상반되어 보이는 펠리니가 네오리얼리즘으로 영화 경력을 시작했다는 사실이 사실은 상반된 게 아님을 알 수 있었고 나 역시 「무방비 도시」에서 도시에 깃든 욕망과 조르주 바타유의 에로티시즘과 사적인 연애 경험과 한 장의 사진에 대한 묘사를 통한 파편적이고 우연적인 서술을 시도함으로써 사실 이상의 사실이 드러나길 원했지만 그 소설을 본 유일한 지인인 김정영은 너의 생활을 알 만하다는 냉소적인 평을 남겨 나를 낙담시켰다. 김정영은 「이팔」(2006~)이라는 단편소설을 10년째 쓰고 있는 프리랜서 기자로 최근 삶의 새로운 전기를 마련하기 위해 춘천으로 거처를 옮겼는데 자신의 집 뒤를 둘러싸고 있는 야트막한 산에서 쑥을 캐고 밤을 주으며 시간을 보낸다고 말하며 춘천에 있으니 확실히 생활비가 덜 든다, 돈이 모이면 마가렛 호웰에서 원피스를 사겠다고 했다. 지난해 겨울 그녀를 만났을 때 그녀는 직구로 구입한 DKNY 패딩을 입고 있었는데 나는 DKNY를 한물간 브랜드로 생각했지만 말하지 않았고, 문득 4년 전 잠깐 일했던 대형 마트 홍보팀에서 사수였던 이시은이 DKNY 재킷을 즐겨 입었던 기억이 떠올랐다. 그녀는 영국의 원자력 발전소에서 근무하는 남편을 둔 소설 마니아로 당시 나의 소설인 「창백한 말」(2011)을 점심시간에 읽고 난 뒤 어떻게 이런 묘사를 할 수 있냐, 정말 러시아에 갔다 온 것 같다고 말했고, 내가 맞다, 나는 러시아에 갔다 왔다, 바실리 성당이랑 붉은 광장도 봤다고 말하자 나를 한심하게 바라본 기억이 났다. 김정영에게도 「창백한 말」을 보여줬지만 그녀가 뭐라고 말했는지는 기억나지 않는다. 다만 내가 스물다섯 살에 처음 쓴 단편소설, 내용도 거의 기억나지 않는 믿을 수 없는 수준의 졸작, 그러나 당시에는 「토니오 크뢰거」의 분단 문학 버전이라고 생각했던 단편을 보고 다른 건 모르겠으나 소설 속에 나온 주인공의 악몽, 펜에서 흐른 잉크가 꿈으로 변하는 환상을 묘사한 부분, 천장의 무늬가 대서양의 밑바닥에 스며든 햇살과 북극을 떠도는 빙하의 틈을 넘나드는 환상에 빠진 주인공을 그린 부분에 대해서는 대작가의 싹이 보인다는 터무니없는 평을 해줬는데, 나는 지금도 그 사실에 깊은 고마움을 느끼는 것 같다. 잠깐 영원히 완성되지 않을 것만 같은 그녀의 소설 「이팔」에 대해 이야기하자면 「이팔」은 광진구에 사는 남자가 어느 날 갑자기 작아지는 내용으로 사람이 작아지는 부류의 이야기는 흔해서 그런 모티프 따위는 중요하지 않으며 중요한 것은 주인공인 이팔이 언덕길을 내려오며 부르는 일종의 사랑 노래로 이팔은 자신이 작아지고 있다는 사실에 절망하지만 우연히 사랑에 빠지게 되어(사랑은 늘 우연인가 아닌가!) 자신의 축소를 잠시 망각하고 늦여름 야경을 타고 내려오는 바람에 도취되어 언덕을 깡총깡총 뛰어내려오며 김치와 퇴직금에 대한 노래를 부른다. 김정영은 이팔의 노래를 연을 갈며 서술하는데 나는 그 노래가 가진 리듬과 가사의 사랑스러움, 단어의 생경함에 반해 한동안 「이팔」은 출간되어야 한다, 신춘문예라도 내라, 뽑아줄 리 없지만 「이팔」은 『난쏘공』 이후 최고의 걸작이다 등 말 같지도 않은 소리를 하며 펌프질을 했고, 김정영 역시 조만간 완성시키고 말겠다는 결심을 표했지만 연인과의 잦은 이별, 가족 간의 불화, 은행 계좌의 잔고 부족 등으로 인한 무기력증에 휩싸이며 수년이 흘러 지금에 이르고 말았다. 그러나 소설을 왜 써야 하는가. 소설을 왜 완성해야 하는가. 나는 그녀에게 「이팔」을 완성해야 한다고 종용했지만 수많은 걸작이 결국 미완성인 채로 남지 않았는가, 뒤샹은 10년 동안 「큰 유리」를 만들었지만 미완성으로 버려두었고, 「주어진 것」은 아무도 모르는 곳에 숨어서 20년 동안 만들지 않았나. 그는 뉴욕 이스트 11번가 건물 403호를 빌려서 작업했는데, 그곳은 약에 절은 회계사의 망해가는 사무실 같은 곳으로 문에는 어떤 이름이나 표시도 붙어 있지 않았고, 그를 아는 사람도 보러 오는 사람도 없었다. 그는 그곳에서 오로지 자기 자신의 복잡성 속에서, 자기 자신의 난해함 속에서 자신과 자신이 만든 세계와 게임을 벌이며 에탕 도네, 마리아, 오 삶을 다시 시작한다는 것, 체스, 자위, 서정시, 레이몽 루셀, 기계, 비명횡사, 바람둥이, 키슬러와의 절교, 장 피에르 브리세 등을 떠올리며 작업했고, 그 결과물이 「주어진 것」이었다. 나는 김정영이 뒤샹이라고 생각지 않지만 게다가 그녀의 미술 취향은 카라바조나 브뤼헐로 뒤샹 같은 인간은 얄팍한 사기꾼이라고 생각할 게 틀림없지만 어쩌면 그녀의 골방에서 「이팔」이 가장 좁은 단위의 미로가 되어 탄생할지도 모르겠다. 멀리서 보면 단지 빛나는 결정이지만 볼수록 우리를 길 잃게 만드는 출구 없는 미로, 작아지지만 사라지지 않는 작품. 뒤샹은 이렇게 말했다. 만약 톱이 톱을 자른다면, 그리고 만약 톱을 자르는 톱이 톱을 자르는 톱이라면.

*

만약 우리의 삶이 우리에게 속하지 않았다면 우리가 우리의 삶과 우리의 삶이 아닌 것을 더 이상 구분하지 못한다면

사제

　이모션북스에서 나온 레이몽 루셀의 『로쿠스 솔루스』(2014)
는 그 내용과 번역의 괴이함 때문에 읽는 것이 불가능에 가까
운 책이다. 레이몽 루셀의 책을 번역한다는 불가능에 도전한
것은 고맙고, 결국 번역해서 나왔으니 불가능은 아닌 셈이지
만 결과물을 보면 불가능은 불가능이구나 같은 생각이 떠오르
기도 하지만, 그래도 옮긴이의 해설에서 알게 된 레이몽 루셀
의 아둔하고 열정적인 삶, 첫 소설을 쓰고 난 뒤에 자신의 펜에
서 빛이 뿜어져 나와 그 빛을 누가 볼까 두려워 허겁지겁 커튼
을 쳤으며, 글이 안 써질 때는 방바닥을 데굴데굴 구르기도 했
다는 삶이 너무 좋아서 온갖 비문으로 점철된 책임에도 꾸역꾸
역 읽고 있는데, 아무리 읽어도 내용이 기억에 남지 않았지만
바로 며칠 전에 읽은 부분, 4장의 등장인물인 시인 제라르 로
웨리가 로쿠스 솔루스의 주인 칸트렐이 만든 신비의 영약 레저
렉티느와 비탈리윰을 맞고 죽음에서 부활해 삶에서 가장 인상
깊은 지점을 반복하는 일종의 좀비 ― 자동기계인형이 되어 젊
은 시절 아들 플로랑과 함께 아스프로몬테 산맥으로 떠난 여행
에서 산적 그로코에게 납치당해 캠프에 갇히지만 간수 피앙카
스텔리와 그의 연인 마르타를 매수해 아들을 탈출시키고 본인
은 루이 트로장의 『저승사전』 앞뒤 간지에 60시간에 걸쳐 물로
서정시를 쓰고 그 위에 금화를 갈아 만든 금가루를 뿌려 일명

황금의 시를 완성한 기억을 끝없이 반복하는 부분이 너무 재미나서 포기하지 않고 읽길 잘했어. 읽다 보면 이런 일도 생기는 거야라고 생각했으나 사실 『로쿠스 솔루스』, 그리고 레이몽 루셀의 기이한 작업 전반이 추앙받는 이유는 내가 재미를 느낀 부분이 아니라 내가 알아먹지 못한 부분, 도저히 이해 불가능한 기계장치와 프랑스어 언어유희에 있다는 생각에 이르자 다시 침울해지고 말았다. 이는 평론가 정과리도 마찬가지였는지 그의 블로그 '비평쟁이 괴리'(괴리가 과리의 오타인지 언어유희인지 알 길이 없다)를 보면 그가 마드리드 여행 중에 소피아 미술관에 들러 우연히 레이몽 루셀 특별전을 마주하게 되는 이야기가 나온다. 전시에는 레이몽 루셀의 영향을 받은 수다한 작가들, 뒤샹, 피카비아, 달리, 애쉬베리, 코르타사르, 푸코 등의 작품이 있어 정과리는 오래전 레이몽 루셀에게 도전했다 실패한 기억을 떠올리며, 귀국하면 그의 대표작 중 하나인 『아프리카의 인상Impressions d'Afrique』(1910)에 다시 도전해봐야겠다고 투지를 불태우며 집에 도착하자마자 『아프리카의 인상』을 펼쳐 들었지만 역시 진도를 빼지 못하겠다고 투덜대며 블로그 일기의 마지막을 『아프리카의 인상』의 발문을 쓴 티펜 사무아요Tiphaine Samoyault가 자신의 제자인 주현진 박사의 친구라고, 티펜 사무아요의 글이 참 좋은데 주 박사가 친구를 잘 뒀구먼이라는 투로 마무리한다. 『아프리카의 인상』은 스위스 출신 큐레이터인 하랄트 제만Harald Szeemann의 전시 「총각 기계Bachelor machine」(1975)에도 영향을 미쳤는데,「총각 기계」
는 제만의 공상적인 미술관인 '강박관념의 미술관Museum of
obsessions'(1973)에서 개최된 전시로 강박관념의 미술관은 건
물도 없고 직원도 없이 베른, 베네치아, 뒤셀도르프, 말뫼, 암
스테르담 같은 유럽의 도시를 떠돌며 기존의 미술관에 빙의하
듯 들려 진행되었으며, 여기서 제만은 뒤샹같이 먹어주는 미술
가의 작품뿐 아니라 하인리히 안톤 뮐러Heinrich Anton Müller
같은 아르 브뤼art brut 출신 작가처럼 단순하고 원초적인 강박
관념에 목을 맨 작가들의 작품도 함께 전시하여 예술가의 개
인화 과정이라는 태도로서의 신화를 창조하려고 했다. 하인리
히 안톤 뮐러는 포도밭을 재배하다 미쳐버린 농부이자 발명가
로 스위스의 소도시 뮌징겐Münsingen의 정신병원에 입원한 뒤
인간의 배설물로 움직이는 기계의 발명에 몰두했는데, 이는 이
를 기계를 자연의 법칙에 결속시켜 영원한 순환의 고리를 창조
하는 방법이라고 생각했기 때문이었지만 배설물의 악취가 너
무 심해 정신병원의 정신병자들조차 견딜 수 없었고, 병원 측
은 하인리히에게 기계 발명보다는 그림을 그리길 권유해 안 그
래도 기계를 만들었다 하면 곧장 부수기 일쑤였던 하인리히는
기다렸다는 듯이 망상적이고 소스라치게 매혹적인 그림을 그
리며 남은 생을 살았다. 하랄트 제만은 한스 울리히 오브리스
트와의 인터뷰에서 자신의 아카이브에는 아르 브뤼에 대한 것
뿐 아니라 무용, 영화, 타치노 지역에 대한 것 등 방대한 자료

가 있다며 자신은 자신의 자료 사이를 맹인처럼 눈을 감고 돌아다니며 손에 닿는 것을 무작위로 끄집어내는 것을 사랑하지만 이제는 아카이브가 너무 가득 차 그 사이를 걸어 다닐 수 없는 게 아쉽다고 했다. 그는 그럼에도 나는 아직 비전을 갖고 있다는 사실이 자랑스럽습니다,라며 환갑이 지난 지금도 스스로 못질을 한다고 이것은 매우 흥분되는 일이고, 특히 나는 한 번도 부자였던 적이 없고 앞으로도 부자가 될 수 없다는 사실이 너무 신납니다,라는 말로 인터뷰를 마무리한다. 한편 미국의 루셀주의자Rousselian인 윌리엄 클라크William Clark는 레이몽 루셀을 위대하게 만든 것은 그의 작품이 아니라 그의 망상일지도 모른다며 레이몽 루셀은 귀족의 자식으로 태어났지만 전 재산을 자신의 망상에 탕진해 초현실주의자들의 환호를 받았다고 했다. 윌리엄 클라크는 레이몽 루셀의 병적이며 강박적인 언어들은 용도를 알 수 없거나 용도가 없는 복잡한 수중 기계와 비현실적이거나 현실에 존재하지 않는 동물의 형태를 지루하게 묘사하는 데 낭비됐으며, 끊임없이 이어지는 동음이의어는 억지스럽고 부자연스럽기만 해 그의 소설에서는 어떤 감동이나 기쁨, 슬픔 등을 느낄 수 없고 헛웃음이나 졸음만 쏟아질 뿐이라고, 이런 소설을 쓰고도 자신이 빅토르 위고나 쥘 베른이 될 수 있을 거라 착각했다는 게 기가 막힌데, 게다가 루셀은 거금을 들여 자신의 작품을 출판하고 연극을 제작하기까지 했으니 돈 낭비도 이런 돈 낭비가 없다고 했지만 그것이야말로 모든 몽상가가 위대해질 수 있는 지름길이죠,라고 말하며 루셀은 뒤샹의 작품에 나오는 구혼자-기계celibataires-machine로 이 기계는 자기 자신의 비전에 의해 조종당하고 있으며, 그 비전이 루셀을 자살로 몰아넣었지만 그의 주변에 들끓던 초현실주의자들과 다다이스트, 루셀주의자들은 삶을 기계처럼 부자연스럽고 맹목적으로 만든 비전의 우울하고 괴상한 측면에 빠져버린 것 아닐까, 결국 우리를 움직이는 것은 병이 아닐까 하는 생각이 든다고 말했다.

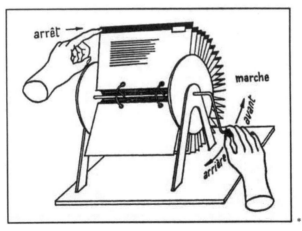

**

In un articolo intitolato 『La machine à imprimer Roussel』, uscito nel 1964 sul numero speciale (33~34) della rivista Bizarre dedicato a Roussel, il patafisico argentino Juan Esteban Fassio ha riprodotto una macchina per la lettura di Nouvelles Impressions d'Afrique da lui costruita.

치안 요원

만.약.에.우.리.가.비.가.와.도.젖.지.않.고.눈.이.와.도.춥.
지.않.고.돈.도.떨.어.지.지.않.고.안.먹.어.도.배.고.프.지.않.
고.넘.어.져.도.다.치.지.않.는.다.면.얼.마.나.좋.을.까.요.***

커피 감식가

어제 새벽 이상민의 전화를 받았다. 이상민은 동교동에 있
는 이재경의 집에 머물며 서울시에서 하는 광복 70주년 행사
를 돕는 중이라고 했다. 그는 조만간 이재경과 한번 보자고, 일
이 바쁘지만 시간을 낼 수 있을 것 같다고 말했다. 이재경은 홍
콩 부호를 닮은 얼굴의 건축학도로 지금은 대우 인터내셔널에
서 상사맨으로 일하며 매년 5~6천의 돈을 벌어들이고 있는
친구인데 한때 나와 같이 살기도 했고(이상민도 같이 살았던 그
집에는 다섯 명의 남자와 한 명의 여자가 살았는데, 한 명의 여자
는 다섯 명 중 한 명의 여자 친구였다), 내게 라면 한 박스를 선
물하기도 했으며, 니가 등단하면 업고 홍대 놀이터를 한 바퀴
돌겠다는 소리를 했던 친구지만 나는 등단했을 때 딱히 재경에
게 연락하지 않았다. 재경을 가장 최근에 본 건 반년 전으로 그
는 남아프리카공화국으로 파견 나갈지도 모르겠다며 그럼 케

이프타운에 와서 글이나 쓰라고 했다. 케이프타운은 세계에서 가장 위험한 도시 중 하나로 대부분의 사람이 총을 들고 다니며 수틀리면 총질을 하고 도적질을 하는 곳인데, 남아프리카공화국은 이를 해결할 능력도 의지도 없지만 자신은 이미 애틀랜타의 현대건설 지점에서 일할 당시 살던 아파트 입구에서 자그마한 흑인에 의해 강도질을 당한 경험이 있었고, 그때 자신의 등에 권총으로 생각할 만한 차가운 금속 물체가 닿았다며 총이 몸에 닿는 것을 상상해보았는지 자신은 오직 한 가지만 생각했다고 혹시 이 멍청한 새끼가 실수로 방아쇠를 당기면 어떡하나, 나를 죽일 생각이 없는데도 총을 다루는 게 서툴러 총알이 발사되면 어떡하나, 얘가 나를 죽이려 한다면 어차피 나는 죽는 거지만 죽일 생각도 없는데 오발 사고가 나서 죽으면 어떡하나, 총은 생각이 없고 총은 의지가 없고 총은 실수와 의지를 동일하게 받아들이는 기계니까 이 새끼가 내 지갑을 받아 들다가 아이코 이러면서 방아쇠를 당기면 어떡하나 하는 걱정 때문에 오금이 저렸다고, 지금도 그 생각만 하면 아찔하다고, 그러니까 너도 케이프타운에 올 거면 각오하라고, 너는 의도적으로 죽을 수도 있지만 실수로 죽을 수도 있다고, 꽃가루처럼 날아든 총알에 비명횡사할 수도 있으니 조심하라고 말했다. 나는 재경에게 비명횡사 따위는 전혀 두렵지 않고 케이프타운에 가고 싶다고 답했지만 어쩌면 한 번도 그런 상황에 처해보지 않았기 때문에 나온 말일 수도 있다는 생각을 했다. 내가 케이프타운에 대해 아는 거라곤 영화 「만델라」(2013)와 「디스트릭트 나인」(2009)의 혼합물이 다였고, 그것은 정치적이며 SF적인 혼란, 그러니까 우리가 삶에서 가장 흔히 느끼는 종류의 혼란이었는데 나는 그런 혼란에 별 관심이 없었고, 내가 가고 싶은 나라는 어디인가, 내가 가고 싶은 도시는 어디인가, 나는 정확히 도시에만 관심이 있는데 내가 생각하는 도시란 무엇인가 생각했고, 얼마 전 알게 된 작가 강동주의 개인전 제목이 부도심이었다는 생각이 떠올랐다. 강동주는 그의 동료 이혜진 덕분에 알게 된 화가로 사실 안다고 말하기엔 전혀 모른다 쪽에 가까우며 그의 동료인 이혜진 역시 안다고 말하기엔 전혀 모른다고 하는 편에 가깝지만 우리는 함께 뭔가를 하기로 해서 나는 최근에 내가 본 야하의 하이쿠와 루소의 『고백록』 중 일부를 그들에게 소개했는데, 그들은 거기에 흥미를 표해 우리는 그냥 뭔가를 해도 되겠다, 모르는 사람들도 뭔가를 할 수 있구나, 뭔가를 하기 위해 꼭 뭔가를 알아야 하는 것은 아니다라는 생각을 했고, 결국 뭔가를 알긴 알아야 하는구나라는 생각을 하게 됐지만 그럼에도 우리는 무엇을 알고 무엇을 몰라도 되는가, 우리가 알아야 하는 것의 가장 적절한 수위는 무엇인가라는 생각을 했는데, 이는 얼마 전에 본 영화 「안더스, 몰루시아Differently, Molussia」(2011)의 주요한 모티프를 이루는 것으로 「안더스, 몰루시아」의 감독 니콜라 레Nicolas Rey는 영화의 원작인 귄터 안더스Günther Anders의 소설 『몰루시아의 카타콤*The Molussian Catacomb*』(1932)을 읽지 않고 영화를 만들었다고 했다. 『몰루시아의 카타콤』은 독일어로 쓰였고, 프랑스인인 니콜라 레는 독일어를 모르니 번역된 적이 없는 이 소설을 니콜라 레가 읽지 못한 것은 당연한 일이지만 읽지 못한 소설을 원작으로 영화를 만드는 일은 당연한 일이 아닐지도 모른다. 『몰루시아의 카타콤』은 가상의 파시즘 국가 몰루시아의 감옥에 수감된 죄수들의 파편적인 기억과 일화로 구성된 소설로 귄터 안더스는 아내인 한나 아렌트와 히틀러를 피해 프랑스로 달아나 책을 출간했는데, 그때 이미 게슈타포의 마수가 유럽 곳곳으로 뻗쳐 있어 귄터 안더스는 『몰루시아의 카타콤』을 랩으로 포장한 후 인도네시아의 환상적인 섬 몰루시아 여행! 책자로 속여서 팔 수밖에 없었다. 그러나 이 속임수가 너무 그럴듯한 나머지 게슈타포뿐 아니라 귄터 안더스와 문학에 관심 많은 독자들마저 『몰루시아의 카타콤』을 허접한 여행 책자로 착각했고, 책은 검열을 피했지만 판매도 완벽하게 피한 채 역사의 저편으로 사라졌다. 귄터 안더스는 2차 대전이 시작되기 직전 다시 미국으로 도망치며 소설의 나머지 부분을 집필해 기존에 출판한 분량의 세 배를 더 썼으나 전쟁은 생각보다 오래 지속됐고 그 어떤 상상보다 끔찍하게 전개되어 히틀러가 죽고 난 뒤에 귄터 안더스의 일부도 함께 죽어버려 귄터 안더스는 더 이상 소설 따위는 쓰지 않고 믿지 않는 비관론자가 되었다. 그는 이후 현대 미디어에 대한 비난, 특히 TV를 맹렬히 비난하는 절망적인 철학자로서의 작업을 수행하며 남은 삶을 살았고, 자신의 작품 『몰루시아의 카타콤』 따위는 완전히 잊어버려 『몰루시아의 카타콤』은 귄터 안더스가 죽은 1992년에야 다시 출간될 수 있었는데, 니콜라 레는 2001년에 친구인 유타와 캐럴의 소개로 『몰루시아의 카타콤』에 대해서 알게 되었다고 자신의 제작노트에서 말하며 읽지 않은 책을 사랑하는 것이 가능하냐는 의문이 있을 수 있지만 그것은 믿음의 문제다, 우리가 무언가를 읽었기 때문에 사랑한다면 그것은 사랑하지 않는 것입니다, 라고 말했다. 「안더스, 몰루시아」는 여덟 개의 단편과 한 개의 간주로 구성된 16밀리미터 필름영화로 니콜라 레는 자신의 전작 「슈스!Schuss!」(2005)의 독일어 자막을 만든 지인 페터 호프만Peter Hoffman을 데려와 마음에 드는 부분을 골라 읽으라고 하고 그 모습을 촬영했으며, 자신은 동료인 나탈리와 카메라를 들고 거리로 나가 이곳이 몰루시아다, 몰루시아는 여기에 있다라고 스스로에게 최면을 걸며 냇가와 바다, 강과 교외의 주택, 지붕과 도로를 찍었다고 『센스 오브 시네마Senses of Cinema』의 대런 휴스Darren Hughes와 한 인터뷰에서 말했다. 이렇게 만들어진 아홉 개의 16밀리미터 필름은 상영 때마다 무작위로 틀어야 합니다, 이 영상들에는 순서가 없고 위계가 없습니다, 그것은 도시의 특징입니다, 그것이 몰루시아의 삶입니다, 정확히는 몰루시아의 감옥에서의 삶입니다, 몰루시아의 감옥에서 구성한 감옥 밖에서의 삶입니다, 「안더스, 몰루시아」

의 상영 방법은 36만 2,880개입니다라고 말하며 지금은 모든 사람이 모든 영화를 디지털로 볼 생각만 하고 있는데 이것은 역겨운 전체주의와 다를 바 없습니다, 제 영화를 그렇게 틀겠다고요? 천만에요! 저는 레지스탕스입니다, 당신이 보고 싶은 게 있다면 당신은 그것을 지켜야합니다라는 말로 인터뷰를 마무리 짓는다.

역장

톰 매카시의 소설 『찌꺼기*Remainder*』(2010)의 주인공은 삶의 어느 순간을 완벽하게 재현하려는 망상에 빠진 인물로 소설의 결말에서 하이재킹을 시도한다. 공항에선 당장 귀환하라는 교신이 오고 기장은 그 명령에 따르지만 주인공은 다시 기수를 틀라고 명령한다. 비행기는 공항과 목적지 사이를 8자를 그리며 맴돈다. 기장은 주인공에게 묻는다. 이제 어떻게 합니까. 주인공이 말한다. 뭘? 우리 말입니다, 비행기요.

장의사

뒤샹은 1912년 봄에 레이몽 루셀의 연극 「아프리카의 인상」

을 봤다. 「아프리카의 인상」은 루셀의 소설 『아프리카의 인상』을 각색한 연극으로 루셀은 에드몽 로스탕의 조언을 받아 제작했다. 당시 에드몽 로스탕은 연극에 동물을 출연시키는 취미를 가지고 있었는데, 그것은 일종의 서커스이자 동물원을 연상시켰고 프랑스뿐 아니라 영국, 미국 등에서도 화제를 모았다. 그는 동물을 단순히 출연시키는 게 아니라 동물과 함께 놀며 동물과 사랑을 나누고(섹스 또는 오럴섹스), 동물과 대결을 했으며(다리 절단 또는 목을 물린 조련사), 동물과 대화를 나눴다(최초의 애니멀 커뮤니케이터 사라 베르나르). 그의 대표작 「샹트클레르Chantecler」(1910)는 동물을 주인공으로 한 우화극으로 농장 마당에서 사육되는 수탉과 암탉, 꿩, 지빠귀, 양치기 개 등이 등장하는데, 에드몽 로스탕은 처음에는 분장한 배우들을 등장시켜 인기를 끌었지만 다섯번째 공연부터 실제 닭·개·새·꿩을 무대에 올렸으며, 동물들의 연기로 한 시간 넘게 공연을 지속했다. 관객들은 욕을 하고 물건을 집어 던지는 등 난리가 났지만 에드몽 로스탕은 샹트클레르 역할을 맡은 수탉이 방금 명연을 펼치는 걸 못 봤냐고 사라 베르나르가 동물들의 답답한 심경을 번역해줄 것이라고 우기며 무지한 동물 혐오자들과 맞섰다. 그는 「샹트클레르」의 스캔들 이후 과거의 인기를 유지하지 못하고 몰락하게 되는데 순진한 레이몽 루셀 역시 에드몽 로스탕의 꾐에 넘어가 「아프리카의 인상」의 공연에 동물을 올리는 바람에 함께 망조의 길로 들어서게 된다. 에드몽 로스탕은 왜 연극에 동물을 등장시켰는가, 그건 스캔들을 일으키고 싶은 욕심이 아니었는가라는 질문에 당신은 애견인이 아니군요, 저는 동물이 가진 권능과 그들의 육체와 언어를 신뢰하는 단계에 이르렀습니다, 다만 그것이 한때라는 사실을, 공중부양처럼 그러한 경험은 공유될 수 없고 나눌 수 없다는 사실을 몰랐을 뿐입니다라고 말했다고 레이몽 루셀은 말하며, 그 말의 뜻을 깨달았을 때 나는 이미 빈털터리가 된 채 팔레르모의 '종려나무 호텔Grand Hôtel et des Palmes'에서 자살을 준비하고 있었다, 나는 평생 엄청나게 싸돌아다녔지만 소설에는 그 어떤 여행의 경험도 쓰지 않았다,고 자서전 『나는 어떻게 이런 종류의 책을 썼는가Comment j'ai écrit certains de mes livres』(1935)에 썼다. 미셸 레리스는 『루셀과의 동행Raymond Roussel et compagnie』(1998)이라는 책에서 루셀은 어딜 가나 자신이 미리 염두에 둔 것만 봤다고, 그건 자기 자신을 본 것이거나 스스로의 환상을 본 것이라고 말했다. 미셸의 아버지인 유진은 루셀 가문의 회계사였는데 루셀이 종려나무 호텔에서 바르비투르산염을 마시고 죽게 된 것은 필연적인 결과였고, 루셀 가문 사람들은 대부분 정상이 아니며 다양한 종류의 약을 복용하고 있었다고 말하며 아들에게 미친 자들을 너무 가까이 하지 말라고 했으나 미셸은 바타유나 앙드레 마송과 어울리며 결국 자기 자신을 보거나 스스로의 환상을 보는 작가가 되고 말았다. 레이몽 루셀은 자서전에 자신에게 남은 건 죽음 이후 부활할 거라는 희망뿐이다라고 썼다. 나는 그가 레저렉티느를 맞고 죽음에서 돌아오면 인생의 어떤 시점을 반복할 것인지 생각했다. 백 년이 지난 지금도 위고나 쥘 베른처럼 되지 못했다는 사실에 절망할 것인가, 망상은 죽음 이후에도 계속되는가, 그렇다면 죽음을 넘을 수 있는 유일한 방법은 병에 걸리는 것이 아닌가. 플로베르는 1847년 편지에 자신은 잠을 자거나 담배를 피우듯 나 혼자만을 위한 글을 씁니다라고 썼다. 우리는 묘지 위를 걷습니다. 나는 한 사람의 인간-펜입니다. 나는 바위입니다.

＊ http://www.warholstars.org/abstractexpressionism/timeline/abstractexpressionism42.html

＊＊ http://www.paoloalbani.it/Rousselrelazione.html

＊＊＊ 김범, 「무제(뉴스)」(5/7), 2002, 싱글채널 DVD, 나무테이블, 107＊122＊8

여행자들의

지침서

톰 매카시Tom McCarthy가 옥스퍼드를 그만두지 않았다면, 그가 옥스퍼드를 그만두고 베를린에 가지 않았다면, 베를린에서 스트립 댄서를 하지 않았다면, 암스테르담에서 몸을 팔며 바텐더를 하지 않았다면 어떻게 되었을까.

그러나 그런 일은 일어나지 않았다. 만약은 세상에서 가장 무의미한 말이다. 만약에 당신에게 만약에라고 말하는 사람이 있다면 그 사람의 말은 믿지 마라. 만약이란 욕망을 비추는 거울이다.

*

톰 매카시는 암스테르담에서 몸을 팔다 사이먼 크리칠리

Simon Critchley를 만났다. 사이먼은 대머리에 턱수염을 기른 대학원생으로 철학을 전공했으며, 죽음과 남자, WWE에 관심이 많았고 손톱에는 늘 때가 끼어 있었지만 구두는 비싼 것만 신었다. 톰과 사이먼은 처음 만난 날 이후 더 이상 섹스를 하지 않았다. 둘 다 서로의 취향이 아니었다. 사실 톰은 게이도 아니었다.

*

사이먼은 톰에게 소설을 써보는 게 어떠냐고 제안했다. 톰이 그에게 고민 상담을 했기 때문이다. 톰은 당시 자신의 상태를 정확히 설명하지 못했지만 어쨌든 열심히 이야기했다. 그는 자신의 내부에 기이한 열정이 있어 아무것도 참지 못하거나 또는 참지 못하는 것을 참지 못한다고 했다. 사이먼은 알아듣지 못했다. 톰이 다시 말했다. 그러니까 저는 어떤 일을 꾸준히 하는 것을 원하지 않는데 사실 꾸준히 하지 않는 것도 원하지 않습니다.

*

톰의 그런 성향은 인간관계에도 영향을 미쳤다. 그는 어떤 연인과도 두 달 이상 관계를 유지하지 못했고, 관계를 유지 못한다는 사실을 참지 못했다. 반면 어떤 상황에서도 발기는 오래갔다(사이먼이 직접 확인했다).

중요한 문제는 톰의 욕망이었다. 톰은 자신이 무엇을 욕망하는지 몰랐다. 그러나 중요한 건 무엇을 욕망하느냐가 아니었다. 욕망은 대상의 문제가 아니다. 문제는 대상이 아니라 너야. 사이먼이 말했다. 톰, 그러니까 너의 상태는 이렇게 요약돼. 너는 a를 하고 싶은 것도 아니지만 하고 싶지 않은 것도 아니야. 바꿔 말하면 너는 하고 싶지 않은 것도 아니지만 하고 싶지 않지 않은 것도 아니란 말이야. 너는 일종의 유빙floating iceberg이야. 깨어진 커다란 얼음 조각, 부서진 파편이자 찌꺼기, 녹아내리는 떠돌이 빙산. 욕망은 해류고 바다고 다른 빙산이며 심해이고 북극곰이며 오로라야.

사이먼의 말에 톰은 뭔가 찌릿한 것을 느꼈다. 사이먼은 소설을 쓰는 것(또는 아무런 글이나)만이 톰이 할 수 있는 유일한 일이라는 결론을 내렸다. 왜? 톰이 물었다. 써보면 알게 돼. 사이먼이 말했다.

*

사이먼은 당시 니스Nice에서 박사과정을 밟고 있었다. 논문 주제는 레비나스와 데리다 사이에 드러난 죽음과 동성애의 역학 관계로 그가 교수가 되고 난 뒤 좀더 쉽게 다듬어진 형태로 출간됐다. 제목은 '레비나스는 데리다와 잤는가The Eros of

Deconstruction: Derrida and Levinas'로 프랑스에서 먼저 출간되었으며 후에 미국에 번역됐는데, 학계가 사이먼에게 등을 돌린 계기 중 하나가 되었다. 사이먼은 톰에게 그걸 노린 거였다고 주장했지만 마음속으로는 섭섭하기 이를 데 없었다. 학계에선 연구의 핵심을 놓치고 있었다. 톰은 걸작의 최우선 조건은 아무런 관심도 받지 않는 거라네, 친구,라며 사이먼을 위로했지만 전혀 위로가 되지 않았다.

시간이 지나 그 위로가 되지 않는 위로는 톰에게 고스란히 돌아왔다. 톰이 자신의 첫 소설 『찌꺼기』를 출간했기 때문이다. 사이먼이 톰에게 소설을 쓰라고 권한 뒤 5년 만의 일이며, 사이먼의 책이 나온 지 1년 만의 일이었다.

톰은 런던의 바비컨 센터Barbican centre에서 소설을 썼으며 탈고하는 날 템스 강변을 거닐며 형용하기 힘든 기분에 휩싸였다. 때는 가을이었는데 어깨에 떨어진 낙엽을 털어내는 중년 남자가 지나갔고, 계절에 맞지 않게 짧은 치마를 입은 적갈색 머리의 미국 여자(분명 미국 여자였다)가 톰에게 미소를 건넸다. 톰은 태어나서 처음으로 뭔가를 완수했으며 어쩌면 이 소설이 대단한 결과를 불러올지도 모른다고, 유수의 언론과 잡지에서 격찬을 받게 될지도 모르며 적갈색 머리의 미국 여자와 기이하고 낭만적인 페티시 섹스를 하게 될지도 모른다는 상상을 했다.

톰의 기대와 다르게 『찌꺼기』는 영국의 거의 모든 출판사에서 출간을 거절당했다. 톰은 자존심을 버리고 옥스퍼드대학 출판부Oxford University Press에까지 원고를 보냈는데 거기선 답신도 없었다. 좌절한 톰을 구해준 건 이번에도 사이먼이었다. 사이먼은 파리에서 소규모 출판사를 하고 있는 친구에게 톰의 원고를 건네주었다. 메트로놈프레스Metronome Press라는 이름의 출판사로 주로 예술 잡지를 출간했는데 종종 실험적이고 형편없는 소설이나 시도 내곤 했다. 얼마 후 알퐁소Alphonso라는 이름의 나이 지긋한 편집자가 톰을 만나러 영국으로 왔다. 톰은 알퐁소를 데리고 자주 가던 이스트 런던의 카페로 갔다. 알퐁소는 외눈박이로 왼쪽 눈에 안대를 끼고 있었다. 톰은 어쩌다 그리됐냐고 물었다. 알퐁소는 카푸치노를 시키며 선천적으로 한쪽 눈이 안 보인다고 했다. 태어남의 문제였지요. 대신 그는 남들이 못 보는 것을 본다고 말했다. 톰은 혹시 알퐁소가 유령이라도 보는 것은 아닐까 기대감에 가득 차 뭘 보냐고 물었다. 알퐁소는 거들먹거리는 미소와 함께 당신의 작품 같은 숨겨진 걸작을 보지요,라고 대답했다. 톰은 알퐁소에게 자신이 들은 대답 중 가장 실망스러운 대답이라고 대답했다.

1. 펀처 A ^{Puncher A}

톰이 사이먼의 충고를 받아들여 소설을 쓰기 시작한 때로 돌아가자. 톰은 암스테르담 생활을 정리하고 런던으로 돌아왔지만 머물 곳이 없었다. 집으로 들어가는 건 용납할 수 없었다. 아버지의 끔찍한 코크니 사투리Cockney dialect를 다시 듣느니 목을 매는 게 나았다. 톰은 일부러 웨일스 사투리Welsh accent를 썼는데 덜떨어져 보이는 덴 제격이었다. 사이먼은 그게 무슨 미친 짓이냐고 핀잔을 줬지만 그러거나 말거나 톰은 늘 웨일스 사투리를 구사했다. 술에 취했을 때는 자신도 모르게 코크니 사투리가 나왔다.

처음 몇 달은 켄싱턴 가든Kensington Gardens에서 노숙을 했다. 그 이후엔 우연히 만난 트랜스 젠더들과 함께 페컴Peckham 지역의 공립 주택을 점거하고 살았다. 골 때리는 시간이었다. 같은 방에 살던 세라 월트먼Sara Waltman은 모로코 태생의 트랜스 젠더로 빽빽한 수염이 가득한 턱을 들이밀며 키스를 해댔다. 입을 맞출 때마다 볼이 시뻘겋게 달아올랐다. 먹고사는 데 문제는 없었지만 글을 쓸 환경은 아니었다. TV고 뭐고 아무것도 없었고 책 한 권 제대로 읽을 수 없었다. 톰은 결국 옥스퍼드 동창인 제임스에게 전화를 걸었고, 제임스는 바비컨 센터에 입주해 있던 친구, 펀처 A를 소개시켜줬다.

펀처 A? 이름이 뭐 그래?

톰이 말했다.

펀처 A. 보통은 A 펀처라고 해.

그게 무슨 차이야?

몰라. 다들 그렇게 불러.

펀처 A는 골드스미스Goldsmiths, University of London 출신의 주목받는 화가였다. 바비컨 센터에 입주한 지는 6개월가량 됐는데 룸메이트를 구한다고 했다. 돈은 필요 없었다. 어차피 공짜로 입주해 있는 상태였기 때문이다. 그는 단지 외로움을 견디기 힘들어서 룸메이트를 구한다고 했다.

게이인가?

아니. 반대야. 여자라면 환장을 하지.

펀처 A의 집은 하수구 같았다. 톰은 평생 그렇게 냄새나는 집은 본 적이 없었다. 펀처 A는 아무 데나 침을 뱉고 오줌을 눴다. 톰은 바로 청소를 시작했고, 집을 깨끗이 하는 데 한 달이 걸렸다.

펀처 A는 짧은 곱슬머리에 작달막한 키, 뺨에 난 긴 칼자국이 인상적인 청년으로 평소에는 잘 웃고 잘 울고 잘 먹었지만 해만 지면 사람이 돌변해 켄타우로스라도 되는 양 거리로 나가 시비를 걸고 다녔다. 동네 사람들은 펀처 A를 악마의 자식이라며 슬금슬금 피했다. 그럴 만한 것이 밤만 되면 시뻘겋게 피 칠갑을 한 펀처 A가 거리를 어슬렁거렸기 때문이다. 꼬리가 달려 있어도 이상할 것 없는 형상이었다. 주머니엔 늘 스미스웨슨 38구경을 넣고 다녔는데, 본인 말에 따르면 한 번도 쏜 적은 없다고 한다.

펀처 A의 그림은 근육질의 남성과 성기를 연상케 하는 조형

물이 덕지덕지 붙은 자기과시적이고 글램 록적이며 계시적이고 신화적인, 일종의 산업폐기물로 톰이 봤을 땐 폐기가 시급했다. 톰은 펀처 A가 왜 주목받는 신진 작가 됐는지 알 수 없었다. 마이클 크레이그 마틴Michael Craig Martin을 패기라도 한 걸까.

그건 내가 외롭기 때문이야.

펀처 A가 말했다.

뭐라고?

외로움은 그림을 강하게 만들지. 스트롱.

톰은 뭐라 할 말이 없어, 아무튼 개성은 있다고 말했다.

개성 따위 엿이나 먹으라구.

펀처 A가 대답했다.

톰이 펀처 A의 집에 들어간 그해, 영국은 시끌벅적했다. 오아시스와 라디오헤드의 앨범이 빅히트를 쳤고, 해리 포터의 첫 책이 나왔으며, 찰스 사치Charles Saatchi의 「센세이션Sensation」 전은 대성황을 이루었다. 토니 블레어는 문화부장관 크리스 스미스를 앞세워 엄청난 돈을 문화예술계에 퍼부었다. 안타깝게도 펀처 A는 「센세이션」전에 포함되지 못했는데, 펀처 A는 그게 찰스 사치가 자신을 무서워하기 때문이라고 했다. 어쨌건 톰에겐 그 모든 난리 법석이 먼 일처럼 느껴졌다. 톰은 바비컨 센터의 칙칙한 회랑을 유령처럼 떠돌며 글을 쓰기 시작했다.

그가 글을 쓸 때 처음 떠올린 사람은 펀처 A였다.

펀처 A는 소위 YBA니 하는 골드스미스 동창들을 개똥으로 생각했는데, 사실 뒷구멍으로는 그들의 정보를 수집하고 있었다. 주목받는 신인 작가였던 그가 전시에 참가하지 못한 건 다른 이유가 아니었다. 그에겐 제대로 된 작품이 없었다. 쌈박질이 끝나면 그림을 그린다고 만날 밤을 샜지만 완성은 못했다. 스튜디오에 드러누워 갱 영화나 그래픽 노블을 지칠 때까지 보며 자기혐오를 껌처럼 질겅질겅 씹어댔기 때문이다.

톰이 뭐 하냐고, 그림 안 그리냐고 물으면 펀처 A는 이마 위로 흐르는 핏물을 닦으며 모르겠다고 대답했다. 자신이 정말 작가로 성공하고 싶은지, 그림을 그리고 싶은지 정말 잘 모르겠다고 했다. 그러고는 잠이 들었고, 밤이 되면 손에 투명 글러브라도 낀 것처럼 벌떡 일어나 거리streetring로 입장했다.

톰의 소설은 피투성이가 된 A가 정신을 차리는 장면에서 시작한다. A가 정신을 차린 곳은 페컴 지역의 어느 뒷골목으로 부러진 이와 쥐똥, 구겨진 명함이 그의 곁에 나뒹굴고 있었다. A는 기억을 더듬었지만 자신이 왜 그곳에 누워 있는지 알 수 없었다. 명함에는 『하운드 앤드 피시*hound and fish*』 에디터 조지프 코진스키Joseph Kosinski라고 쓰여 있었다. 처음 보는 이름이었고 처음 보는 잡지였다. 『하운드 앤드 피시』라. 무슨 일이 있었던 걸까. A는 고민한다. A는 생각한다. 그러나 A는 자신의 이름조차 기억할 수 없고, 기억나는 거라곤 오직 자신의 아버지가 삼류 영화배우였다는 사실, 어머니는 약물 과다 복용으로 생을 마쳤다는 사실뿐이다.

톰이 여기까지 소설을 쓰는 데 석 달이 걸렸다. 마음에 들지 않았다. 머리를 짜내 만들어낸 설정이었지만 쓰고 보니 얼기설기한 기억을 꿰매고 조잡한 지식을 덕지덕지 기워 만든 헛소리에 불과했다. 물론 아주 재미없는 건 아니었다. 사이먼은 그런대로 읽어줄 만하다고 했다. 그렇지만 더 이상 이야기를 풀어나갈 용기가 나지 않았다. 뭐가 문제인 걸까. 톰은 바비컨 센터 구석에 앉아 생각했다. 하얀색 원형 테이블이 희뿌옇게 빛을 발했다. 피투성이가 되어 쓰러진 A는 마음에 들었다. 주인공은 처음부터 다시 시작해야 돼. 톰은 생각했다. 왜냐하면 이전까지의 삶에서는 건져낼 수 없는 무언가를 건져내야 하기 때문이다. 그게 뭘까. 톰은 벌떡 일어나 머리를 쥐어뜯었다. 방금 전의 질문은 틀려먹었어. 그건 단지 질문을 위한 질문, 생각을 가장하기 위한 질문일 뿐이야. 자신이 머리를 쥐어뜯는 모습도 영화나 소설에서 본 모습의 인위적인 흉내에 불과하다는 생각이 들었다. 모든 게 어색했고 가짜 같았다. 다시 시작하고 싶었지만 어디서부터 어떻게 해야 할지 알 수 없었다. 이게 다 펀처 A 때문이야. 그를 모델로 삼은 게 결정적인 실수라는 생각이 들었다.

2. INS(International Necronautical Society)

1999년 12월 14일자 『타임스*The Times*』 1면에 INS라는 단체의 선언문이 실렸다. INS는 인터내셔널 네크로노티컬 소사이어티의 약자로 국제죽음항해단체 정도로 번역할 수 있다. 선언문의 내용은 다음과 같다.

1. 우리는 죽음을 원하거나 원하지 않는다.

2. 죽음은 우리 곁에 있다. 사물에 사람에 바람에 에스프레소에 신문에 아스팔트에 클리토리스에.

3. 죽음 없이는 어떠한 아름다움도 없다.

4. 아름다움은 없다.

5. 그리고

6. 우리의 목표는 죽음을 실어 나르는 것이다.

죽음은 전쟁, 기아, 질병, 소행성 충돌과 같은 공포 속에서 인류를 구원할 것이다.

Cras Ingens Iterabimus Aequor

INS의 선언문은 즉각적인 호응과 공포, 의문, 멸시, 비웃음, 환호를 이끌어냈다. 런던 경찰은 INS의 선언을 잠재적인 테러 위협으로 간주하고 블랙리스트에 INS를 추가했으며, 단체의 정체와 구성원, 소재 파악에 들어갔다. 예술계는 선언문을 보는 즉시, 이것이 일종의 패러디, 초현실주의나 미래주의자의 선언문을 20세기 말에 반복했다는 사실을 눈치챘으며, 이것이 신자유주의 체재 아래 순응적으로 변해가는 예술계에 가하는 일종의 훅이 될 거란 기대에 찼다. 『옵저버』의 제임스 퍼든James Purdon과 『아트 먼슬리*Art Monthly*』의 마르쿠스 베어하겐Marcus Verhagen은 INS와 INS가 패러디한 20세기 초 선언들을 분석한 특집 기사를 썼다. 일군의 작가 및 화가들은 INS의 선언문을 못 본 척하거나 실제로 못 봤으며 봤다 한들 단순한 해프닝, 무가치하고 어리석으며 치기 어린 아마추어들의 잔치로 취급했다. 어쨌거나 INS의 존재에 대한 이야기는 구구하게 퍼져나갔고, 이는 선언문 발표 이후 이어진 INS의 활동에 대한 관심을 증폭시키는 계기가 됐다.

INS는 선언문 발표 이후 BBC 라디오 망을 해킹해 해적 광고를 내보냈으며(News from Death), 터너상Turner Prize을 패러디한 터닙상Turnip Prize을 서머싯Somerset 지방의 촌구석 웨드모어Wedmore의 조지 호텔George Hotel에서 개최했다. 터닙상 후보에는 가장 노력이 적게 든, 완벽하게 무성의하고 무의

미한 작품들이 선정되었으며, 첫 해에는 배관공 제프 콘돔Jeff Condom의 『구미 베어의 혼란Confusion of Gummy Bear』에 수상의 영광이 돌아갔다. INS는 상황주의 이후 가장 거센 파급력을 가진 예술/정치 운동으로 거론되었으며, 수많은 혐오자와 추종자를 양산했다.

여기까지가 사이먼 크리칠리가 톰 매카시에게 설명한 INS의 큰 그림이었는데, 톰 매카시는 사이먼의 망상에 어디까지 호응해야 할지 갈피를 잡을 수 없었다. 물론 INS는 사이먼 혼자 시작한 것이 아니었다. INS는 톰과 사이먼의 대화 중에 나온 것으로 죽음과 문학, 테러리즘을 결합한 진지하고 유머러스한 미래주의의 공포 버전에 대한 톰 매카시의 꿈과 사이먼의 목표가 결합된 것이었다. 그러나 대화 이후 톰은 소설을 쓰느라 INS의 존재에 대해 잊고 있었고, 사이먼은 정교수 자격을 따느라 여차저차한 것을 생각할 틈이 없었다. 그랬던 사이먼이 INS를 다시 떠올린 건 1999년의 어느 여름날이었다.

런던만큼 공중화장실 안내서가 발달한 곳도 없다. 서점에 가면 약 스무 종의 공중화장실에 관한 책을 찾을 수 있는데, 이들 모두 오직 런던의 공중화장실에 대한 내용을 담고 있다. 그중 하나인 폴 그루스키Paul Grusky의 1923년 작 『누구의 편의를 위한 것인가?For whom it is beneficial?』는 공중화장실 안내서 계의 고전으로 꼽힌다. 사이먼 역시 그 책을 가지고 있었으며 십대 후반부터 책이 닳도록 반복해서 읽곤 했다. 사실『누구의 편의를 위한 것인가?』는 공중화장실 안내서가 아니라 게이 섹스 헌팅 가이드북이었다. 공중화장실에 대한 내용이 상세히 나와 있긴 하지만 눈 밝은 게이라면 누구나 알 수 있듯, 폴 그루스키는 섹스하기에 적합한가, 적합하지 않은가의 기준으로 화장실을 평가하며, 섹스와 헌팅에 유용한 요소를 지속적으로 언급한다. 놀라운 사실은 백 년 전이나 지금이나 런던의 공중화장실은 거의 같은 곳에 있으며, 그곳에선 여전히 온갖 종류의 게이들이 침을 흘리고 있다는 사실이다.

사이먼은『누구의 편의를 위한 것인가?』의 영향을 받은 철학책을 구상 중이었다. 섹스와 배변, 죽음이 얽힌 일종의 메타철학서였는데, 책에는 화장실에서 죽었거나 화장실에서 섹스를 나누는 것을 즐긴 철학자의 목록이 전화번호부처럼 실려 있었다. 홀본Holborn의 공중화장실에 들른 그날도 그는 책에 대한 생각으로 가득 차 있었다. 물론 헌팅에 대한 생각도 그 못지않았지만 말이다.

홀본의 공중화장실은 빅토리아 왕조 시절부터 있던 것으로, 이제는 더 이상 화장실로서의 기능을 하지 못했다. 런던에는 이런 폐기 처분 직전의 화장실이 수도 없이 많았는데, 어떤 것은 역사적 이유로, 어떤 것은 미학적인 이유로 철거를 하지 않고 두었지만, 홀본의 화장실은 그중 어디에도 속하지 않았다. 사이먼이 추측하기에 시 당국의 담당자가 게이라서 철거를 미루고 있는 것 같았다.

안개가 짙은 밤이었고, 낮에 뿌린 비가 거리에 여전히 고여 있었다. 사이먼은 구두가 젖지 않게 주의하며 화장실 벽에 기대 주위를 둘러봤다. 아무도 없었다. 그는 담배를 피워 물고 안으로 들어갔다. 껌벅껌벅하는 형광등이 때에 찌든 타일을 음침하게 비췄다. 벽에 간 금 사이로 빗물이 스며 나왔다. 심장이 두근대고 귓가에 테크노 음악이 울렸다. 성기에 자연스레 피가 쏠렸다. 사이먼은 지저분한 거울 속의 자신을 바라보았다. 수도꼭지에서 석회물이 똑, 똑 떨어졌다.

그때 끼익하는 소리가 들렸다. 거울 속에서 어떤 물체가 움직였다. 거울이 너무 지저분해 정확히 보이지 않았는데 굉장히 큰 키의 사내 같았다. 사이먼은 고개를 돌리려 했지만 꿈쩍도 할 수 없었다. 사내는 서서히 사이먼의 뒤로 다가왔다. 사내는 중절모와 프록코트 차림에 손에는 지팡이를 들고 있었다. 순간 소름이 쫙 돋았다. 빅토리아 왕조 시대의 유령이 분명해. 사이먼은 입을 벌렸지만 비명은 나오지 않았다. 유령은 사이먼의 뒤로 바짝 붙어 섰다. 얼굴을 보려했지만, 유령의 키가 너무 커 거울에는 목까지만 비쳤다. 유령은 손을 뻗어 사이먼의 허리를 붙잡았다. 문득 사이먼의 머릿속에 이 유령이 게이라는 생각이 떠올랐다. 확신에 가까운 직감이었다. 아니나 다를까, 유령은 손을 뻗어 사이먼의 바지를 끄르고 이어 자신의 바지를 끌렀다. 형광등이 짧은 간격을 두고 깜박였다. 절정에 오른 게이 유령은 지팡이로 화장실 천장을 쿵쿵 찔렀다. 믿을 수 없군. 사이먼은 세면대에 상체를 기댄 채 생각했다. 믿을 수 없이 좋군.

뭐랄까, 그건 죽음의 맛이었어. 사이먼이 말했다. 톰은 물끄러미 사이먼을 바라보았다. 이 자식이 드디어 미쳤군. 하지만 그 말을 입 밖으로 내진 않았다. 사이먼은 INS에 대한 구상을 지체할 수 없다고 했다. 이건 일종의 계시야.

빅토리아 왕조의 게이 유령 이야기는 사이먼과 톰, 둘만의 비밀로 남겨두기로 했다. 그들은 선언문을 작성하고 단원을 모으고 홈페이지를 만들고 『타임스』에 광고를 냈다. BBC를 해킹했으며 터너상 전시장과 베니스 비엔날레에서 퍼포먼스를 펼쳤고 『Brief of INS』라는 책을 냈다. 호응은 미미했다. 사람들은 죽음에 무관심했고 아름다움에도 무관심했다. 바야흐로 때는 21세기였고, 런던은 명실상부 세계 제1의 금융도시가 되었다. 사이먼의 부모님은 본인이 죽기 전엔 죽음은 생각도 말라고 사이먼을 준엄히 꾸짖었다. 진보적이신 분들이었는데도 말이다. 사이먼은 이 죽음은 삶을 가능케 하는 죽음이라고 항변했으나 부모와의 싸움에선 이길 수 없었다.

톰은 펀처 A에 관한 소설을 집어치우고 죽음에 관한 소설을 쓰기 시작했다. 정확히 말하면 죽음 충동이라고 할 만한 어떤 충동에 관한 것인데, 소설 속 주인공은 반복적인 행위에 집착한다. 이를테면 섹스와 폭력, 면도, 금식, 급정거, 악수 따위 말이다. 톰은 바비컨 센터의 전용 자리에 앉아 뭔가에 홀린 듯 글을 쓰고 지우고 책을 읽고 글을 썼다. 얼마 지나지 않아 꽤 두툼한 분량의 소설이 나왔는데, 내용은 하나도 연결되지 않았고 1차원적인 수준의 마조히즘과 사디즘의 나열, 바타유의 어설픈 모작 같은 졸작이 나왔다. 이러한 평가는 사이먼이 내린 거였다. 형편없군. 너도 유령을 만나는 게 좋겠어. 유령은 아직도 섹스를 반복하고 있을 테니까 말이야.

톰은 울화통이 터졌지만 사이먼의 말이 틀린 건 아니었다. 톰은 펀처 A에게 공중화장실의 게이 유령에 대해 말했다. 홀본에 가봐야겠어. 펀처 A는 스튜디오 바닥에 드러누워 톰의 이야기를 들었다. 혹시 모르니 이걸 가져가. 그의 주머니에서 스미스웨슨 38구경이 나왔다. 톰이 화들짝 놀라 되물었다. 그건 왜? 그 자식이 유령이 아니면 쏴버리라구.

3. 알퐁소

알퐁소가 첫 소설을 썼을 때 그는 열여덟 살이었다. 1954년이었으며, 파리는 아직 전쟁 후유증에서 완전히 벗어나지 못한 상태였고, 문학판은 여전히 나치 부역자와 레지스탕스들, 전 세대의 거장이 뒤섞인 진흙탕이었다. 알퐁소는 모리스 르블랑과 조르주 심농을 읽었고 보리스 비앙과 포크너, 장 주네와 바타유를 읽었으며 무엇보다 사드를 읽었다. 알퐁소가 그 어린 나이에 어찌 그런 작가들을 섭렵하게 됐는지는 묻지 말자. 글을 읽게 되면, 무엇보다 먼저 모험소설을 읽고 추리소설을 읽고 연애소설을 읽으며 아방가르드에 빠졌다가 결국엔 포르노소설을 읽거나 쓰게 되는 법이니까. 알퐁소 역시 그렇게 했다. 알퐁소의 외눈은 학창 시절 내내 주목을 받았고 놀림을 받았으며 그를 고립되게 만들고 치욕을 안겨줬는데, 뒤늦게 알게 된 사실이지만 어떤 종류의 치욕은 알퐁소에게 기쁨을 안겨줬다. 그는 그 사실을 부모에게도 친구에게도 연인에게도 비밀로 했지만 특정한 종류의 치욕을 찾아 일생 동안 떠돌게 되고 그것이 그의 삶을 규정하게 됐다.

알퐁소의 첫 소설 제목은 '황무지Dust'였다. 「황무지」는 알제리의 사막을 떠도는 노예와 상류층 부인의 사랑 이야기로 난해하고 형편없으며 음란했다. 당연히 소설은 유수의 출판사에서 출간을 거절당했고 알퐁소는 원고를 돌려받기 위해 출판사 대부분을 방문해야 했다. 규모가 작은 출판사의 한 편집자는 알퐁소에게 차를 대접하며 작품에 대한 충고와 알퐁소의 삶에 대해, 이제 겨우 성인이 된 알퐁소의 앞날에 대해 사려 깊은 충고를 해줬다. 그러니까 소설을 쓰지 말고 사회에 도움이 되는 일, 엔지니어나 군인이 되라고, 정 글을 쓰길 원한다면 시를 쓰라고, 이제는 시를 쓰는 사람이 많지 않으니 어쩌면 주목을 받을지도 모른다는 충고를 했다.

알퐁소는 크게 낙담했으나 포기하진 않았다. 서너 달 정도의 휴지기를 가진 뒤 두번째 소설을 쓰기 시작했으며, 첫 작품보다 능수능란하고 현학적이며 미묘한 소설이 나왔다고 자평했다. 때는 1955년이었고 그는 두번째 소설을 탈고한 뒤 기쁨에 취해 친구인 세실과 기로디, 니키 등과 함께 흥청망청 술을 마시고 밤을 샜으며, 아침에 서점을 찾아가 자신의 소설을 출간할 만한 출판사를 찾았다. 서점 주인은 며칠 전에 입고된 기이한 작품이 있다며 알퐁소에게 한 소설을 건넸는데, 그건 포르노 소설로 이름난 올랭피아 프레스Olympia Press의 책이었으며 제목은 '롤리타'였다.

*

톰과 알퐁소는 첫 만남 이후 두 번의 만남을 더 가졌다. 알퐁소가 파리로 돌아가고 한 달이 지난 뒤 톰이 파리를 방문했으며 톰은 그곳에서 알퐁소와 함께 메트로놈 프레스의 대표인 클레망틴Clémentine을 만났다. 클레망틴은 삼십대 중반의 여자로 큐레이터이자 미학자이며 작가였고 알퐁소와는 가끔 잠을 자거나 요리를 해먹고 출판에 대해, 과거의 책과 현재의 책, 유럽과 아프리카 주요 도시에서의 출판과 전시에 대해 의견을 나누는 사이라고 했다.

그들은 생세브랭 가Rue Saint-Séverin의 카페에서 대화를 나넜다. 알퐁소는 이번에도 카푸치노를 마셨고 톰은 소다수를, 클레망틴은 맥주를 마셨다. 그녀는 톰의 소설 『찌꺼기』를 메트로놈의 보급판 픽션 시리즈의 첫 권으로 내고 싶다고 했다.

이건 21세기판 '여행자들의 지침서traveller's companion'가 될 거예요.

클레망틴이 말했다.

'여행자들의 지침서'요? 톰이 반문했다.

네. '여행자들의 지침서'죠. 클레망틴이 미소를 지으며 답했다.

제 책은 여행이랑 상관없는데요.

'여행자들의 지침서'는 올랭피아 출판사의 보급판 시리즈 이름이었어요. 모리스 지로디아Maurice Girodias의 고육지책이었죠. 클레망틴이 설명했다.

아. 톰은 탄성을 지르며 고개를 끄덕였다. 그러나 실은 모리스 지로디아가 누구인지 알 수 없었고, '여행자들의 지침서'가 왜 고육지책인지 알 수 없었으며, 자신의 책이 왜 여행자들에게 지침서가 되는지 역시 알 수 없었다.

모리스 지로디아는 훌륭한 사람이었지요. 알퐁소가 톰의 생각을 읽은 듯 입을 열었다. 그는 손을 뻗어 클레망틴의 무릎에 얹었다. 클레망틴은 알퐁소의 손 위에 자신의 손을 얹었다. 둘의 모습은 연인이나 부녀 관계처럼 보였는데, 다시 말하면 그 사이에서 어쩔 줄 모르거나 어쩌길 원하지 않는 사이처럼 보였다. 제가 처음으로 낸 책이 '여행자들의 지침서' 열네번째 권이었습니다. 열세번째 권이 크리스토퍼 로그Christopher Logue의 책이었고, 열다섯번째가 존 글라스코John Glassco의 책이었지요. 알퐁소가 말했다.

아. 톰은 또 고개를 끄덕였지만 크리스토퍼 로그나 존 글라스코 역시 누군지 알 수 없었고 이제 알 수 없는 사람들 얘기는 그만했으면 싶었으며, 이들과 이야기할수록 자신이 여기서 책을 내려고 한 게 옳은 선택인지 사이먼은 무슨 심보로 이들을 소개해준 것인지 알 수 없었다. 내 소설을 엉망진창으로 만들게 틀림없어. 톰은 문득 불길한 예감이 들어 알퐁소와 클레망틴을 쳐다봤다. 둘은 여전히 손을 잡고 있었는데 그들이 21세기에 도래한 위대한 출판인인지, 부부 사기단인지, 그것도 아니면 그저 초라한 몽상가인지 알 수 없었다. 어쩌면 그 셋은 한 몸일지도 몰라. 톰은 생각했다.

알퐁소가 어떤 인물인지는 몰라도(알퐁소에 대한 평가는 그가 죽고 난 뒤로 미루자) 모리스 지로디아는 위대한 출판인이자 사기꾼이었으며 범법자이자 몽상가였고 위대한 춤꾼이었으며 지칠 줄 모르는 술꾼이었다.

모리스의 아버지 잭 카한Jack Kahane은 헨리 밀러의 『북회귀선』을 출판한 존경받는 출판인이었다. 모리스는 아버지의 유지를 이어받아 출판업에 뛰어들었고 나치 점령하의 파리에서 살아남았으며 올랭피아 출판사를 설립했다. 그러나 모리스의 진짜 적은 나치가 아니라 프랑스 정부였다. 전후 파리는 고리타분해서 출판물에 사사건건 간섭했다. 특히 올랭피아 출판사에 더 그랬는데, 검열관들은 출판사의 이름부터 자신들에게 시비를 건다고 생각했다. 그리고 그 생각은 사실 맞았다.

모리스 지로디아는 검열관을 약 올리고 교묘히 피해갔으며 끝없이 깐죽댔다. '여행자들의 지침서'는 일종의 위장, 보호색이었다. 점잖은 초록색 커버의 이 단순한 시리즈는 막상 펼치면 온갖 음란한 내용으로 가득했다. 당시 파리에는 영어를 쓰는 망명자 군단이 있었고, 그들은 『멀린*Merlin*』이라는 난해하기 짝이 없는, 그래서 아무도 보지 않고 봐도 이해할 수 없는 잡지를 내며 하루하루 굶주리고 있었다. 모리스는 이들에게 올랭피아에서 단행본으로 멀린 시리즈를 내자고 제안했고 그래서 나온 첫 책이 사뮈엘 베케트의 『와트*Watt*』였다.

망명자 군단은 올랭피아에서 책을 낸다는 사실에 신이 나서 자기들끼리 뭉쳐 공동으로 소설을 써내기 시작했다. 주축은 알렉산더 트로치Alexander Trocchi와 크리스토퍼 로그 등이었는데, 그들은 자신의 책에 DB, Dirty Books라는 이름을 붙이고 말 그대로 더럽기 짝이 없는 소설을 썼다. 모리스는 무척 만족스러웠고, 자신이 나서서 발문을 쓰고 홍보를 했다.

그때가 명실상부 모리스의 전성기였으며, 올랭피아의 짧고 빛나는 활황기였지요.

알퐁소가 말했다.

올랭피아에 대한 이야기는 여기까지만 하죠. 클레망틴이 말했다. 알퐁소가 고개를 끄덕였다. 그는 아직 자신에겐 무한한 이야기가 남아 있지만 여기서 멈추지 않으면 우리는 아마 열흘 밤을 지새며 장을 보고 요리를 해 먹어야 할지도 모릅니다,라고 했다. 톰이 고개를 저었다. 아니요, 충분히 무슨 이야기인지 알겠어요. 그러니까 올랭피아 출판사라는 곳에서 나보코프와 베케트의 작품을 냈다는 거군요.

긴즈버그와 J. P. 돈 레비와 장 주네와 아폴리네르와 사드의 책도 냈지요.

알퐁소가 덧붙였다.

아무튼 많은 책을 냈다는 거군요. 톰이 말했다.

그렇죠. 많은 책을 냈습니다.

아직도 나오나요?

아니요. 끝장난 지 오래지요.

알퐁소가 말했다.

이베이ebay에 가면 중고책을 구할 수 있어요.

클레망틴이 말했다. 알퐁소가 웃으며 고개를 끄덕였다.

이베이엔 모든 게 다 있지요.

*

알퐁소는 첫 소설을 출간하고 파리를 떠났다. 당시 모리스

지로디아는 부업으로 나이트클럽을 경영하고 있었다. 셰 보드카Chez Vodka라는 이름의 나이트클럽으로 13세기풍의 화려한 극장에 사드의 작품을 공연으로 올리는 해괴한 콘셉트의 클럽이었다.

파리를 떠야 해, 알퐁소.

모리스는 그렇게 말했다. 자신은 매일 밤 술을 마시고 춤을 추며 흥청망청 놀지만, 이건 아무것도 아니라고, 자신은 사실 밤만 되면 견딜 수 없는데 그건 어둠 속에서 파리의 검열관들이, 자신의 아버지인 잭 카한이, 마르키스 드 사드와 괴벨스가 쫓아오기 때문이라고 했다. 내 출판 경력은 끝장났어. 겨우 10년도 못 해먹었는데 말이야.

모리스는 보드카를 잔에 가득 채우며 말했다. 알퐁소는 모리스처럼 성공한 작자가 왜 이러는지 이해할 수 없었지만, 모리스의 술주정과 우울증은 연식이 꽤 오래된 거였고, 이해할 수 없지만 이해가 되지 않는 건 아니었다.

파리는 가망이 없어, 알퐁소.

알퐁소는 고개를 끄덕였다. 그러나 어디로 가야 할지, 어디로 가서 무엇을 할지, 파리를 뜬다고 해서 더 좋은 소설을 쓸 수 있을지 알 수 없었다. 알퐁소는 두렵고 불안했으며 흥분되기 시작했다.

이걸 받게.

모리스가 테이블 아래서 갈색 가죽 가방을 꺼냈다. 가방에는 지폐가 가득했다.

두번째 소설의 선인세라고 생각해.

모리스가 말했다. 알퐁소는 이렇게 큰돈은 받을 수 없다고 했다. 모리스는 고개를 흔들었다.

큰돈이 아니야, 알퐁소. 돈은 클 수 없네. 내가 돈을 벌며 유일하게 깨달은 사실이라네.

알퐁소는 갈색 가죽 가방을 들고 알제리로 갔다. 1961년이었고, 알제리의 독립 투쟁은 최고조에 달해 있었다. 모리스는 알퐁소가 떠나고 사드의 『규방 철학』을 과격하게 각색한 공연을 클럽에 올렸으며, 그로 인해 영업 정지를 당하고 파산한다. 그는 1962년 파리를 떠나 뉴욕으로 가지만 이후의 삶은 실패의 연속이었다.

알퐁소는 알제리가 독립하고 새 소설을 쓰기 시작했고, 아직까지 그 소설을 쓰고 있다고 말했다. 톰과 알퐁소는 파리에서의 만남 이후 석 달이 지나고 런던에서 다시 만났다. 잔잔히 비가 뿌리고 있었고, 회색 구름이 카페 테이블 위로 쏟아질 듯 낮게 깔려 있었다. 알퐁소는 톰의 소설 『찌꺼기』를 건네주었다. 『찌꺼기』의 표지는 '여행자들의 지침서'에서 거의 색만 바꿔 놓은 것처럼 보였다. 다음 주 배본 예정입니다.

알퐁소가 말했다.

톰은 표지가 마음에 들었다. 자신의 소설과 어울리지 않았기 때문이다. 사실 이런 표지는 어떤 소설과도 어울리지 않을 것이다. 마찬가지로 자신의 소설 역시 어떤 표지와도 어울리지 않을 것이다.

좋아요. 톰이 말했다.

제 책이 다음 권으로 나올 겁니다.

알퐁소가 말했다. 알퐁소는 웃고 있었고 처음 봤을 때보다 노쇠했으며 지쳐 보였다. 톰은 새 작품이 마음에 드냐고 물었다. 알퐁소는 미소를 머금은 채 잠시 뜸을 들였다. 런던의 궂은 날씨도 아랑곳하지 않는 편안한 표정이었다.

클레망틴이 말했지요. 선인세는 없다고.

만나는 장소는 변하지 않는다

우리는 오후 3시에 만났고 미술관에서 이탈리아 출신 미디어 아티스트의 작품을 보았다. 커피를 마시고 길을 걷다 버스를 타고 합정으로 와서 다른 친구들을 만났다. 해가 지기 시작했고, 우리는 술을 마시고 이야기를 나눴다. 다른 친구 몇몇이 더 왔고, 우리는 계속 술을 마셨다. 자정이 넘자 친구 두 명이 일어났고, 새벽 3시쯤에 몇 명이 더 나갔다. 우리는 카페로 자리를 옮겨 커피를 마시고 이야기를 나눴다. 두 사람이 주도적으로 말했고, 다른 사람들은 고개를 끄덕이거나 별 반응이 없었다.

　우리는 새벽 6시에 헤어졌다. 나는 길을 따라 걸었다. 밤을 샌 사람들이 버스 정류장이나 지하철역을 향해 걸어갔다. 아니면 다른 곳으로. 나는 집으로 걸어갔다. 날씨는 괜찮았다. 걷기에 피곤하거나 춥지 않았다. 나는 커피를 한 잔 더 마시고 싶었지만 마음에 드는 카페가 없었다. 마음에 드는 카페는 없다. 노동자가 다니는 카페가 필요해. 나는 생각했다. 노동자들이 아무렇지 않게 드나들 수 있는 간판이 없거나 매우 작은 카페가 필요해. 대학생들은 다니지 않는 카페. 특히 홍대생들은 드나들지 않는 카페. 나는 카페에 대해 상상했다. 동구권 영화나 1960~70년대가 배경인 영화의 카페. 유리창은 낡고 크며 테이블에는 키예프의 직공들이 짠 식탁보가 있고 자리마다 재떨이와 슈가파우더가 올려져 있는 카페. 나는 조금 더 걷다가 집으로 향했다. 해는 뜨고 출근하는 사람들이 하나둘 모습을 드러냈다. 바깥 대문이 열려 있었다. 안으로 들어가니 현관문도 열려 있었고, 어머니는 잠옷을 입고 식탁에 앉아 있었다. 현관에 못 보던 신발이 있었다. 낡고 투박한 갈색 구두와 두툼한 나이키 운동화. 내 방에서 두 명의 사내가 나왔다. 어머니, 이게 무슨 일이죠. 어머니는 경찰이 왔다고 이게 무슨 일이냐는 말은 자신이 할 말이라고 했다. 남자들은 당신이 정지돈입니까, 라고 물었다. 나는 그렇다고 대답했다. 그들은 이 책들은 뭔가요,라고 말하며 나를 방으로 끌고 갔다. 정확히 어떤 책 말씀이신가요. 그들은 책장에서 마구잡이로 책을 꺼내 바닥에 떨어뜨렸다. 어머니는 못 볼 걸 봤다는 듯 눈을 가렸다. 그래서 내가 책 좀 그만 읽으라고 몇 번이나 말했는데 말을 듣지 않았어요. 어머니는 내가 잡혀가는 게 당연하다는 듯 말했다.

나는 사내들을 따라 집 밖으로 나왔다. 어머니는 슬리퍼를 신고 쫓아 나왔다. 얼마나 걸릴까요. 형사들은 잘 모르겠다고 말했다. 빠르면 반나절이고 길면 일주일 정도 걸릴지도 모른다고 했다. 면밀히 검토해야 할 사항이 있는데 협조하기 나름이라고, 자신들에게 믿음을 주면 자신들도 믿음을 줄 거라고 모든 것은 내 행동에 달려 있다고 했다. 그들은 어머니에게 명함을 건넸다. 걱정되시면 이쪽으로 연락하세요. 어머니는 교육 좀 단단히 시켜달라고 부탁하며 내 머리를 쓰다듬으려고 했지만 나는 고개를 뒤로 젖혀 손을 피했다.

사내들은 나를 차에 태우고 복면을 씌웠다. 이들은 형사가 아니야. 나는 생각했다. 날 어디로 데려가는 거지. 나는 생각했지만 묻지 않았다. 두려웠고 몸이 으슬으슬했다. 바람이 변하고 있었다. 사내들은 차창을 올리지 않았다. 바람은 끊임없이 밀려들었고 그 사이로 담배 냄새가 났다. 나는 쌉쌀한 담배 연기를 맡으며 뒷좌석에 몸을 누였다. 사내 중 하나가 말했다. 지금 뭐하는 거야. 등이 좋지 않아요. 잠깐만 누워 있을게요. 나는 몸을 바로 하고 뒷좌석에 누웠다. 내버려둬. 다른 사내가 말했다. 그들은 라디오를 들었다. 라디오에선 알렉산드르 갈리치의 노래가 나왔다. 갈리치의 노래는 중얼거림 같았고, 바람에 섞인 기침 소리 같았다. 사내들은 뭐가 신이 나는지 갈리치의 노래를 목청껏 따라 불렀다. 나는 그들의 노래를 들

으며 잠이 들었다. 복면 때문에 숨 쉬기 곤란했지만 바람이 손
등을 간질였고, 차는 기분 좋게 덜컹거렸다. 꿈을 꾸었다. 나
는 어느 언덕의 주택가를 걷고 있었다. 주택 사이에 카타콤 형
태의 바가 보였다. 저녁 무렵이었고 통유리 너머 촛불을 듬성
듬성 켜놓은 실내가 보였다. 구석 테이블에 여자 두 명이 앉아
있었다. 질 좋은 감색 코트를 입은 바깥쪽 여자는 손에 든 가죽
장갑을 만지작거렸다. 돌로 된 벽. 테이블에 놓인 양초. 매콤
한 냄새가 감도는 실내. 나는 어디에 앉아야 할지 몰라 가만히
서 있었다. 밖에선 자전거를 탄 소년이 지나갔다. 아직 완전한
밤은 아니야. 직원이 다가와 나를 흔들었다. 나는 말했다. 위
스키를 보틀로 시키고 싶은데 돈이 없어요. 나는 올리브를 입
에 넣고 우걱우걱 씹었다. 직원이 다시 나를 흔들었다. 나는 잠
에서 깼다. 이 새끼 뭘 먹는 거야. 사내의 목소리가 들렸다. 사
내들은 나를 차에서 끌어내고 복면을 벗겼다. 어두워지기 시작
했다. 납빛 하늘에 검은 구름이 가득했다. 거대한 증기기관차
가 보였다. 사내들이 등을 떠밀었다. 나는 질척한 바닥을 밟으
며 걸어갔다. 사내들은 자신들이 엔카베데라고 했다. 콜호스
로 가는 건가요. 그래. 사내 중 하나가 담배를 꺼내 물며 말했
다. 기차는 끝이 보이지 않을 정도로 길었다. 허공으로 증기가
뿜어져 나왔다. 기관차의 철문이 열렸다. 올라타. 사내들이 나
를 밀어 올렸고, 어둠 속에서 포동포동한 팔뚝이 뻗어와 나를
붙잡았다. 나는 기차 타는 걸 싫어하지만 이런 기회가 아니면

언제 탈까 싶어 순순히 올라탔다. 사람들은 콜호스가 천국이라고 했다. 아무나 콜호스에 갈 수 있는 게 아니야. 거긴 선택받은 사람만 가는 곳이야. 선택 기준은 알려지지 않았다. 콜호스를 주관하는 기관은 이렇게 말했다. 모든 요소가 삶에 자연스럽게 묻어나야 합니다. 우리는 시험을 쳐서 사람을 뽑지 않습니다. 우리는 사람을 선발하지 않습니다. 삶의 일부가 당신을 선택하게 됩니다. 그것은 일종의 습관이며 버릇이고 매너일 수도 있습니다. 그러므로 콜호스는 삶의 외부에 있는 게 아닙니다. 콜호스에 선택되었다면 이미 당신의 삶이 콜호스입니다. 담배를 물고 있는 사내가 손을 흔들었다. 잘 가게. 얼마나 가야 합니까. 사내는 어깨를 으쓱했다. 나도 모르네. 그는 입고 있던 갈색 가죽 블루종을 벗어 내게 던졌다. 추울지도 모르니 입고 가게. 감사합니다. 고개 숙여 인사했지만 사내들은 이미 몸을 돌려 걸어가고 있었다. 엔카베데는 감사 인사 따위 받지 않아. 어둠 속에서 희고 통통한 얼굴의 소년이 나타났다. 그가 내 손을 잡아끌었다.

우리에겐 새로운 형태의 삶이 필요했다. 체제는 한계에 달했고 사람들은 지루함을 느꼈다. 그들은 여러 문제에 대해 이야기했다. 불평등, 궁핍, 부조리, 불안, 자원 고갈, 전쟁, 대기 오염, 불면증, 인종 차별, 권태, 반복, 불륜, 출산율 저하, 냉소주의, 패배주의, 회의주의, 자본주의, 사회주의, 공산주의, 공리주의, 파시스트, 테러, 지진, 기아, 가뭄, 금융 위기, 낙태, 전염병…… 그러나 아무것도 변하지 않는다. 모든 것은 그래 야만 하는 대로 진행되고 있고 삶도 계속되는 것 같아. 그런데 왜 그렇게 생각되는지 알아? 전차가 다니기 때문이지.

나를 자리로 이끈 뚱뚱한 소년의 이름은 상우라고 했다. 그는 나를 3등칸의 4인용 컴파트먼트에 앉혔다. 내 자리 주위는 비어 있었고, 다른 자리에도 사람이 거의 없었다. 나는 창밖을 바라보았다. 선로는 어둡고 평평한 대지 위로 구불구불 뻗어 있었고, 가끔 인가의 불빛이 드러나고 저물었다. 멀리 산등성이의 윤곽이 보였다. 산등성이 너머는 밝은 톤의 회색빛이 감돌았고, 나는 그곳이 도시일 거라고 생각했다. 기관차는 도시를 피해 달아날 것입니다. 울창한 숲으로 진격할 것입니다. 눈보라가 치면 경적을 울리고 인적이 드문 역에서 물을 공급받으며 터널을 통과할 것입니다. 드리워진 나무를 뚫고 해가 저무는 방향을 따라 달릴 것입니다. 나는 기관차의 소리를 들었고 이것이 지난 시절의 환상이라는 사실을 깨달았다. 기관차는 더이상 증기로 움직이지 않아. 사람들은 콜호스로 가고 싶어 한다. 콜호스는 박물관이며 유적지다. 수족관이 있는 동물원이고 문화재 보호구역이며 엑스포고 만국박람회며 우주정거장이다. 나는 뉴멕시코 주에 건설된 인류 최초의 민간 우주공항을 기억했다. 부호들은 모하비사막에서 출발해 달과 화성을 거쳐 지구로 돌아오곤 했다. 우주선에선 칵테일파티가 열렸다. 미국인들은 밴 헤일런 노래를 틀고 추억을 만끽하며 미래를 누렸다. 무중력 공간에선 몸치도 춤을 잘 췄다. 그들은 평등에 대해 생각했다. 아무도 우주의 시작과 끝을 모르는데 우리끼리 지지고 볶을 필요가 있을까. 우리는 평화를 원해. 상우는 내게 주의사항을 권고했다.

주의 사항

1. 의심하지 마시오.

2. 험담하지 마시오.

3. 변명하지 마시오.

4. 어려운 말을 쓰지 마시오.

주의 사항을 어기면 어떻게 되지. 나는 상우에게 물었다. 상우는 턱을 만지며 생각에 잠겼다. 지키기 전에 어길 생각부터 하다니 당신은 부정적인 사람이군요. 나는 염려가 많을 뿐이야. 상우는 자신은 안내 역할이라 다른 건 모르겠다고 했다. 커피 없어? 내가 물었다. 상우가 고개를 저었다. 당신은 관광 온게 아니에요. 상우가 떠나고 두 명의 사내가 맞은편에 앉았다. 루마니아에서 온 라자레스쿠 씨와 미국인 찰스 아이브스였다. 담배 피우세요? 찰스가 파이프 담배에 연초를 재우며 물었다. 아니오. 저는 담배도 안 피우고 술도 안 마십니다. 찰스는 자신을 음악가라고 소개했다. 옆에 있는 라자레스쿠 씨는 배우입니다. 얼마 전에 자신의 죽음에 관한 영화를 찍었지요. 라자레스쿠 씨는 두툼한 올리브색 담요를 덮고 창밖으로 시선을 돌렸다. 나는 소설가라고 했다. 안타깝게도 그들은 소설에 관심이 없었다. 그건 저도 마찬가지예요. 내가 말했다. 당신도 계집애입니까. 찰스가 물었다. 무슨 말씀이신지. 찰스는 현대음악이 망한 이유가 계집애들 때문이라고 했다. 그는 코네티컷 주 댄버리 출신으로 무엇이든 나긋나긋하고 축축 늘어지는 것이라면 진절머리를 쳤다. 예술은 계집애들을 위한 게 아니에요. 음악은 남성다워야 합니다. 찰스가 허공에 주먹질을 하며 말했다. 담뱃재가 흩날렸다. 지휘도 이렇게 해야 합니다. 음악을 작곡할 때 가장 중요한 건 책임감입니다. 음악은 인간의 감정과 역사, 가족과 지역공동체를 책임져야 합니다. 지금 작곡 중인 곡의 제목은 '보험설계사'입니다. 들어보시겠습니까. 그가 아이폰을 내밀었다. 나는 손을 저었다. 저는 음악을 좋아하지 않습니다. 찰스는 내 말을 듣고 웃었다. 사람들은 음악을 너무 좋아하지요. 남자답지 못한 태도입니다. 라자레스쿠 씨는 우리가 대화를 나누는 동안 한 번도 고개를 돌리지 않았다. 그는 사흘 내내 창에 들러붙어 밖만 바라봤다고 했다. 그는 무엇을 보나요. 자신의 죽음을 봅니다. 담배를 피울 때도 수프를 먹을 때도 잠을 자면서도 창밖을 봅니다. 그는 다음 영화를 구상 중이었다. 제목: 라자레스쿠 씨의 삶. 삶은 죽음 다음에 오는 것

이라고 했다. 들판을 보라. 선로는 터널 다음에 온다. 산속에
는 사스콰치들이 살고 있다. 짚이 깔린 썰매. 검은 구덩이. 축
축한 하늘 저편으로 새 떼가 날아갔다. 찰스는 말했다. 콜호스
는 남성미로 가득한 곳입니다. 콜호스에서 우리는 책임감을 배
웁니다. 콜호스는 배신하지 않습니다. 나는 눈을 감았다. 잠이
부족했다. 잠은 늘 부족하지. 눈꺼풀 위로 빛이 오가는 게 느껴
졌다. 어둠 속에서 붉은 소리가 들렸다. 아득히 먼 곳에서 나는
소리였다. 창밖으로 헤드라이트를 켠 차들이 지나갔다. 등대
의 전조등이 일정한 주기를 두고 맴돌았고, 빛과 어둠이 교차
했다. 눈을 떠요. 상우가 나를 깨웠다. 나는 밖을 보았다. 선로
주변으로 포탄들이 긴 호를 그리며 떨어지고 있었다. 어둠 속
에서 그림자가 일어나 기관차로 달려들었다. 카자흐 병사들.
그들은 총을 쏘아댔다. 탁, 탁 하는 소리와 함께 차창에 불꽃이
튀었다. 찰스와 라자레스쿠 씨는 이미 모습을 감춘 뒤였다. 어
떡하지? 내가 묻자 상우는 통통한 팔을 뻗어 내 옷을 잡아끌었
다. 들판을 울리는 포탄 소리가 들렸고 상우의 얼굴이 반달처
럼 번쩍였다. 지금 중요한 질문은 어떻게가 아니라 왜입니다.
그들은 왜 우리를 공격하는 걸까요. 기관차가 요란한 소리를
내며 증기를 내뿜었다. 선로 주변이 안개로 휩싸였다.

  열차는 전복되었다. 우리는 열차에서 내려 한참을 걸었다.
선로를 따라 불길이 치솟았고, 나는 그 모습을 언덕에서 내려

다보았다. 우리는 산을 넘어 도시로 가기로 했다. 도시에서 엔카베데를 찾아 콜호스로 간다는 게 상우의 목표였다. 그렇게까지 해서 콜호스로 가야 돼? 나는 집에 가고 싶었다. 집에 가서 따뜻한 커피와 크림빵을 먹고 싶었다. 전기장판이 깔린 침대에 누워 우주 괴물이 나오는 블록버스터 영화를 보고 싶었다. 그 영화는 사운드가 없는 영화다. 우주 괴물이 나오기 전까지 우주선은 불시착한 행성의 망망대해를 떠다닌다. 행성은 물로 가득하다. 파도도 없이 고요한 행성. 이 물은 모두 어디서 오는 걸까. 왜 마르지 않는 것일까. 하늘은 투명하게 빛난다. 우리는 회색 대기의 슬픔 속으로 걸어 들어간다.

우주 괴물은 영화의 끝에 모습을 드러낸다. 고독한 우주 괴물은 사람들에게 이해받기를 원하지만 사람들은 고독을 이해하지 못한다. 또는 이해하는 척한다. 우주 괴물은 말한다.

아리아가 포함된 오페라는　평범하다
아리아가 없는 오페라　는　지루하다

바그너　　　　　　는　너무 길다
돈　　　　　　　　은　너무 부족하다

메트로폴리탄 오페라　는　너무 더럽다
멜로드라마　　　　　는　너무 구닥다리다

270

사람들과 우주 괴물은 전투를 벌이고 행성은 피로 물든다. 전투가 끝나고 피바다 위에 홀로 웅크리고 있는 우주 괴물. 뚜껑이 열리고 사람이 나온다. 제목: 로봇 오페라. 상우는 영화를 좋아하지 않는다고 했다. 영화는 왜 자기가 원하는 만큼 자기를 봐야 한다고 주장하는 거죠. 저는 제가 원할 때 원하는 만큼 보고 싶어요. 상우가 풀을 지그시 밟으며 이야기했다. 상우의 등에서 땀이 흘렀고, 그는 처음 봤을 때만큼 뚱뚱하지 않았다.

우리는 7일 밤낮을 걸었다. 우리 몸에서 나는 열이 초지의 흙을 통해 지구의 중심부로 흘러들었고, 지구 반대편은 뜨겁게 달아올라 부에노스아이레스 해안가의 젊은이들은 팬티까지 벗은 채 배영을 즐겼다. 두번째 산을 넘자 눈이 내리기 시작했다. 여기를 경계로 보르쿠타에 들어온 거예요. 상우가 말했다. 보르쿠타에선 1년 내내 눈이 오거나 눈보라가 쳤다. 상우는 보르쿠타에선 죽음도 걱정 없다고 했다. 동면에 드는 거예요. 우주의 수명이 다해 보르쿠타의 기온이 올라가면 몸이 녹고 그때부터 내생이 시작돼요. 여길 봐요. 상우가 머리의 땜통을 보여줬다. 어릴 때 아버지에게 골프채로 맞은 상처예요. 저는 전생에 적국의 비행기를 격추시켰고 그 때문에 아버지의 아들로 태어났어요. 아버지는 제가 골프 선수가 되길 바랐어요. 늘 소고기를 먹였고 저는 살이 쪘어요. 무슨 말인지 알겠어요?

모든 건 인과의 법칙에 따른 거예요. 눈이 계속 내렸고 우리는 점점 깊은 물속으로 들어가듯 눈 속으로 걸어갔다. 발등까지 오던 눈이 복숭아뼈에 닿았고, 조금 더 지나자 종아리를 덮었다. 눈보라로 시계가 흐려져 도시도 산도 나무도 해도 보이지 않았고, 바람 소리 사이로 정체를 알 수 없는 기계음만 들렸다. 보르쿠타에서 콜호스는 지척이에요. 상우가 말했다. 나는 상우에게 콜호스에 가고 싶지 않다고 말했다. 콜호스는 이미 당신의 삶이에요. 콜호스에 가지 않으면 할 일이라도 있어요? 할 일은 없었다. 나는 모든 것이 잘못됐다고 생각하는 사람일 뿐이다. 모든 것이 잘못됐다는 생각이 그냥 드는 생각이라는 생각이 들지만 뭔가 단단히 잘못됐다는 생각에 사로잡혀 있거나 뭔가 단단히 잘못됐다는 생각에 사로잡혀 있다고 말하지 않고는 살 수 없다고 말했다. 책 때문이에요. 상우가 말했다. 우리는 어느새 눈에 포위당해 움직일 수 없는 지경이 되었고 나는 눈 위에 드러누웠다. 기계음이 점점 선명하게 들렸고, 잠시 후 붉은색 트랙터가 눈보라를 뚫고 나타났다. 트랙터에는 조지 스마일리와 그의 일본인 의붓딸 마오가 타고 있었다. 조지 스마일리는 잘 관리된 치아와 하얗게 세어버린 머리를 질끈 묶은 노인으로 전향한 스파이이자 보르쿠타 탄광의 십장이었다. 마오는 아기 때 그가 런던에서 업고 왔으며, 보르쿠타에서 자라 일본말은 못한다고 했다. 조지 스마일리는 마오의 이름을 마오 쩌둥에게서 따왔고 이는 화해와 통합의 의미라고 했다. 우리는 마오가 건네준 장대를 붙잡고 트랙터에 올라탔다. 나는 눈을 감았다. 눈 위로 눈이 내렸고 흰빛과 회색빛, 눈보라와 음성이 어둠 속을 오갔다. 우리의 목표는 모든 사람을 콜호스에 보내는 거예요. 콜호스를 생각하고 있지 않을 때가 바로 콜호스를 생각하고 있을 때다. 이게 우리의 모토예요. 눈 속에서도 상우의 선전방송은 계속됐다.

보르쿠타

블라디슬라프 수르코프는 자신이 건설한 도시를 바라봤다. 보르쿠타에서 3베르스타 떨어진 구릉 위에 그는 서 있었다. 그는 거울 보는 걸 좋아했고, 그래서 거울을 짊어지고 다녔다. 그는 나무에 거울을 세우고 매무새를 가다듬었다. 가죽 재킷에 검은색 셔츠를 입은 나는 조이 디비전과 구성주의자의 혼합이야. 내가 영웅이 되려고 한다면 나는 영웅이야. 수르코프는 세번째 소설을 집필 중이었다. 제목: 만나는 장소는 변하지 않는다. 보르쿠타에 관한 내용이 될 거야. 그의 첫번째 소설인 「거의 빵Almost Zero」은 페레스트로이카 직후의 러시아가 배경이었다. 두번째 소설인 「하늘 없이Without Sky」는 5차 대전 이후가 배경이었다. 5차 대전은 모든 것을 바꿨다. 그전까지는 어떤 전쟁을 치러도 진영이 있었다. 그러나 5차 대전에서는 세계가 세계의 적이었다. 우리는 우리를 상대로 싸웠고, 우리에게 우리는 없었다. 우리는 안에서부터 파열됐고 가끔 협력했지만 대부분 배신했다. 수르코프는 푸틴에게 내쳐졌지만 실망하지 않았다. 그는 해빙기 러시아 최고의 광고쟁이이자 '모던 아트의 충실한 종'이었으며 국제적인 스타였고 새로운 세계의 디자이너였다. 크렘린의 회색 추기경은 임시직이었을 뿐이다. 우리에겐 새로운 형태의 삶이 필요해. 수르코프는 생각했다. 저는 긴즈버그와 마릴린 먼로와 히틀러를 사랑하고 금융업에 종사하며 자본주의와 공산주의를 콜라보한 사람입니다. 사람들은 모순이 존재한다고 믿습니다. 조이 디비전의 음악 속에 투팍의 가사가 있을 수 없다고요. 그게 얼마나 인간의 사고를 제한해버렸는지! 수르코프는 눈이 쌓인 구릉을 전속력으로 달려 내려가며 생각했다. 얼마나 시원한 바람인지, 얼마나 완만한 언덕인지, 얼마나 부드러운 눈인지, 넘어져도 전혀 아프지 않아! 만나는 장소는 변하지 않는다. 우리가 어디를 가더라도 우리는 여기로 흘러오게 될 거야. 수르코프는 거울을 보며 말했다. 멀리서 트랙터 움직이는 소리가 들렸다. 스마일리가 도착한 모양이었다. 그는 또 무슨 꿍꿍이일까. 수르코프는 소리를 지르며 보르쿠타를 향해 계속 달려갔다.

메드베드킨은 늙었다. 너무 늙어 이를 닦을 필요가 없을 정도였다. 이가 없으니 이를 닦지 않아도 돼. 그럼 밥은 어떻게

먹지? 이가 없으면 잇몸으로! 아니야. 메드베드킨은 생각했다. 콜호스에선 아무도 먹을 걱정을 하지 않아. 아무도 잠자리 걱정을 하지 않고, 아무도 입을 옷을 걱정하지 않아. 아침엔 침대에서 용수철처럼 튀어 오르지. 나는 콜호스에 가야 돼. 메드베드킨은 본인의 이동 영화관을 쓰다듬었다. 그는 소비에트 시절 시베리아 횡단열차를 타고 공화국을 떠돌며 영화를 찍었다. 그의 영화 기차 a.k.a 필름트레인은 소비에트의 어둠을 밝히는 야외 상영관이자 광장이었다. 필름트레인에는 카메라와 현상소, 극장이 모두 마련되어 있었다. 필요한 건 배우와 이야기뿐이야. 배우와 이야기는 인민들 속에 있지. 툰드라와 스텝, 우랄 산맥과 네바 강 속에 있지. 메드베드킨이 영화 기차를 타고 소비에트의 대지를 떠도는 동안 스탈린은 대숙청을 시행했고 흐루쇼프는 케네디를 만났고, 솔제니친은 노벨문학상을 받았으며, 옐친은 술에 취했고, 푸틴은 우크라이나를 침공했다. 오랜 세월이었어. 그러나 이제 더 이상 기차는 다니지 않아. 아무도 필름영화를 보지 않지. 메드베드킨은 생각했고, 그의 영화 기차는 봉고차로 변신했다. 그는 예전 기기의 3분의 1 크기인 디지털 카메라와 프로젝터를 구비했고, 과거의 필름들은 러시아영화박물관의 나눔 클레이만에게 기증했다. 나눔 클레이만은 메드베드킨을 보고 눈물을 흘렸다. 당신은 마지막 볼셰비키군요! 아니네. 나는 이제 자본주의의 대지 속으로 갈걸세. 필름의 시대는 끝났어. 메드베드킨은 디지털 카메라로 새로운 인민의 삶을 찍으려고 했으나 젊은이들은 스케이트보드를 타고 달아났고, 메드베드킨은 너무 늙어 그들을 쫓을 수 없었다. 사람을 찍을 수 없다면 도시를 찍으면 되지 않나. 그러나 모스크바는 아무리 화면에 담아도 재생되지 않았다. 그는 죄를 짓고 있다고 생각했고 에이젠슈타인과 지가 베르토프에게 사죄했다. 러시아의 도시는 어디로 간 거지. 그는 이동영화관을 타고 콜호스를 향해 떠났다. 사람들은 모두 콜호스로 가니까. 콜호스는 가장 완벽한 도시농촌이라고 들었어. 농촌은 한 줌에 불과하지만 그래도 우리에겐 감자가 필요해. 그는 보르쿠타에 이르러 바퀴에 체인을 감았다. 너무 늙어 손이 떨렸지만 추위는 느껴지지 않았다. 감각이 마비된 지 오래였고, 추위도 더위도 바람의 움직임과 안개 낀 대지의 축축함도 느낄 수 없었다. 내가 아직 살아 있는 건 인민의 힘 때문이지. 만국의 프롤레타리아는 어떻게 지낼까. 그러나 메드베드킨을 보르쿠타 입구로 안내한 청년 논객 한한은 더 이상 프롤레타리아 같은 건 없어요, 정신 차려 이 노인네야,라고 말했다. 그럼 여기 다니는 사람들은 뭐지? 메드베드킨은 생각했지만 묻지 않았고, 묵묵히 이동 영화관을 몰고 나갔다. 오랜 세월 동안 그는 침묵을 지키는 법을 배웠고, 자동차를 시속 30킬로미터로 움직이는 법을 배웠다. 그의 옆으로 조지 스마일리의 트랙터가 지나갔다. 트랙터 위에는 동양인 처녀와 동양인 청년과 뚱뚱한 소년이 앉아 있었다. 메드베드킨은 생각했다. 이상한 조합이군. 새로운 인민, 새로운 가족, 새로운 영화. 하지만 나는 이해할 수 없어. 그런데 내가 뭔가를 이해한 적이 있었나. 내가 이해한 건 레닌과 버스터 키튼과 고골이었는데 그들은 모두 죽었어. 메드베드킨은 마호르카를 꺼내 물었다. 이제 담배 맛도 느껴지지 않아. 이동 영화관은 연기로 가득 찼다. 그는 창문을 열어 연기를 내보내며 조지 스마일리에게 물었다. 어디로 가면 사람들을 만날 수 있지? 조지 스마일리가 말했다. 사람들은 왜요? 영화를 보여주려고 하네. 조지 스마일리는 고개를 저었다. 선생님. 이제 아무도 영화를 함께 보지 않습니다. 그게 무슨 소리인가. 아무도 영화를 같이 보지 않는다고요. 그들은 각자의 방에서, 각자의 핸드폰으로 영화를 보지요. 나에겐 영화관이 있네. 영화는 관에서 보는 것이네. 메드베드킨은 대답했지만 조지 스마일리는 듣지 않았다. 세상엔 노인이 많았고 그는 노인들을 탓하기 싫었다. 각자 미망에 젖어 있는 것 아니겠나. 나도 늙었지만 저치는 더 늙었군. 조지 스마일리는 노인에게 보르쿠타 제일의 호텔인 '위대한 자작나무 호텔'의 위치를 알려줬다. 머물 생각이시면 거기로 가세요. 메드베드킨은 고개를 끄덕였지만 호텔로 갈 생각은 없었다. 호텔이라니. 나를 뭘로 보고. 나는 마지막 볼셰비키야. 나는 이동 영화관에서 밥 먹고 이동 영화관에서 잠자고 이동 영화관에서 차 마시지. 그는 사모바르를 난로 위에 올려놓고 후후 불었다.

마오는 상우와 나를 데리고 보르쿠타의 시내를 가로질러갔다. 보르쿠타에는 간판이 없었다. 상점들은 장사를 하는지 안 하는지 알 수 없었고, 사람들은 간간이 보였지만 눈 위에 발자국은 없었다. 십자로에는 전차가 다닌 흔적이 있지만 전차는 없었고 어디선가 알 수 없는 그르릉 소리만 들렸다. 여긴 망했어? 상우가 물었다. 마오는 그렇지 않다고 했다. 조용하고 무기력할 뿐이야. 엔카베데는 어딨어? 엔카베데는 없어. 그들은 때가 되면 찾아오지. 마오가 말했다. 거리 끝에는 거대한 직사각형 구조물이 있었다. 이름: 유니떼 다비따시옹. 여기는 보르쿠타에서 가장 가난하고 게으르고 우울한 사람들이 살아. 거대한 회백색 콘크리트 더미는 지저분하고 낡아 보였다. 유리창은 박살 났고 사람들은 발코니에 기대 술을 마시거나 담배를 피웠다. 그들이 쓴 털모자는 자주색이거나 짙은 회색, 코발트색이었고 나는 나도 모자를 써야지, 갈색 블루종과 어울리는 털모자는 무슨 색일까 생각했다. 우리는 송곳니처럼 거대한 필로티 사이를 걸어갔다. 마오는 유니떼 다비따시옹 6층에서 콜호스에 대한 강연이 있다고 했다. 강연자는 건축가이자 만물박사인 버크민스터 풀러로 한번 강연을 시작하면 이틀 밤낮을 쉬지 않고 한다고 했다. 강연 제목: Everything I know. 그는 아는 게 너무 많았고 그가 아는 것들은 지오데식 돔처럼 연결되고 지탱해서 중력을 거슬러 올라갔다. 사람들은 어디가 끝인지 모르는 타워를 오르는 기분으로 강연을 들어. 마오가 말했다.

우리는 계단을 올라갔다. 복도에서 공을 차는 아랍 소년과 드럼통에 불을 피워놓은 흑인 사내, 바이올린을 연습하는 모녀를 볼 수 있었고 계단을 올라갈수록 버키 풀러의 기계음처럼 툭툭 끊기고 딱딱한 음성이 들렸다. 저는 숙고 끝에 25년 앞의 미래를 볼 수 있는 법을 알아냈습니다. 이것이 일반 시스템 이론입니다. 1927년에는 1952년까지, 1952년에는 1977년, 1977년에는 2002년, 2002년에는 2027년, 2027년에는 2052년. 상우는 땀을 흘렸고, 나와 마오는 상우를 밀어 올리며 남은 계단을 올라갔다. 이제 다 왔어. 버키 풀러는 행성들의 움직임과 각종 수식이 그려진 거대한 칠판 앞에 앉아 있었다. 사람들은 코를 골며 잤다. 우리는 맨 뒤에 앉았다. 저는 세 개의 시계를 차고 있습니다. 하나는 과거, 하나는 현재, 하나는 미래. 버키 풀러는 손목에 찬 세 개의 시계를 허공에 흔들었다. 착착착. 금색 시계였고, 세 개의 시계 모두 같은 시각을 가리켰다. 저는 평생 쉰네 대의 자동차와 일흔두 채의 집을 가졌지만 물건을 소유하는 데 관심이 없습니다. 콜호스에는 전문가가 없고 사유재산이 없습니다. 우리는 공통의 지평에 모든 것을 둡니다. 이것이 우주의 방식입니다. 상우는 자리에 앉자마자 졸기 시작했다. 마오는 발코니로 걸어가 밖을 바라보았다. 바람이 아파트 안으로 몰아쳤다. 추웠지만 강연을 듣는 사람 누구도 일어날 생각을 하지 않았다. 그들은 가장 안락한 욕조에 들어앉은 사람처럼 버키의 이야기를 듣고 있었다. 정확히는 이야기를 듣는 게 아니라 그의 연주를 듣고 있었다. 버키의 목소리는 신시사이저 같았고, 사람들에게 전자파를 발송하는 것 같았다. 내용이 아니라 전파가 중요해. 나는 생각했다. 강한 전파력. 옆자리에 앉은 사내가 방울이 달린 붉은색 털모자를 벗어 내 머리에 씌웠다. 나는 모자의 방울을 만지며 생각했다. 푹신푹신해. 모 100퍼센트인가. 나는 따뜻한 게 좋은데 보르쿠타는 너무 춥고 콜호스는 너무 멀어. 마오는 발코니에 몸을 기대고 손을 흔들었다. 상우는 입을 벌리고 숨을 내쉬었다. 한번은 철거 직전의 아파트에서 영화 촬영을 했어. 반포의 재개발 아파트였는데 이틀 밤새 영화를 찍었지. 크리스마스이브였고 배우들은 모두 도망갔어. 우리는 기름을 붓고 불을 질렀어. 눈이 온다. 아역 배우가 테이블 밑에서 기어 나오며 말했어. 불 위로 눈이 내렸고 아파트가 무너지기 시작했다. 우리는 도망가야 했지만 너무 졸려 꼼짝도 할 수 없었어. 일어나. 마오가 말했다. 마오는 모자의 방울을 쥐고 흔들었다. 가야 해. 텅 빈 아파트 안으로 눈보라가 불어 들어왔다. 빈 의자, 칠판의 수식과 행성은 모두 지워졌고, 하나의 문장만이 남아 있었다. 십일계명: 두려워 마라. 우리는 수르코프가 칠판 옆에 서 있는 걸 봤다. 마오가 수르코프를 불렀다. 두려워 마라. 수르코프는 발코니로 달려가더니 밖으로 뛰어내렸다.

조지는 스파이 시절을 떠올렸다. 그때도 나는 행정직이었어. 총알이 그의 귀를 스치고 지나갔다. 보르쿠타도 끝장이야.
사람들은 죽자마자 눈에 파묻혔다. 비명 소리가 들렸지만 시
체는 보이지 않았다. 카자흐 병사들은 끝도 없이 쏟아져 내렸
다. 지평선에서 그들을 발견했을 때 조지는 그들을 양 떼라고
생각했다. 음매라는 소리를 들었던 것 같아. 매에였나. 아무
튼. 희고 희미한 구름 떼. 산사태가 일어나듯 와아 하는 소리가
들렸고 사람들은 눈 속에 파묻혔어. 콜호스에 가긴 글렀군. 이
미 몸에 감각이 없는걸. 조지는 팔뚝을 주물렀다. 마오는 어딨
지. 꼬맹이들이 마오를 보호할 수 있을까. 마오가 꼬맹이들을
보호할까. 조지는 눈 덮인 담벼락에 그림을 그렸다. ^_^ 하늘
에서 떨어지는 수르코프가 보였다. 그의 옆에서 거울이 뱅글뱅
글 돌며 함께 떨어지고 있었다. 희미한 빛이 거울에 반사됐고,
조지는 눈을 비볐다. 그는 할 만큼 했어. 조지는 수르코프가 떨
어진 쪽으로 기어가기 시작했다. 마지막까지 감각이 남아 있던
아랫배와 고추가 차갑게 얼어붙었다. 조지가 기어간 눈 위로
붉은 선이 그어졌다. 총을 맞은 건가. 조지는 계속 기었다. 포
복은 자신 있어. 나는 엎드려서 냉전이 지나가길 기다렸어. 눈
보라와 총알을 더 이상 구분할 수 없을 때까지. 조지는 생각했
다. 우울함이 시작됐어. 나는 포로와 첩자들의 목소리를 들었
어. 힘의 균형이 필요해. 볼프강 쾨펜은 말했지. 음악은 끝났
다고. 조지는 계속 기었고, 눈 위에서 번쩍이는 은빛 조각을 보
았다. 손을 뻗어 움켜쥐자 살이 부드럽게 갈라지며 피가 흘렀

다. 아프지 않아. 거울 조각에 얼굴이 비쳤지만 공기와 분간할 수 없었다. 그는 얼굴에 묻은 눈 뭉치들을 털어냈다. 붉게 달아오른 볼과 가지런한 치아, 쪼그라든 콧구멍이 보였다. 조지는 주위를 살펴봤다. 수르코프의 시체는 보이지 않았다. 조지는 몸을 반 바퀴 굴러 하늘을 바라봤다. 영화 속 장면 같아. 그는 입김을 후후 불어 눈송이를 올려 보냈고 손가락에 거울 조각을 끼워 주변을 비쳐봤다. 보르쿠타. 그때 거울 속에 언뜻 움직이는 물체가 보였다. 조지의 곁으로 이동 영화관이 다가왔다. 차문이 열리고 상우와 내가 조지를 차 안으로 옮겼다. 영화는 영화관에서 봐야지. 메드베드킨이 말했다. 우리는 조지를 구석에 눕히고 둘러앉아 영화를 봤다. 메드베드킨은 자신의 영화를 틀어줬다. 제목: 새로운 모스크바. 사모바르가 끓는 소리를 냈다. 우리는 당밀과자를 먹고 모과차를 마시며 영화를 봤다. 이동 영화관은 시속 30킬로미터로 보르쿠타의 전쟁터를 가로 질렀다. 카자흐 병사들이 소리 질렀다. 매에. 조지 스마일리는 생각했다. 매에였군. 마오가 조지의 뺨을 만졌다. 정신 차려요. 조지가 말했다. 그림을 그렸어. ^_^ 이걸 받아. 조지는 내게 거울 조각을 건넸다. 조지. 아무래도 가망이 없는걸. 상우가 말했다. 영화 속에서 두 명의 남자와 두 명의 여자가 둥근 스크린에 비친 공사 현장을 보며 웃고 있었다. 여기가 콜호스입니까. 영화 속의 남자가 말했다. 콜호스에는 여자가 필요해요. 영화 속의 여자가 말했다.

만나는 장소는 변하지 않는다

한한은 과거를 다음과 같이 정의했다. '할아버지는 물 색깔만 보고도 무슨 요일인지 알 수 있었다.' 그는 자신의 스바루를 타고 대륙을 떠돌며 생각했다. 자동차는 인류 최고의 발명품이야. 비행기나 우주선은 상대가 안 돼. 그들은 땅에 발을 딛고 있지 않거든. 중력이 없는 곳은 진리가 없는 곳이야. 사람들이 무중력에 매력을 느끼기 시작한 이후 인류의 몰락이 시작됐어. 청년 논객 한한은 증명하고 싶었다. 무엇을? 자기 자신을. 역사는 자신을 증명하기 위한 행위로 점철되어 있습니다. 국가가 원하는 것도 한 가지입니다. 자기 증명. 한한은 자기 증명의 최고봉에 조지 오웰과 니체와 보들레르가 있다고 생각했고, 일생의 모토를 자기도취 없는 자기 증명으로 삼았다. 그는 카레이싱계의 루쉰이고 문학계의 슈마허였다.

나와 상우는 스텝 지대에서 한한을 만났다. 한한은 먼지도 일어나지 않을 정도로 빠른 속도로 우리에게 다가왔다. 너희뿐이야? 우리는 고개를 끄덕였다. 메드베드킨은 라자레스쿠 씨를 만나 영화를 찍으러 떠났다. 메드베드킨은 말했다. 내 삶의 마지막 영화가 될 거야. 라자레스쿠 씨는 우리에게 올리브색 담요를 건넸다. 이동 영화관은 해가 지는 방향을 따라갔다. 우리는 담요로 조지의 시체를 둘둘 말고 해가 뜨는 쪽을 향해 걸었다. 밤에는 담요를 덮고 나란히 잠들었다. 가끔 조지가 꿈을 꾸는 듯 꿈틀거렸다. 모든 것이 고요했고 우리는 소금쟁이처럼 초지 위를 미끄러져 나아갔다. 상우는 가끔 콜호스에 대해 이야기했고, 마오는 보르쿠타에 대해, 나는 집에 대해 이야기했다. 어머니의 신산한 삶에 대해서 전복된 시간과 마오의 고향, 상우의 전생에 대해서 이야기했다. 우리가 둘러앉아 이야기를 나눌 때면 뒤에서 누군가 몰래 다가오는 느낌이 들었으나 고개를 돌리면 아무도 없었다. 우리는 베개에 얼굴을 파묻고 우리가 평화로이 자고 있다고 믿으려 애썼다. 카자흐 병사들은 망원경으로 우리를 훔쳐보았지만 접근하지 않았다.

우리는 무테보 호수에 이르렀고 호수는 꽝꽝 얼어붙어 있었다. 돌덩이를 가져와 얼음을 깨고 조지의 시체를 담았다. 조지는 어항에 들어간 바다거북처럼 천천히 가라앉았다. 엔카베데는 호숫가에 차를 대고 마오를 기다리고 있었다. 우리는요? 상우가 말했다. 엔카베데는 모를 일이라고 했다. 마오는 눈물을 흘리지 않았다. 어차피 다시 만나게 될 거야. 나와 상우는 마오가 엔카베데와 함께 떠나는 모습을 지켜봤다. 나는 담요를 팔에 둘둘 감고 걸었다. 담요에서 조지와 마오의 냄새가 났지만 상우에게 말하지 않았다.

한한은 콜호스에서 왔지만 다시 콜호스로 갈 마음이 없었다. 콜호스에는 중력이 없어. 콜호스의 외다리 뚜쟁이는 그의 양아버지였고, 중학교 동창인 공하이옌은 인터넷 뚜쟁이가 되어 억만금을 벌었다. 그러니까 콜호스는 뚜쟁이의 나라야. 모두 연결되고 모두 이어지기 위해 확장하지. 상우는 버키 풀러의 강의를 들어서 그쯤은 안다고 말했다.

우리는 새벽에 헤어졌다. 나는 한한의 스바루에 타기 전에 갈색 블루종과 붉은 털모자, 올리브색 담요와 거울 조각을 상우에게 건넸다. 해가 초지를 물들였고, 스바루는 안개를 헤치고 스텝의 협곡 사이로 들어갔다. 상우는 곧 조그마한 점이 되어 사라졌다. 나는 한한에게 집으로 가자고 했다. 한한은 고개를 끄덕였다. 스바루는 타이가 지대를 지났고, 숲에서 나는 비린내와 한한이 뿌린 오드콜로뉴 냄새를 맡으며 창밖을 보았다. 한한이 눈 좀 붙이라고 했지만 잠은 오지 않았다.

멀리서 정오의 뜨거운 바람이 불어왔다. 상우는 콜호스에 가까워졌음을 알았다. 상우는 자신의 볼을 만졌다. 광대뼈가 도드라질 만큼 살이 빠져 있었다. 모든 건 인과의 법칙을 따르는 거야. 상우는 물가로 다가가 목을 축였다. 나무 아래 고슴도치가 기지개를 켜고 있었다. 상우는 나무둥치에 등을 기대고 앉았다. 턱에 손을 괴고 잠시 생각하더니 땅을 파기 시작했다. 땅속에 모자와 블루종과 담요를 묻고 흙을 덮었다. 그리고 거울 조각을 꽂았다. 태양이 기울기 시작했고 거울은 햇빛을 반사했다. 빛은 스텝의 초지와 구릉을 넘어 먼 곳으로 향했다. 이 빛이 콜호스로 오는 길을 안내할 거야. 상우는 다시 걷기 시작했다.

일기/기록/스크립트

정지돈

미래

하스미 시게히코는 『현대시수첩(現代時手帖)』(1981)의 대담
에서 이렇게 말한다. "음악의 분야에서는 19세기에 위대한 작
곡가가 많았고 20세기가 되자 위대한 연주가들이 많이 나왔습
니다. 그것과 마찬가지로 영화도 1960년 이후 연주자의 시대
가 되었다는 것입니다."

미술도 문학도 어느 순간 연주자의 시대가 되었다. 문학은
위고나 디킨스가 활약하던 시대가 끝나고 프루스트나 조이스
를 거쳐 작곡보다 연주에 집중하거나 불협화음을 넣고 재가
공하거나, 반-문학으로서의 창작에 몰두했다. 하스미 시게히
코가 고다르를 일컬어 새로운 것을 만들기보다 새롭게 보이

게 하는 역할을 했다고 하는 것과 마찬가지다. 그러니 누벨바그와 누보로망이 가까웠던 건 당연한 일이다. 그러나 이 흐름은 이어지지 않았다. 음악과 문학은 실패하거나 포기했고 영화도 그랬다. 그들은 백기를 들고 투항했고 살아남은 소수는 아직도 대중을 무시하는가,라는 손가락질을 받으며 국가의 지원을 받거나 하면서 골방에서 작업을 이어간다. 뒤샹, "미래의 예술은 언더그라운드로 향할 것이다(1961)." 생각은 니콜라 부리오의 『래디컨트』(2009)와 사이먼 레이놀즈의 『레트로 마니아』(2011)로 이어진다. 『레트로 마니아』에서 사이먼 레이놀즈는 '혼톨로지' 음악에 대해 말한다. 혼톨로지는 데리다의 『마르크스의 유령들』(1993)에서 빌린 용어로 혼톨로지 아티스트들은 "컴퓨터로 편집한 자료와 샘플을 구식 신시사이저 음색이나 어쿠스틱 악기와 뒤섞고, 라이브러리 음악과 영화음악에서 영감받아 만들거나 통째로 훔친 모티프를 인더스트리얼 드론과 추상적 노이즈에 엮으며 낭송이나 습득한 소리를 신비한 뮈지크 콩크레트/라디오 드라마풍으로 삽입"해서 음악을 만든다. 그러니까 그들은 일종의 아키비스트 연주자인 동시에 음악의 고고학자이며 '어슴푸레한 새벽의 넝마주이'다. 사이먼 레이놀즈는 『레트로 마니아』에서 대중음악의 역사를 기술하며 1950~70년대의 마지막 프런티어와 미래주의, 전자음악이 처음 도래했을 당시를 기록하는데 이들 혼톨로지는 이러한 미래에 관한 형식이 다 닳고 사라진 1990년대 이후 등장해, 사라진 미래를 음산한 형태로 되살리고 있다고 말한다. 혼톨로지의 전략은 "역사를 다시 쓰는 것이다. 미래가 우리에게서 무단 이탈했다면, 급진적 본능이 있는 이는 되돌아갈 수밖에 없다. 그들은 공식 서사 내부에 숨은 대안적 과거를 발굴하고, 팝의 공식 서사 후미에서 기이하되 비옥한 줄기와 걷지 않은 길을 찾아내 역사의 지도를 다시 그림으로써, 과거를 낯선 외국으로 바꿔놓는다." 레이놀즈는 니콜라 부리오가 제안하는 예술 모델의 대안으로 혼톨로지를 지목한다. 부리오는 『래디컨트』에서 미술가를 '기호 탐험가semionaut'라고 부른다. "물체와 형태가 그들의 원래 문화의 침대를 떠나 지구를 가로질러 흩어지는 분열된 세계의 거주민들, 그들은 수립할 연결을 찾아서 헤맨다. 베르트랑 라비에가 네온 튜브를 사용하여 프랭크 스텔라의 그림을 다시 그리는 한편, 브루노 페이나도는 세자르의 작품을 거대한 모자에 확장하며 대결한다. 존 암리더는 래리 푼스의 양식으로 회화를 제작하고, 조너선 멍크는 솔 르위트의 책들 중 하나를 영화로 만든다. 비록 그들이 이전의 작품을 참고했지만, 지금 내가 막 나열한 작품들은 인용의 미술에 기초하지 않는다. 그들은 더 이상 고전적인 평평한 공간뿐만 아니라 시간에 있어 무한한 네트워크인 하이퍼텍스트 세계의 조사자인 것이다. 그리고 형태의 생산자라기보다는 형태의 가치 유지, 그것들의 역사적, 지리적 전치의 통제를 담당하는 사람이다." 부리오는 위상기하학과 번역의 개념을 통해 새로운 프로토콜, 이동 경로를 창안하는 예술을 이야기한다. 그의 목적은 한심한 포스트모더니즘의 이후-post를 상상하는 것인데, 그는 포스트모더니즘을 현대판 바벨로 상정하고 자신이 주창하는 번역-위상기하학의 개념(alter-)을 엑소더스와 연결한다. "그것은 궁극적으로 공통의 세상을 발명하는 문제, 교환의 글로벌 공간을 실제적으로, 그리고 이론적으로 깨닫는 문제이다. 이 공유된 세상(번역의 공간 안에서 공유된)은 브뤼노 라투르가 포스트모던 상대주의에 대항해 택한 상대주의자의 상대주의를 실행할 것이다. 조정자 없는 수평적인 협상의 공간인 것이다." 니콜라 부리오는 자신이 지칭하는 기호 탐험가의 문학 버전 중 하나로 W. G. 제발트를 지목한다. 차이는 있지만 부리오가 지목한 제발트나 데이비드 실즈, 엠마뉘엘 카레르는 의도가 무엇이든지 달라진 형태의 문학 행위를 보여준다. 데이비드 실즈는『문학은 어떻게 내 삶을 구했는가』(2014)에서 이렇게 쓴다. "나는 위대한 인물이 방에서 홀로 걸작을 쓴다는 생각을 이제 믿지 않는다. 내가 믿는 것은 병리학 실험실, 쓰레기 매립지, 재활용 센터, 사형선고, 미수로 끝난 자살 유언장, 구원을 향한 돌진으로서의 예술이다." 그는 소설가였지만 어느 순간 픽션 쓰기를 그만둔다. 그는 자신이 끌어 모은 온갖 잡다한 메모와 기억을 콜라주한다. 그의 글은 논픽션인가, 에세이인가, 자서전인가. 이건 그냥 책이다. 빌렘 플루서는『글쓰기에 미래는 있는가』(1987)에서 새로운 창작자는 "자기 스스로를 더 이상 독창적인 창작자로서가 아니라 언어 배열자로서 인식해야만 한다"고 말한다. "그가 조작하는 언어도 역시 그에게서는 더 이상 그 자신의 내면 속에서 집적되어 있는 원자재로서가 아니라, 그 자신을 매개로 배열되기를 그에게 강요하는 하나의 복합적인 체계로서 나타난다. 그는 자신의 고유한 시간 흐름들을 짜깁기하고 있다. 그는 더 이상 행을 따라가면서 읽지 않고, 자신의 고유한 망을 짜고 있다." 잘나가던 소설가였던 카레르 역시 어느 순간 픽션 쓰기를 그만둔다. 카레르의 『리모노프』(2011)는 논픽션인가 팩션인가 에세이인가. 스베틀라나 알렉시예비치나 리샤르드 카푸시친스키는 어떤가. 그들의 글은 단순한 기록물인가, 기사인가, 산문인가. 도큐먼트건 아카이브건 취재하거나 문서를 뒤지는 행위를 통해 과거의 재료, 목소리를 기록하고 배치하는 것. 인용으로 점철된 책 『현실 갈망 *Reality Hunger: A Manifesto*』(2010) 덕분에 데이비드 실즈는 저작권 문제에 휩싸였고 이 문제를 해결하기 위해 수많은 변호사와 연락하고 랜덤하우스 법무팀과 상의해야 했다. 그는 결국 본문에 각주를 달지 않고 책 맨 뒤에 깨알 같은 글씨로 인용 출처를 밝히는 부록을 두기로 한다. 고다르는 말한다. "지적 재산권이라는 건 없다. 지적 의무만 있을 뿐이다." 고다르의 「영화의 역사(들)」(1998)은 저작권 문제로 골머리를 앓았고 배급사인 고몽사가 문제를 해결했다. 유운성은 『문학과사회』 2015년 겨울호에 실은 「밀수꾼의 노래—「영화 비평의 '장소'에 관하여」

이후, 다시 움직이는 비평을 위한 몽타주」에서 일련의 오디오 비주얼 에세이를 이야기한다. 크리스 마르케의 단편 에세이들, 샹탈 애커만의 「노 홈 무비」(2015), 톰 앤더슨의 「로스앤젤레스 자화상」(2003)⋯⋯「로스앤젤레스 자화상」은 완성 이후 10년 동안 DVD나 블루레이로 출시될 수 없었다. 톰 앤더슨은 2013년 우회 프로그램을 통해 영상을 추출해낸 새로운 판본을 내놓는다. 다시 하스미 시게히코로 돌아가자. 어떤 사람들은 새로운 작곡이 불가능하거나 과거의 대가를 뛰어넘는 작곡이 불가능하다는 것을 알기에 그들이 만든 틀-악보를 보고 연주를 계속하는 한편, 어떤 사람들은 연주의 방식 자체를 바꿔 저장된 작곡가(또는 역사)를 직접 재생하거나 뒤섞고 이를 통해 '악보 없는 연주'(이것은 작곡이 아니다)를 하고 있다고 할 수 있지 않을까. 그렇다면 이것은 이전에 있었던 패러디나 차용, 인용과는 결이 다른 것 아닌가. 그리고 이런 형식이 가능해진 건 기술의 변화 때문이며 변화된 미디어 환경은 창작의 토대를 변화시켰고 이는 작곡/연주의 개념을 바꾼 것 아닐까.

그런데 이게 미래일까. 사이먼 레이놀즈는 묻는다. "혹시 그 예술은 불임이 아닐까." 이런 예술은 과거를 끊임없이 소환하고 재생하며 소비할 뿐 아무것도 잉태하지 못하는 불임의 예술이 아닐까라는 의문. 그리고 사이먼의 의문에 이어 이러한 형태가 일정 부류 또는 한때의 유행을 넘어설 수 있는가라는 의문. 추상이 유행하고 음렬주의가 유행하고 자기반영적 서사가

유행한 것처럼, 그저 한때의 유행 아닌가. 사이먼 레이놀즈는
『레트로 마니아』를 미래가 가능했던 과거가 있었고 그것을 아
직 꿈꾼다면서 마무리 짓는데 이러한 맺음은 해당 장르의 예술
안에서 새로운 형식이 (끊임없이) 탄생되어야만 한다거나 또
는 탄생될 수 있을 것이다라는 믿음을 표한다. 영화나 문학, 음
악에서 그런 게 가능할까. 오히려 포기해야 할 타이밍이 아닐
까. 우리는 이 땅에 희망이 없다는 사실을 받아들여야 할지도
모른다. '작곡가의 시대가 끝나는 것은' 역사가 오래된 장르에
서 일어나는 자연스러운 일일지도 모른다. 레이 커즈와일은 근
대 이후 기술의 진화 과정을 수확 가속의 법칙으로 설명한다.
쉽게 말하면 기술은 기하급수적으로 발전한다. 수확 가속의 법
칙에 따라, 패러다임의 전환은 개별 패러다임의 S자 곡선을 연
속적으로 그리며 기하급수적으로 증가한다. 낡은 패러다임이
내재적 한계에 이르면 삼차원 회로 같은 새로운 패러다임이 이
어진다. 새로운 작곡가는 게임과 웹툰 같은 새로운 장르에서
태어난다. 그들은 다른 장르의 작곡가들이 사용했던 기초적인
기법과 재료를 자기 장르에 이식한다. 이것은 비판의 대상이나
성찰의 대상이 아니다. 이건 흐름일 뿐이다. 초기 사진, 초기
영화, 초기 대중음악. 사진 이후의 회화, 영화 이후의 문학("문
학의 개혁운동은 영화가 매스미디어로 급부상하는 과정과 평행하
게 전개되고 새로운 기술적 미디어라는 배경에 견주어 자기 자신
을 정의한다"), 레코딩 이후의 음악. 사이먼의 미래는 다른 영

토에서 다르게 실현된다.

그렇다면 신생 장르가 아닌 장르는 어떻게 될 것인가. 사막이 된 영토에서 장르의 마지막을 장식하거나 소수의 오아시스 공동체를 이루고 살 것인가. 니콜라 부리오의 번역-엑소더스는 그 의도가 뭐였든 간에 이러한 사막에서 탈출하자는 의미일지도 모른다. 장르의 사막에서 탈출하기. 미술에서 탈출하기. 고다르는 「영화의 역사(들)」에 대해 이렇게 말했다. "이 영화는 회화이자 소설이다."

미래

자크 랑시에르는 『이미지의 운명』(2003) 제2장 「문장, 이미지, 역사」에서 「영화의 역사(들)」에 대해 이렇게 쓴다. "(고다르)는 영화를 단어, 문장, 텍스트, 변성된 회화, 영화의 숏들의 뒤얽힘 속에서 우리에게 제시한다(영화의 숏들은 사진이나 뉴스 영상과 뒤섞이며, 경우에 따라서는 음악의 인용에 의해 연결된다). 요컨대 「영화의 역사(들)」은 오로지 아방가르드적인 순수성이 거부한 '사이비-변성(의태)', 즉 어떤 예술에 의한 다른 예술의 모방에 의해 짜여 있다." 그는 이어 제4장에서 시인 말라르메와 디자이너 페터 베렌스 사이의 공통점을 논하며 다음과 같이 쓴다. "클레멘트 그린버그 이후, 평평한 표면이라는 이념이 어떻게(예술은 외적인 목적과 미메시스의 의무에 대한 복종과 단절하고 자신의 고유한 매체를 획득한다고 간주된) 모더니티라는 예술의 이념과 결합되었는가는 잘 알려져 있다. 각각의 예술들은 자신의 고유한 수단, 매체, 소재를 개척하기 시작했다. 〔……〕 이 견해가 지닌 불행은 이 이상적인 예술적 모더니티가 악마적인 방해꾼들에 의해 끊임없이 방해받았다는 점이다. 말레비치나 칸딘스키가 그 원칙을 정하자마자, 다다이스트와 미래파 예술가들이 대거 출현하여 회화적 평면의 순수성을 정반대의 것(말과 형태들, 예술 형태와 세계의 사물들이 뒤범벅된 표면)으로 변형시켜버렸다. 〔……〕 우리는 어쩌면 실낙원이 사실상 결코 존재한 적이 없었음을 파악함으로써 이 악마적인 도착의 시나리오에서 빠져나올 수도 있다. 회화의 평면성은 결코 예술의 자율성과 동의어였던 적이 없었다. 평평한 표면은 늘 말과 이미지가 서로에게로 미끄러져 들어가는 커뮤니케이션(교통)의 표면이었다. 그리고 반-미메시스적 혁명은 결코 유사성의 폐기를 의미했던 적이 없었다. 미메시스는 유사성의 원칙이 아니라 유사성들의 어떤 코드화와 분배의 원칙이었다." 랑시에르는 매체 고유의 순수성이나 자율성/타율성이라는 관념을 폐기한다. 그런 것이라고 생각했던 건 사실 환상이었다는 것, 순수 회화와 타락한 회화는 모두 "미끄러짐과 뒤범벅으로 이루어진 하나의 동일한 표면의 두 가지 배치"였다는 것이다. 말라르메는 19세기 말 활동했던 댄서 로이 풀러의 스펙터클 속에서 시의 새로운 배치를 탐구했고, 페터 베렌스는 존 러스킨과 윌리엄 모리스를 원용해 아에게AEG의 제품과 광고를 구성했다("공통의 감성적 세계를 그 기본 요소에 대한 작업, 즉 일상 생활용품의 형태에 대한 작업을 통해 재배치한다").
이광호는「문학은 무엇이 될 수 있는가」(2000)에서 "문학과 문화 사회의 관계 설정을 다시 요구하는 문학의 위상학적인 전환"을 말하며 이렇게 쓴다. "전위는 이제 깊이의 문제만이 아니라 넓이의 문제가 되었다. 〔……〕 그 전위는 다른 문화 매체와 장르들의 수평적 소통을 도모하는 것이면서, 동시에 그 안에서의 다른 장르가 대체할 수 없는 문학의 역할을 새롭게 만드는 전위이다. 〔……〕 문학은 무엇이든 될 수 있다. 문학 아닌 것도 될 수 있다. 〔……〕 문학은 이제 문화적 후위의 자리에서 문학적 전위를 실험하게 된 것이다." 문학이 문학이 아닌 것이 되어야 하거나 될 수 있는 것은 애초에 문학이 순수 문학이었던 적이 없었으나 모더니즘의 환상, 자율성의 신화가 문학을 문학으로 회화를 회화로 만들었기 때문 아닌가. 새로운 장르와 자본/상업주의에 맞서야 한다는 이유로 떼를 쓰고 있었던 것 아닐까. 과거로 돌아가자거나('원래의 모습'으로) 미래의 전위는 통섭, 횡단, 접합이다 등의 말이 아니다. "우리가 전진도 후진도 할 수 없다면 어떻게 해야 할까?" 브뤼노 라투르는『우리는 결코 근대인이었던 적이 없다』(1991)에 이렇게 쓴다. "우리는 결코 전진하거나 후진해본 적이 없다. 우리는 언제나 다른 시대들에 속하는 요소들을 활발하게 분류했던 것뿐이다. 시간들을 형성하는 것은 바로 분류에 의해서이지 시간이 분류를 가능하게 하는 것은 아니다. 우리는 결코 미래로부터, 혹은 시간의 깊이로부터 도착하는 동질적이고 전 지구적인 흐름 속으로 뛰어든 적이 없었다. 근대화는 일어난 적이 없다. 우리는 얼마든지 자유롭게 다른 사물들로 나아갈 수 있다──다시 말해 언제나 서로 다른 방식으로 경과한 다수의 존재들로 돌아갈 수 있는 것이다." 백남준은 요스 드콕에 관한 에세이 「DNA는 인종차별주의가 아니다」(1988)에서 이렇게 말한다. "TV로 작업하면 할수록 신석기 시대가 떠오른다. 왜냐면 둘 사이에는 놀랄 만한 공통점이 있기 때문이다. 시간에 바탕을 둔 정보 녹화 시스템에 연결된 기억의 시청각 구조가 바로 그것이다. 하나는 노래를 동반한 무용이며, 다른 하나는 비디오다. 나는 사유재산 발견 이전의 오래된 과거를 생각하는 걸 좋아한다. 그렇다. 비디오 아트는 신석기시대 사람들과 공통점이 또 하나 있다. 비디오는 누가 독점할 수 없고, 모두가 쉽게 공유할 수 있는 공동체의 공동재산이다." 키틀러에 따르면 모든 기록 체계는 비선형적이다. "기록 체계 자체가 이미 시간 축 조작을 함축하기 때문이다. 키틀러의 기록 체계는 시간을 저장하고 움직이고 되돌림으로써 인간을 시간의 선형적 흐름에서 해방시켜주는 것이다." 뒤샹은 골동품 상점으로 원근법이 내쫓기던 바로 그 순간에 원근법에 대한 열정을 키웠다. 그는 미술이 현재와의 직

296

접적이고 단일한 관계가 아니라, "모든 시대의 모든 사람들의 게임"이라고 주장했다. 뒤샹은 결코 앞서 나가지 않았다. 쿠르트 슈비터스는 1919년 이후 독일 표현주의 아방가르드의 일원이었던 경력에서 이탈해 새로운 유형의 프로젝트에 착수했다. 그는 "단지 바로 읽으나 거꾸로 읽으나 똑같은 'a-n-n-a'라는 이름 때문에 안나Anna와 사랑에" 빠져 「안나 꽃에게An Anna Blume」(1919)라는 콜라주 시를 쓰고 크리스티안 모르겐슈테른의 영향을 받은 음향시를 썼으며 길거리에서 수집한 금속, 목재 같은 파편들과 입체주의적인 그림을 혼합한 양식의 드로잉을 탄생시킨다. 이어 슈비터스는 하노버의 코메르츠Commerz 은행 광고지에서 찾아낸 단어인 '메르츠merz'로 프로젝트 명을 정하고 잡지 『메르츠』를 발간했으며 건축 프로젝트인 '메르츠바우'를 실행했다. '하노버 메르츠바우'(1923)는 온갖 잡동사니로 이루어진 방으로 바그너적인 총체예술의 개념에 멜랑콜릭하고 제의적이고 육체적인 비전을 결합시킨, 말하자면 다다와도 다르고 미래주의와도 다르고 레디메이드도 아닌 이상한 것이었다. "슈비터스의 목표는 완전히 미학적이면서 새로운 조형 형식의 체계를 만드는 것이었다." 독일 다다의 지도자 리하르트 휠젠베크는 슈비터스가 정치적으로 급진적이지 않다고 비난했다. 하노버의 '메르츠바우'는 1943년 연합군의 폭탄 투하로 파괴되지만 슈비터스는 노르웨이에 두번째 메르츠바우를 설치하고 북잉글랜드에 세번째 메르츠바우를 설치한다.

플로베르가 당대 비평가들에게 비난받은 것은 "재현적 비례와 어울림의 상실" 때문이었다고 랑시에르는 쓴다. "아리스토텔레스는 시의 플롯이 지닌 보편적인 것을 사건의 경험적 단속을 따라가는 역사가의 개별적인 것과 대립시켰다." 플로베르가 뒤집은 건 이것이었다. 그는 중요한 것과 중요하지 않은 것을 동등하게 만들었다. "따라서 어떤 이들이 재현적 예술의 절정으로 간주했던 소설의 리얼리즘은 (그것과는) 정반대이다. 그것은 재현적인 중재와 위계질서의 폐지이다. 그 대신에 사유의 절대적 결단과 순전한 사실성 사이의 무매개적 동일성의 체제가 수립된다." 어떤 사조가 개가를 올리는 그 시점에 이미 거기서 이탈한 작가들이 있다. 그들은 자신이 만든 역사와 체계를 통해 새로운 배치를 연구한다. 만일 정말 역사가 뒤섞여 있고 시간이 혼재한다면 역사적 형식은 환상에 불과한 것 아닌가. 또는 형식의 필연성은 환상 아닌가. 그렇다면 '미래'의 방법론을 탐구하거나 '과거'의 방법론을 경멸하는 것, '현재'에 적확한 형식이 있다는 생각 역시 우스꽝스러운 것 아닌가. "고유한 형식은 고유하지 않은 형식이기도 하다. 사건 자체는 그 어떤 예술의 수단도 처방하지 않으며 금지하지도 않는다. 그리고 사건은 예술에 모종의 특별한 방식으로 재현할 의무나 재현하지 않을 의무를 결코 부과하지도 않는다."

미래

 핀란드 출신의 미디어 아티스트이자 초기 전자음악의 개척
자인 에르키 쿠렌니미는 2048년이 되면 컴퓨터가 인간의 뇌
를 완벽하게 구현할 것이라고 예견한다. 쿠렌니미는 말한다.
2048년, 뇌/정신의 업로드와 다운로드를 통해 인간은 영생을
누리게 된다. 인류는 과거를 완벽하게 재현하는 데 힘을 쏟게
될 것이다. 쿠렌니미의 생각은 망상이지만 근거가 없는 건 아
니다. 인텔의 창업자 고든 무어가 1965년 발표한 '무어의 법칙'
은 반도체 집적회로의 성능이 18개월마다 두 배로 증가한다는
법칙으로 쉽게 말해 컴퓨터가 엄청난 속도로 발전한다는 말이
다. 쿠렌니미는 핀란드 영화감독 미카 타닐라가 찍은 다큐멘터
리 「미래가 예전같지 않다」(2002)에 출연해 무어의 법칙을 말
하며 자신이 미래를 대비해 무엇을 하고 있는지 보여준다. 그
는 미래의 인류를 위해 자신의 일거수일투족을 사진, 비디오,
카세트테이프, 일기가 뒤섞인 오디오-비주얼-텍스트에 담아
백업한다. 여기엔 지인과의 식사, 섹스 라이프, 여행, 산책, 샤
워 같은 일상뿐 아니라 기억과 꿈, 아이디어, 공상 같은 생각까
지 기록되어 있다. 쿠렌니미에 따르면 미래의 인류는 이 자료
를 기초로 그를 미래에 복원할 것이다. 쿠렌니미는 부활해 미
래의 인류와 영생을 누리게 될 것이다. 20세기 중반의 천재는
광인이 되어 21세기에 귀환했고 다른 예술가나 힙스터들에게

영감을 주거나 과거의 찬란했던 미래상을 씁쓸한 형태로 돌려준다. 사이먼 레이놀즈는 퇴색된 미래의 완벽한 우화로 쿠렌니미를 언급한다. 그런데 쿠렌니미의 망상은 단순한 광기에 불과한 것일까. 어쩌면 그의 비전은 예술의 급진적인 형태 중 하나인 삶의 미학화, 삶-예술의 가장 급진적인 버전 아닌가. 쿠렌니미가 자신의 삶을 미래의 인류를 위해 남기겠다고 결심한 순간부터 그의 삶은 미래 인류의 재현적 예술-과학을 위한 재료가 된다. 그렇다면 그의 삶은 삶인가 예술(의 재료)인가. 그는 일상뿐 아니라 미래의 인류를 의식한 파트너와의 독특한 성행위도 남기는데 이것은 행위예술인가, 삶인가. 빌렘 플루서는 "우리는 더 이상 과거로부터 미래로가 아니라 미래로부터 현재로 향한다"고 말한다. 김수환은 『책에 따라 살기』(2014)에서 18세기의 독특한 러시아 문학과 문화를 이야기하며 다음과 같이 쓴다. "작가는 현실에 존재하는 실제 독자(구매자)가 아니라 (그 자신이 창조해내야 할 목표로서의) 미래의 이상적 독자를 지향하게 된다. 다시 말해 텍스트가 자신의 내부에 상정하고 있는 것은 현실의 독자가 아니라 이상적으로 구축된 미래의 독자 형상이다." '책에 따라 살기'는 유리 로트만이 쓴 표현으로 행위시학이라는 로트만의 연구영역의 "집중적인 고찰 대상"이다. 행위시학이란 "날마다 반복되는 평범한 행위들이 의식적으로 예술 텍스트의 규범과 법칙을 지향했으며 직접적으로 미학적인 것으로 체험되는" 상황을 가리킨다. 김수환에 따르면 삶과 예술을 섞어놓으려는 이러한 현상은 18세기 러시아에만 국한된 현상은 아니다. "상징주의를 비롯한 러시아 모더니즘 미학 전반에서 미학적 행위를 추동했던 가장 핵심적인 명제는 삶과 예술이 결코 '다르지 않다는 것', 더 정확하게는 삶은 예술을 따라 '총체적으로' 변화됨으로써 그 자신이 이미 예술과 다르지 않은 '영원한 삶'이 되어야 한다는 원칙이었다." 러시아 상징주의가 '삶-창조'의 이념을 주창했다면 혁명적 미래주의 아방가르드의 레프 이론가들은 더 나아가 '삶-건설'이라는 구호를 주장했다. 예술-삶의 뒤섞임은 모든 시대의 가장 급진적인 예술이 결과적으로 닿았던 최종적인 형태이며 작가들이 탐구했던 처음이자 마지막 주제이다. 그러니까 김수환/유리 로트만의 '책 읽기 모델'은 예술-삶이 맞이하게 되는 필연적인 결과 아닐까. 이러한 '책 읽기 모델'의 배면에는 유토피아주의가 깔려 있다. 쿠렌니미의 기획은 유토피아 그 자체다. 벨기에의 예술가 그룹인 콘스턴트Constant는 쿠렌니미의 망상적 기획을 웹사이트로 만드는 프로젝트로 2012년 카셀 도큐멘타13에 참가했다. 콘스턴트의 작업은 일종의 예술 다큐멘테이션으로 볼 수 있다("예술 작품을 삶의 사건의 기록으로 변형시키는 이런 시도는, 역사적으로 그럴듯해 보이는 또 다른 계보들을 얼마든지 발견하거나 발명할 수 있도록 허용하는 모종의 공간을 열어놓는다"). 보리스 그로이스는 「생명정치 시대의 예술-예술작품에서 예술 다큐멘테이션으로」(2002)에서 이렇게 쓴다.

"예술 다큐멘테이션을 단순한 예술작품으로 범주화한다면, 그건 잘못 이해하는 일이 될 터인데, 왜냐하면 그것은 예술을 제시하는 대신에 단지 기록할 뿐인 다큐멘테이션 고유의 차별적 특징을 간과해버린다는 걸 뜻하기 때문이다. 예술작품이 아니라 예술 다큐멘테이션에 종사하는 사람들에게 예술은 곧 삶과 동일한바, 삶이란 본질상 최종적 결과를 갖지 않는 순수한 활동이기 때문이다. 〔……〕 예술 형식으로서의 예술 다큐멘테이션은 오늘날의 생명정치적 시대의 조건하에서만 발생할 수 있다. 생명정치적 시대의 조건이란 삶 자체가 기술적이고 예술적인 개입의 대상이 된 시대를 말한다. 이렇듯 삶에 대한 예술의 관계라는 물음이 다시금 우리 앞에 —물론 절대적으로 새로운 맥락에서 —제기된다. 그 맥락이란 단지 삶을 묘사하거나 그것에 예술적 결과물을 제공하려는 것이 아니라 직접 삶 자체가 되려는 당대 예술의 특정한 지향을 말하는 것이다." 여기서 "삶 자체가 되려는 당대 예술의 특정한 지향"은 '책 읽기 모델'의 다른 양상 중 하나가 아닐까. 김수환은 「"책에 따라 살기"—유리 로트만의 문화유형론과 러시아라는 유령에 관하여」에서 이렇게 쓴다. "지금 여기서 내가 주목하는 것은 이미 사라져버린 것으로 간주되어온 저 '책 읽기 모델'의 부활이, 이제껏 묻혀 있던 또 다른 많은 것들의 공공연한 귀환과 '나란히' 진행되었다는 점이다. 그중 대표적으로 두 가지만 꼽자면 파국(혹은 종말)과 유토피아를 들 수 있다. 우리가 지난 몇 년간 국내외에서 꾸준하게 목도해온 모종의 경향, 그것은 바로 이 두 단어의 공공연한 귀환이 아니었던가. [……] 주지하다시피, 오늘날 지젝과 바디우를 위시한 진보적 이론진영의 핵심 주장 중 하나는 다름 아닌 '유토피아의 (재)발명'이다. 그들에 따르면, '역사의 종말'이란 기실 '유토피아의 종말'의 다른 이름에 불과한바, 이런 거짓 신화와 맞서 싸우기 위해 가장 긴급하게 요청되는 것은 유토피아의 (재)발명, 최소한 그에 상응하는 '유토피아적 제스처'다." 금정연 "저는 그것이 경이감의 회복과도 연관된 개념이라고 말해야겠습니다. 삶을 새롭게 발명하기(2015)."

나

알렉상드르 코제브는 1933년부터 1939년까지 파리고등사범학교에서 헤겔의 『정신현상학』을 강의했다. 바타유, 라캉, 앙드레 브르통, 메를로 퐁티가 이 강의를 들었고 사르트르와 카뮈는 강의의 녹취본을 읽었다. 코제브에 따르면 프랑스 혁명이 인간의 욕망에 대한 보편적인 인식을 가능하게 하면서 역사의 종언이 나타나게 되었으며 이는 최적의 사회질서에 대한 모색이 끝났음을 의미한다. 그는 이런 생각에 따라 새로운 이야기를 하지 않으려는 입장을 고수했고 일생 동안 짧은 논문 몇 편을 제외하고 어떤 철학적인 글도 출간하지 않았다. 보리스 그로이스는 코제브의 사진과 엽서 아카이브에 관한 자신의 프로젝트에 대한 에세이 「현인으로서의 사진작가」(2014)에 다음과 같이 쓴다. "2차 대전 이후에 출간된 코제브의 강의록 『헤겔 강의 입문: 정신현상학 강연, 고등사범학교 1933~1939』는 코제브가 쓴 텍스트와 노트에 수강자들의 녹취록을 짜깁기한 대단히 느슨한 책이다. 이 파편적 텍스트의 혼성적인 결합물은 코제브가 직접 생산한 것이 아니라 초현실주의 저술가인 레몽 크노의 저작이다. 전후에 코제브는 역사의 종언 이후에 철학을 한다는 것이 더 이상 의미가 없다고 생각하여 모든 철학을 포기한다. 그러고는 유럽연합 집행기관인 유러피언 커미션에서 프랑스 대표로, 현재 유럽연합의 창시자 중 한 사람으로 참여했고, 아직까지도 유럽 경제 시스템의 중대한 축을 이루는 유러피언 커미션 관세 동의안을 통화시키는 데 기여했다. 코제브는 1968년 유러피언 커미션 회의 중에 심장마비로 사망했다. 코제브는 의식적으로 역사 이후의 관료주의 질서의 희생자가 된 철학적 저술가로서, 현대 관료주의에 있어서 아르튀르 랭보 같은 인물이었다고 볼 수 있다." 고다르는 자신의 영화 「고다르/고다르」(1994)에 대해 이렇게 말했다. "「고다르/고다르」에는 내가 직접 한 말들은 거의 없지만 내가 그 말들을 읽고, 메모한 이래 그 말들이 내 것이 되었다." 그는 기데온 바흐만과 한 1983년 인터뷰에서 이렇게 말했다. "영화가 사라지는 것이며 지나가는 것이라는 것을 의미한다. 물론 오늘날에는 영화를 카세트에 저장하려고 애쓰고 있지만 비디오카세트를 많이 살수록 보는 시간은 적어진다. 그래서 카세트를 모으는 것은 다른 종류의 일로 보이는데 그것은 식량을 저장하는 방식이지 식량을 먹는 방식이 아니다. 일종의 미래를 위한 안전 장치이다. 그래서 영화는 일시적인 어떤 것이란 점을 이제 나는 받아들인다. 때로는 다르게 느꼈고 미래를 한탄하기도 하고 '우리는 어떻게 될까' 혹은 '얼마나 끔찍한 일인지'라고 말했던 것도 사실이지만 나는 영화의 이러한 시기를 완전히 살아내었다는 것을 이제 안다. 영화는 끝나지 않았을지도 모르지만 영화의 한 시대는 끝났다. 〔……〕 나는 이미 새 시대를 온전한 그 모습대로 보고 있으며 또 항상 새로운 것에 관심을 가져왔다. 텔레비전은…… 어쨌든 곧 텔레비전에는 더 이상 이미지는 존재하지 않을 것이고 오직 텍스트만이 존재할 것이다…… 그건 이미 시작되었고 당신은 슈퍼마켓에서 살 수 있고, 아마도 값을 치러야 하는 당근의 이미지를 볼 수 없을 것이다. 왜냐하면 플래허티나 장 루쉬, 혹은 고다르 같은 사람들이 그것을 찍기 위해 필요하기 때문이다. 내가 찍게 된다면 나는 계산대 앞의 사람에게 흥미를 가지고 이야기를 시작할 것인데…… 그러나 몇 마디 말만을 듣게 될 것이다. '이것은 요리된 당근이에요.' 이것이 미래의 영화이고 이미 오늘의 영화이다. 나에게 이것은 그래도 상당히 긍정적인 결론이다." 플로베르는 『부바르와 페퀴셰』를 완성하지 못하고 죽었다. 그는 작품의 결말에 대한 개요만 남겼다. 개요는 다음과 같다. 그리하여 그들은 모든 일에 실패하고 말았다. 이제는 더 이상 인생에 대해 아무런 흥미도 느끼지 않는다. 그들은 각각 남모르게 좋은 생각을 품고 있다. 그리고 그것을 서로 감추고 있다. 이따금 그들은 그 생각을 하면서 미소 짓는다. 그리하여 마침내 동시에 서로 그 생각을 털어놓는다. 필경을 하자. 대가 두 개 달린 사무용 책상을 만든다. (어느 목수에게 그것을 의뢰한다. 고르귀는 그들의 계획을 듣고 자기가 책상을 만들어주겠다고 하지만, 그들은 궤짝에 대한 일을 상기하고 그만두게 한다). 장부, 사무 용구, 산다라크 수지, 글자를 긁어 지우는 칼 등을 사들인다. 그들은 필경에 착수한다.

참고문헌

『내가 싸우듯이』를 쓰며 많은 작품의 영향을 받았다. 그 모든 흔적을 남길 순 없겠으나 일부 기억해두었던 것들의 목록을 남긴다. 이 목록을 읽는 것만으로 작품을 대신할 수도 있으며 다른 작품을 생각할 수도 있다. 목록은 추가되거나 삭제될 수 있고 변형될 수 있지만 그렇다고 임의성에 중점을 두는 것은 아니다.

요아킴 트리에 「리프라이즈reprise」, 사데크 헤다야트 『눈먼 부엉이』 『세 방울의 피』 『사면』, 배수아 「눈먼 여름의 일기」, 막스 프리쉬 『나를 간텐바인이라고 하자』, 브루노 슐츠 『계피색 가게들』 『모래시계 요양원』, 로베르토 볼라뇨 『야만스러운 탐정들』, 스튜어트 켈리 『잃어버린 책을 찾아서』, 안드레스 베링 브레이비크「2083: 유럽독립선언문」, 이재룡「파리 골목의 주민, 로맹 가리」, 도널드 서순『유럽문화사 2』, 레이날도 아레나스『해가 지기 전에』「어머니여, 안녕히!」, 줄리앙 슈나벨「비포 나잇 폴스」, 신정환「중남미 소설의 네오바르크 미학과 기예르모 카브레라 인판테」, 고영일「쿠바에서의 혁명과 문학」, 「쿠바의 기원에 대한 글쓰기 — 세베로 사르두이의 〈가수들은 어디에서 왔을까〉를 중심으로」, 송병선「세베로 사르두이: 불가해한 작가의 생애와 작품」, 롤랑 바르트「바로크의 얼굴」, 구스 반 산트「말라 노체」, 미알리 데스「파편화된 자서전」, 블라디미르 니키포르프「어느 야간 경비원의 일기」, 호세 레사마 리마「목 자르는 마술」, 기예르모 로살레스『표류자들의 집』, 보이지 않는 위원회『반란의 조짐』, 앤디 메리필드『마술적 마르크스주의』, 비톨트 곰브로비치『페르디두르케』, 보리스 사빈코프『창백한 말』『검은 말』「테러리스트의 수기」, 발터 벤야민『모스크바 일기』, 이장욱『혁명과 모더니즘』「이반 멘슈코프의 춤추는 방」, 이진숙『러시아 미술사』, A. I. 조토프『러시아 미술사』, 빅토르 세르주『한 혁명가의 회고록』, 올랜도 파이지스『나타샤 댄스』, 엠마뉘엘 카레르『리모노프』, 미하일 엡슈타인『미래 이후의 미래』, 앨런 앤틀리프『아나키와 예술』, 존 M. 톰슨『20세기 러시아 현대사』, 안드레이 플라토노프『귀향』, 수전 손택『문학은 자유다』, 로베르토 볼라뇨「지구에서의 마지막 저녁들Last evenings on earth」,

모리스 블랑쇼 『문학의 공간』 『미래의 책』, W. G. 제발트 『아우스터리츠』, 장 주네 『자코메티의 아틀리에』, 최정우 『사유의 악보』, 에드워드 사이드 『말년의 양식에 관하여』, 데이비드 스테릿 『고다르×고다르』, 페넬로페 질리아트 「긴급한 속삭임」 "The Ruler of the Game: A conversation with Jean Renoir" "Long Live the Living!: A conversation with Luis Buñuel" "The Dangerous edge: Conversations with Graham Greene" "Jacques Tati: The entertainer", 앤드루 새리스 「고다르와 혁명」, 기데온 바흐만 「이것은 요리된 당근이다」, 개빈 스미스 「장뤼크 고다르와의 대화」, 조너선 코트 「고다르: 다시 태어난 영화감독」, Bethlehem Shoals "The Auteurs' Caretaker", Sarah Weinman "The Other Film Critic at The New Yorker", 존 슐레진저 「사랑의 여로」, 장뤼크 고다르 「주말」, 위키피디아 존 오즈번John Osborne, 마이크 니콜스Mike Nichols, 에드먼드 윌슨Edmund Wilson 항목, Ferdinand Mount "Looking back in judgment", Jean-Marc Lalanne "Jean-Luc Godard Interviewed: The Right of the Author? An Author Has Only Duties", John DeCarli "PAINTING MAY '68: FILM-TRACT N. 1968", Donato Totaro "May 1968 and After: Cinema in France and Beyond, part 1", Will Lewis "REVOLUTIONARY FILM BUFFS: MAY '68", 테리 이글턴 · 매슈 보몬트 『비평가의 임무』, 조너선 로젠바움 "Trailer for Godard's Histoire(s) du cinéma" "Jacques Tati, by Penelope Gilliatts", BETTY COMDEN "Obituary: Penelope Gilliatt", Janet Groth "The Receptionist: An Education at The New Yorker", Jeffrey Meyers "Edmund Wilson: A Biography", 에드먼드 윌슨 『핀란드 역으로』, I Thought of Daisy, 리사 아피냐네시 『카바레: 새로운 예술 공간의 탄생』, Philip French "A pleasure to work with and a delight to talk to", Toby Talbot The New Yorker Theater and Other Scenes from a Life at the Movies, WILLIAM GRIMES "Obituaries: Penelope Gilliatt, 61, Film Critic And Writer for The New Yorker", Michael Mewshaw "A talent to infuriate", Herbert mitgang "Greene calls profile of him in new yorker inaccurate", 로베르토 볼라뇨 『아메리카의 나치문학』, W. G. 제발트 『토성의 고리』 『공중전과 문학』, 알렉산더 클루게 『이력서들』, 다닐로 키슈 『죽은 자들의 백과전서』, 르코르뷔지에 『건축을 향하여』 『작은 집』, 지오 폰티 『건축예찬』, 필리프 그랑드리외 『솜브르Sombre』, 차드 프리드리히 『프루이트 아이고 신화The pruitt-go Myth』, 『건축신문』 8호, 9호(정림건축), 박해천 『콘크리트 유토피아』, 할 포스터 『콤플렉스』, 렘 쿨하스 『정신착란병의 뉴욕』, 문경원·전준호 『미지에서 온 소식』, 박해천 외 『휴먼스케일』, 폴 골드버그 『건축은 왜 중요한가』, 위키피디아, 프루이트 아이고Pruitt igoe, 터스키기 에어맨Tuskegee Airmen, 웬델 O. 프루이트Wendell O. Pruitt, 라스트

포에츠The Last poets 항목, 천정환 · 권보드레『1960년을 묻다』, 김정동「이구와 그의 건축활동에 관한 소고」, 윤장섭「황세손 이구 저하의 서거를 애도하며」, 정연심「고든 마타-클라크의 설치작업에 나타난 국제상황주의 정신」, 박수현「고든 마타-클라크의 작품에 나타난 도시 개입 방식」, 구본준『마음을 품은 집』, 김호기『시대정신과 지식인』, 박정희『국가와 혁명과 나』, 선데이서울「시장 김현옥(金玄玉) 씨가 말하는, 걸작 서울」, 강용자『나는 대한제국 마지막 황태자비 이 마사코입니다』, 도미나기 유주루『르코르뷔지에』, 권혁희「밤섬마을의 역사적 민족지와 주민집단의 문화적 실천」, 정유진「박정희 정권기 문화재정책과 민속신앙」, 안건혁「참사로 막 내린 문화인 사육제」, 손정목『서울 도시 계획 이야기』, 신영훈『우리 건축 100년』, 김원「조선의 황태손 이구 선생을 생각하며」, KBS 인물현대사, 김현옥 · 정범준『제국의 후예들』, Rowan Moore "death of the American urban dream", Stephen Walker Gordon Matta-Clark: Art, Architecture and the Attack on Modernism, P. J. Howard Anxiety and Horror in Aerobat, 임석재『한국 현대건축의 지평』, 박길룡『한국 현대건축의 유전자』, 장용순『현대 건축의 철학적 모험』, 앙드레 쉬프랭『열정의 편집』, 동아일보「새서울 백지계획에 대한 전문가들의 제언」, 이정훈「1953년 독도를 최초로 측량한 박병주 선생」, 이와사부로 코소『유체도시를 구축하라』『뉴욕 열전』『죽음의 도시 생명의 거리』, 강석경『일하는 예술가들』, 임근준『이것이 현대적 미술』, 진중권『서양미술사』, 안효상「상상의 정치: 웨더맨의 형성」, 니꼴라 부리요『래디컨트』, 딜런 토머스『시월의 시』, 라스트 포에츠「When the Revolution comes」, 조선일보「자취감출 神秘의 마을 밤섬」, 김규원「여름엔 30~40척 배가 둥실…… "이젠 꿈이지"」, 김서령「'서울의 얼개' 디자인한 최초의 도시설계사 차일석박사」, 정인하『시적 울림의 세계』, 현시원「사물의 재구성」, 에드워드 파머 톰슨『윌리엄 모리스』, 아르노 데스플레생「킹스 앤 퀸」, 야마구치 가쓰히로『공간연출디자인의 원류, 프레데릭 J. 키슬러』, 『20세기 예술과 테크놀로지』, 김광우『뒤샹과 친구들』, 피에르 카반『마르셀 뒤샹』, 베르나르 마르카데『마르셀 뒤샹』, 드루 터니Drew Turney「베르너 헤어조크 인터뷰: What have I done?」, 할 포스터 외『1900년 이후의 미술사』, 방혜진「불확정성을 위한 확정적 언명들」, 김정영「이팔」, 레이몽 루셀『로쿠스 솔루스』, 한스 울리히 오브리스트『큐레이팅의 역사』, ALICE GREGORY "Raymond Roussel and the upside of crazy", William Clark "A lovely Curiosity", 정지돈「무방비 도시」, 장 뒤뷔페『아웃사이더 아트』, 김범「무제(뉴스)」, Darren Hughes "A Conversation with Nicolas Rey", Nicolas Rey "notes", MICHAEL SICINSKI, "Burru's Abominable Dialectic: Nicolas Rey's autrement, la Molussie", 위키피디아 귄터 안더스Günther Anders, 에드몽 로스탕Edmond Rostand, 샹트클레르 Chantecler (play) 항목, 톰 매카시 『찌꺼기』, 롤랑 바르트 『롤랑 바르트, 마지막 강의』, 류은영 「미셸 레리스, 자아 이미지의 글쓰기」, University of California Press Raymond Roussel, 톰 매카시 『찌꺼기』, 사이먼 크리츨리 『죽은 철학자들의 서』, 톰 매카시 "Interview with Simon Critchley, Senior Lecturer in Philosophy, University of Essex", 사이먼 크리츨리 How to Stop Living and Start Worrying, international necronautical society "First manifesto", International Necronautical Society "INS Key Events", Mark Alizart "Interview with Tom McCarthy", James Purdon "Tom McCarthy: To ignore the avant garde is akin to ignoring Darwin", 리처드 예이츠 「패배 중독자」, 크레이그 테일러 『런더너』, 찰스 사치 『나, 찰스 사치, 아트홀릭』, 3am Magazine "Interview with Clementine Deliss: DETOUR IN THE ORTHODOXY", 로베르토 볼라뇨 『전화』, Smoke Signals "Maurice Girodias Interview", Anna Battista "Once Upon a Time in Paris: a brief history of the Olympia Press", 권석하 「예술은 충격! 가장 영국적인 미술상 '터너상' 발표되던 날」, 임근준 『예술가처럼 자아를 확장하는 법』, Paul Grusky for whom it is beneficial?, John McIntyre "Dirty Books", 리처드 스타이츠 『러시아의 민중문화』, 에브게니 자먀찐 『우리들』, 안드레이 플라토노프 『체벤구르』 「사회주의 최초의 비극

에 대하여」, 빅토르 펠레빈 『P세대』, 글렙 파블롭스키 「푸틴의 세계관: 톰 파핏과의 인터뷰」, Peter Pomerantsev "Nothing Is True and Everything Is Possible", 백남준아트센터 총체 미디어 연구소 『백남준의 귀환』, 피터 게이 『모더니즘』, 크리스티 푸이유 「라자레스쿠 씨의 죽음」, 뤼시앙 핀틸리 「종착역」, 볼프강 쉬벨부쉬 『철도 여행의 역사』, 존 르 카레 『추운 나라에서 돌아온 스파이』, 버크민스터 풀러 『우주선 지구호 사용설명서』, 에번 오스노스 『야망의 시대』, Wolfgang Koeppen Death in Rome, Chris Marker "The Last Bolshevik", 나데쥬다 만델스탐, 『회상』, 오시프 만델스탐, 『아무것도 말할 필요가 없다』

하스미 시게히코, 『영화의 맨살』, 박창학 옮김, 이모션북스, 2015. 사이먼 레이놀즈, 『레트로 마니아』, 최성민 외 옮김, 작업실유령, 2014. 니꼴라 부리요, 『래디컨트』, 박정애 옮김, 미진사, 2013. 베르나르 마르카데, 『마르셀 뒤샹』, 김계영 외 옮김, 을유문화사, 2010. 데이비드 실즈, 『문학은 어떻게 내 삶을 구했는가』, 김명남 옮김, 책세상, 2014. 빌렘 플루서, 『글쓰기에 미래는 있는가』, 윤종석 옮김, xbooks, 2015. 유운성, 「밀수꾼의 노래 —「영화 비평의 '장소'에 관하여」 이후, 다시 움직이는 비평을 위한 몽타주」, 『문학과사회』 2015년 겨울호. 레이 커즈와일, 『특이점이 온다』, 김명남 외 옮김, 김영사, 2007. 프리드리히 키틀러, 『기록시스템 1800 · 1900』, 윤원화 옮김,

문학동네, 2015. 이광호, 「문학은 무엇이 될 수 있는가」, 『한국 문학의 가능성』, 문학과지성사, 2015. 브뤼노 라투르, 『우리 는 결코 근대인이었던 적이 없다』, 홍철기 옮김, 갈무리, 2009. 백남준아트센터, 『백남준의 귀환』, 2010. 진중권, 『미디어 이 론』, 열린길, 2015. 할 포스터 외, 『1900년 이후의 미술사』, 배 수희 외 옮김, 세미콜론, 2012. 김수환, 『책에 따라 살기』, 문 학과지성사, 2014. 김수환, 「"책에 따라 살기"—유리 로트만 의 문화유형론과 '러시아'라는 유령에 관하여」, 『다시 소설이 론을 읽는다』, 창비, 2015. 보리스 그로이스, 「생명정치 시대 의 예술—예술 작품에서 예술 다큐멘테이션으로」, 김수환 옮 김, 『인문예술잡지 F』 19호. 금정연, 「한국문학의 위기」, 『작가 세계』 2015년 겨울호. 보리스 그로이스, 「현인으로서의 사진 작가」, 『큐레토리얼 담론 실천』, 김정혜 옮김, 현실문화, 2014. 데이비드 스테릿 엮음, 『고다르×고다르』, 박시찬 옮김, 이모 션북스, 2010. 귀스타브 플로베르, 『부바르와 페퀴셰』 1·2, 진 인혜 옮김, 책세상, 1995.

찾아보기

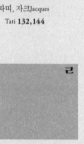

수록 작품 발표 지면

눈먼 부엉이 『문학과사회』 2013년 여름호(문학과사회 신인문학상 수상작)

뉴욕에서 온 사나이 『문예중앙』 2014년 여름호

창백한 말 『창작과비평』 2015년 봄호

미래의 책 『문학과사회』 2014년 봄호

주말 『현대문학』 2016년 2월호

건축이냐 혁명이냐 『문학들』 2014년 겨울호

나는 카페 웨이터처럼 산다 『Axt』 no. 3 2015년 11월

여행자들의 지침서 〈웹진 한판〉 2014년 4월

만나는 장소는 변하지 않는다 『한국문학』 2015년 겨울호

일기/기록/스크립트 『문학과사회』 2016년 봄호